SABINE FINK

Dreikampf

SWIM.BIKE.RUN.REVENGE Den Abend vor ihrem ersten Triathlonwettbewerb hat Maria Ammons sich anders vorgestellt. Eigentlich wollte sie nur ein Stück spazieren gehen, um ihre Nerven zu beruhigen, doch stattdessen findet sie eine Leiche. Es scheint ein tragischer Unfall zu sein, bei dem der Juniorchef eines Sportgeschäfts starb.

Am nächsten Tag genießt Maria als Staffelläuferin die unvergleichliche Stimmung der »Challenge«, begleitet und angefeuert von ihren Kollegen aus Erlangen – ohne zu ahnen, dass dies der Auftakt zu einem tödlichen Wettlauf ist, der ihr Durchhaltevermögen und ihr kriminalistisches Gespür auf eine harte Probe stellen wird. Erst als ein viertes Opfer gefunden wird, stößt sie endlich auf eine Spur: Die Erinnerungen an einen alten Fall lassen sie vermuten, dass ein selbst ernannter Rächer sein Unwesen treibt. Wird es ihr gelingen ihn zu stoppen?

Sabine Fink, geboren 1969 in Dortmund, lebte in Köln, Braunschweig und Hongkong. Die gelernte Informatikerin war in der Erwachsenenbildung tätig. Heute arbeitet sie als freie Autorin in Mittelfranken und betreut Kinder und Jugendliche in einer Ganztagsschule. Sie macht gerne Ausdauersport und kümmert sich um Familie, Haus und Hund. Mit »Dreikampf« legt Sabine Fink ihren dritten Kriminalroman um die fränkische Kommissarin Maria Ammon vor.

Bisherige Veröffentlichungen im Gmeiner-Verlag:
Judasbrut (2013)
Kainszeichen (2011)

SABINE FINK

Dreikampf

Kriminalroman

GMEINER SPANNUNG

Dieses Buch wurde vermittelt durch
die Literaturagentur Lesen & Hören, Anna Mechler

Personen und Handlung sind frei erfunden.
Ähnlichkeiten mit lebenden oder toten Personen
sind rein zufällig und nicht beabsichtigt.

Besuchen Sie uns im Internet:
www.gmeiner-verlag.de

Im Ehnried 5, 88605 Meßkirch
Telefon 07575/2095-0
info@gmeiner-verlag.de

1. Auflage 2015

Lektorat: René Stein, Hamburg
Herstellung: Julia Franze
Umschlaggestaltung: U.O.R.G. Lutz Eberle, Stuttgart
unter Verwendung eines Fotos von: © bruno bouvry – Fotolia.com
Druck: GGP Media GmbH, Pößneck
Printed in Germany
ISBN 978-3-8392-1735-1

INHALTSVERZEICHNIS

AUFWÄRMEN

Es.
Es. Wacht auf.
Es. Ist gefesselt. An den Händen. An den Füßen.
Es. Muss die Augen schließen. Nicht öffnen. Niemals.
Es. Zittert.
Es. Hat Angst. Immer Angst.
Es. Hat Schmerzen.

Warum. Muss. Es. Leiden?

Es. Darf nicht schreien. Verboten! VERBOTEN!

Es. Will nicht. Leiden.
Es. Muss. Muss da sein.
Es. Muss. Weiteratmen. Aushalten. Durchhalten.

Damit. Es. Überlebt.

Es.
Ist.
Jetzt.
Am.

S T A R T.

Ich weiß nicht, wie alt ich damals war.

Es war Sommer und es war mitten in der Nacht. Der Vollmond stand am sternenklaren Himmel. Wie in einem alten Schwarz-Weiß-Schinken beleuchtete er Ronnies Gesicht, auf dem sich ein dämliches Grinsen breit gemacht hatte. Er stand ungefähr zwei Meter neben mir, während ich auf der Wiese saß. Der Nachtwind strich über meinen Kopf, auf dem sich jedes einzelne meiner kurz geschorenen Haare aufstellte. Ich fröstelte. Hinter mir erhob sich dunkel der Wald und vor mir spiegelten sich Mond und Sterne im Wasser des kleinen Badesees. Ronnie bückte sich, um eine Zigarettenschachtel aus seiner am Boden liegenden Hose zu nehmen. Er war ein Jahr älter als ich. Größer, stärker, mehr Muskeln als Fett. Außerdem waren wir beide nackt. Und nass, denn wir waren im Wasser gewesen, als es passierte. Klebriges Blut blieb an meinem Handrücken haften, als ich mir vorsichtig über die Nase wischte. Unscheinbar war es, grau, wie die nächtliche Welt um uns herum.

»Stell dich nicht so an«, sagte Ronnie gerade. »Gebrochen ist deine Nase nicht.«

»Ich weiß.« Meine Stimme klang unsicherer als beabsichtigt.

»Mann, du bist echt strunzdumm. Hättest halt deinen Arsch freiwillig still gehalten, bis ich fertig war.«

»Du hattest deinen Arm um meinem Hals. Ich hab fast keine Luft gekriegt.«

»Ach.« Lässig winkte er ab. »So kurz vorm Ersticken gibt es einen extra geilen Kick.«

»Hast du das schon selbst ausprobiert?«

»Quatsch.«

»Woher weißt du das dann?«

»Drei mal darfst du raten.« Seine Zähne leuchteten weiß in der Dunkelheit.

»Oh.« Natürlich. Von *ihm.*

»Hmhm. Ich soll mal vorbeikommen, hat er gesagt. Dann zeigt er mir noch viel geilere Sachen.«

Ich wusste genau, was er Ronnie zeigen würde. Ich sah ihn nicht an, sondern betrachtete das Blut auf meinem Handrücken. »Hat es dich angemacht, dass ich mich gewehrt habe?«

»Ja«, gab er schulterzuckend zu. »Ey, hab dich nicht so. Ich war nicht brutal und außerdem hat es dir ziemlich gut gefallen.«

»Hat es das?« Das Blut hatte eine lange, schmale Spur hinterlassen. Spitz zulaufend, wie die Klinge eines Dolches, kopfüber auf meiner Hand skizziert.

»Ja klar, sonst hättest du doch nicht so gestöhnt. Ohhh, ahhh, jaaaahhh.« Übertrieben ekstatisch verdrehte er dabei die Augen, während er mit dem Becken eindeutige Bewegungen machte.

»Ich hab gesagt, hör auf!«

»Das hast du doch gar nicht so gemeint. Morgen tut dein Arsch nicht mehr weh und deine Nase hört gleich schon auf zu bluten.«

Ich stieß einen Laut aus, nicht ganz ein Knurren.

»Hier, zieh mal, dann kommst du wieder runter.« Ronnie reichte mir die glühende Zigarette.

Ich schüttelte den Kopf. Schneller, als ich ausweichen konnte, hatte er mit der glühenden Spitze meine Wange gestreift. Mit einem Schmerzlaut fuhr ich zurück. Er wieherte vor lachen.

»Jetzt nimm schon.«

Kurz und viel zu heftig sog ich an der Zigarette. Ein Hustenanfall überrollte mich.

»Sei leise«, fauchte Ronnie. »Sonst kriegt noch einer mit, dass wir hier sind. Du hast ja gerade schon genug Lärm gemacht.«

»Das Dorf ist doch weit genug weg.«

Außerdem kannte uns hier sowieso niemand, denn es waren über zwölf Kilometer, die wir mit unseren Fahrrädern bis hierher gefahren waren. Es war mein Vorschlag gewesen, nachdem Lili mir gesagt hatte, welche abstoßende Neigung er unter der launigen Fassade verbarg, die er den anderen gegenüber zeigte. Sie sagte, Ronnie würde nicht unterscheiden, an wem er es ausprobierte. Sie hatte recht behalten.

Ich nahm noch zwei Züge und unterdrückte das Husten, als ich Ronnie die Zigarette zurückgab. Mein Herz pochte heftig und mein Atem ging schnell. Das lag nicht am Nikotin. Es war pures Adrenalin, das mich fest im Griff hatte. Adrenalin, das in einem Sekundenbruchteil meinen Blutdruck in die Höhe schnellen ließ, meinen Puls beschleunigte, um meinen Körper mit der Energie zu versorgen, den er benötigen würde, um das Wild zu jagen. Nur, dass hier am See gar kein Wild war, sondern nur Ronnie.

Ronnie.

Er *war* brutal gewesen. Zu brutal für einen Jugendlichen, aus dem bald ein Mann werden würde. Ein großer, starker Mann, mit einer Vorliebe, die eines Tages grausame Auswüchse annehmen würde. Den letzten Beweis hatte er mir gerade geliefert.

Ich kroch auf meinen Kleiderhaufen zu, Ronnie beachtete mich gar nicht. Der Griff des Springmessers schmiegte sich fest in meine Hand. »Ich geh noch mal schwimmen. Kommst du mit? Oder ist dir zu kalt?« Meine Stimme klang immer noch viel zu hoch.

»Mir? Im Leben nicht!«

Er drückte die halb gerauchte Zigarette am Steg aus und steckte sie zurück in die Schachtel. Dann stieg er in das dunkle Seewasser. Silbrige Wellen breiteten sich um seinen Körper aus. Als ich ihm nicht gleich folgte, drehte er sich zu mir um.

»Wem ist jetzt kalt?«

Neben ihm ließ ich mich vom Steg ins Wasser gleiten. Langsam. Ein bisschen lasziv. Der Badesee war nicht tief, man konnte überall stehen. Zwischen meinen Zehen quoll der Schlamm auf.

»Machen wir ein Wettschwimmen«, schlug ich vor.

»Du verlierst doch sowieso. Wobei, Fett schwimmt ja eigentlich oben.« Er gackerte. »Ich gebe dir Vorsprung. Aber wenn ich zuerst an der Insel bin, dann hältst du deinen Arsch noch mal für mich still. Diesmal bin ich auch ganz sanft.« Er zuckte vielsagend mit seinen Augenbrauen.

Ich sah ihn an. Und schüttelte den Kopf. »Das brauchst du nicht.«

»Wusste ich's doch!«, sagte er im Brustton der Überzeugung. »Wolltest du vorhin nur nicht zugeben.«

Ich zog meine Mundwinkel nach oben, dann holte ich tief Luft und machte die ersten Schwimmzüge. Brustschwimmen. Das war das einzige, was ich konnte. Natürlich hatte ich keine Chance gegen Ronnie, dem die Kraulzüge so einfach gelangen wie anderen das Gehen. Aber das machte nichts. Langsam. Langsam. Ich hatte keine Eile. Und Ronnie hätte auch keine Eile gehabt, wenn er geahnt hätte, was ihn erwartete. Als er näher kam, wandte ich mich um, suchte mit meinen Füßen Halt im schlammigen Boden des hüfttiefen Wassers und fletschte die Zähne. Vielleicht hielt er es für ein Lächeln.

Er sah es nicht, sah nicht das Messer in meiner Hand.

Einen Sekundenbruchteil schien es, als wolle er mir etwas sagen, doch er kam nicht mehr dazu. Aus seinen weit aufgerissenen Augen schrie mir seine Panik entgegen. Selbst schreien konnte er nicht. Er brachte nur ein Gurgeln zustande. Mit den Händen am Hals versuchten er das Blut zu stoppen, das unaufhaltsam aus seiner zerfetzten Kehle sprudelte. Es war dunkler als das Wasser, das er mit seinen Bewegungen zu einer monochromen Sinfonie aus glitzernden Wellen aufwühlte und dabei zappelte, wie ein Fisch im Netz. Es dauerte nicht lange, bis seine Beine nachgaben und er ins Wasser sank. Behutsam fing ich ihn auf, hielt seinen Kopf und erklärte ihm flüsternd, warum ich keine andere Wahl gehabt hatte. Ich küsste seine Stirn, während sein Blick brach, und schloss ihm anschließend sanft die Lider.

Verloren, Ronnie.

Die nächste Zeit verbrachte ich damit, durch das stille Wasser des Sees zu waten, um den Adrenalinschub langsam abflauen zu lassen, Ronnie dabei mit mir ziehend. Seinen Kopf hielt ich möglichst tief unter Wasser, damit die Schwerkraft dabei half, das Blut aus ihm heraus zu spülen. Kreuz und quer glitt ich umher, verteilte das Blut im Seewasser, sodass am nächsten Tag nichts mehr davon zu sehen sein würde.

Auf der kleinen Insel kletterte ich schließlich aus dem Wasser und zog seinen Körper ein Stück auf die kühle Erde. Im Schneidersitz ließ ich mich nieder. Der Wind trieb mir eine Gänsehaut über den Rücken, aber jetzt war mir nicht kalt.

Auch ohne das helle Licht des Vollmonds hätte ich die erhabenen Hautstellen gefunden, die sich auf meiner Brust befanden. Mit der Spitze des Messers zog ich die Linien nach, gerade tief genug, dass Blut hervorquoll. Zu Hause würde ich sie mit Zitronensaft und Vaseline einreiben und mit einer Zahnbürste bearbeiten, damit sich die Wunden nicht zu schnell schlossen.

Sie hatten mich zu dem gemacht, der ich war.

Am Himmel erscheint das Schwert des Herrn. Seht her, es fährt auf Edom herab, auf das Volk, das der Herr im Gericht dem Untergang weiht.

Meine Fingerspitzen glitten über Ronnies Gesicht, über die bleichen Gesichtszüge mit den hohen Wangenknochen, die von surrealer Schönheit waren. Die klaffende Wunde an seinem Hals störte das Bild nicht, sondern gab ihm eine Note expressionistischer Anmut.

Ich wünschte, ich hätte ihn so zeichnen dürfen, festhalten für die Ewigkeit. Doch es war zu gefährlich. Aber ich konnte dieses Bild in meinem Gedächtnis bewahren.

Für immer würde ich Ronnie dann bei mir haben. Mit zwei Fingern straffte ich die Haut, um präzise mit dem Messer meine Zeichen auf seine Brust zu ritzen. Vorsichtig entfernte ich die oberste Hautschicht zwischen den Umrissen. Ronnie blutete nicht. Nicht mehr.

»Tut mir leid, Kumpel«, sagte ich leise, als ich fertig war, und meinte es auch so.

Aber Ronnie hatte die Saat des Bösen in sich getragen. *Er* hatte sie Ronnie eingepflanzt und sie war aufgegangen.

Doch deshalb bin ich da.

Ich bin der Kläger.
Ich bin der Verführer.
Ich bin der Zerstörer.

Ich bin.

SAMAEL
♏♈♂

Ich stieg zurück ins Wasser, Ronnies Leiche nahm ich mit.

DER ABEND VOR DEM RENNEN

Mit geschlossenen Augen verharrte Maria barfuß auf dem kühlen Gras. Schlag um Schlag pulsierte das Blut durch ihre Adern. Schließlich blinzelte sie. Die Sonne war untergegangen und dämmeriges Zwielicht hatte sich über den Landstrich gesenkt. Sie wartete, bis ihre Pupillen sich geweitet hatten und durch das Abebben des Adrenalinstoßes sich auch ihr Herzschlag allmählich wieder beruhigte. Es war sicher nicht das letzte Mal, dass die Aufregung sie so unvermittelt überfiel. Sie spürte förmlich, wie die Luft ringsherum aufgeladen war mit den Vorboten des kollektiven Adrenalinrauschs.

Am Vorabend des alljährlich am zweiten Juliwochenende im mittelfränkischen Roth stattfindenden Challenge-Triathlons war Maria nämlich nur eine von vielen, die vor Aufregung schier platzten.

Das Gelände rund um die Mehrzweckhalle in Eckersmühlen hatte sich in den vergangenen Tagen in ein Heerlager aus Zelten, Wohnmobilen und Autos verwandelt, auf dem Sportler sich mit ihren Familien und Freunden sowie eine erkleckliche Anzahl Schlachtenbummler häuslich niedergelassen hatten. Die Halle war zu einem riesigen Bettenlager umfunktioniert worden und nicht nur in der Umgebung des Gebäudes, sondern in ganz Eckersmühlen – nein, sogar im gesamten Landkreis um Roth – summte und brummte es wie in einem Bienenstock.

Eigentlich hatte Maria Ammon, Kriminalhauptkommissarin beim K1 in Erlangen, vorgehabt, sich das Spektakel mit ein paar Kollegen als Zuschauerin anzusehen und die Teilnehmer der Polizeistaffeln gebührend anzufeuern. Doch rund drei Wochen zuvor hatte sie über ihren alten Freund Paul Holzapfel einen kollegialen Hilferuf vom PP Mittelfranken erhalten: Ein Staffelläufer hatte sich beim Training das Außenband gerissen und so hatte Maria zugesagt, seinen Part, den Marathonlauf über 42,195 km, zu übernehmen. Mehr als einmal hatte sie seitdem Zweifel gehabt, ob sie sich mit ihrer Zusage nicht doch etwas zu weit aus dem Fenster gelehnt hatte, denn bislang hatte sie nur an einigen Halbmarathons teilgenommen. Ihre beiden Staffelkollegen, die 3,8 km Schwimmen und 180 km mit dem Rennrad vor sich hatten, hatten jedoch gemeint, dass ihre angepeilte Zeit keine Rolle spielen würde, denn ohne sie könnten sie schließlich überhaupt nicht starten. Es beruhigte Maria allerdings nur unwesentlich, doch ankommen würde sie ganz sicher irgendwie – und wenn sie am Ende einen Teil der Strecke einfach gehen würde!

Ihr Start als Staffelläuferin war erst am Sonntagnachmittag in der Wechselzone zwei am Ortsausgang von Roth, wo ihr Radfahrer den Zeitmesschip an sie weitergeben würde. Allerdings hatte sie vor, zusammen mit einer ganzen Reihe Kollegen, die ebenfalls hier am Eckersmühlener Sportplatz campierten, rechtzeitig vor dem ersten Schwimmstart um 6:30 Uhr am Kanal zu sein. Sämtlicher Nervosität zum Trotz, sollte sie daher zusehen, dass sie zeitig ins Bett respektive auf ihren Teil der Luftmatratze kam, die sie sich mit ihrer jungen Kollegin Michelle teilte.

Die Luft war abgekühlt, daher fröstelte sie leicht, als sie ein Zwei-Mann-Zelt umrundete, vor dem ein durchtrainiertes Pärchen gerade ein paar letzte Dehnübungen machte. Beide trugen das Plastikband um das Handgelenk, an dessen roter Farbe man sie als Einzelstarter erkennen konnte. Marias blaues Band wies sie als Staffelläuferin aus. Ein vorbeigehender Sportler rief den beiden etwas zu, die ausgelassen lachten.

Wo man hinsah, begegnete man in diesen Tagen freundlichen Gesichtern, überall hörte man Lachen und launige Scherze und fand sich plötzlich mit Wildfremden in angeregtem Gespräch wieder. Maria unterdrückte ein Gähnen und bewegte die Schultern, während sie abbog, um in Richtung des Eingangs zur Halle zu gehen, in deren Untergeschoss sich die Waschräume befanden. Morgen um diese Zeit wäre entweder bereits alles vorbei und sie feierte mit ihren Staffelkollegen im Zielbereich – oder sie würde mit lahmen Beinen auf den letzten Kilometern dem Ziel im Stadtpark entgegenhumpeln und hoffen, dass sie noch rechtzeitig zum Abschluss-Feuerwerk um 22 Uhr ankam. Eigentlich keine schlechte Uhrzeit, überlegte sie, denn das eigens für das Ereignis errichtete Stadion wäre dann voll besetzt und auch die letzten eintreffenden Sportler wurden bejubelt, als seien sie Sieger des Wettbewerbs.

Der gellende Schrei einer Frau ließ sie zusammenzucken. In einem Wimpernschlag gefror die eben noch friedliche Szenerie, als hätte jemand bei einem Film die Stopp-Taste gedrückt. Dem Schrei war der blanke Horror anzuhören. Maria, die ebenfalls für einen Sekundenbruchteil innegehalten hatte, reagierte als Erste –

Gewohnheit, dachte sie, als ihre Beine sich wie von allein in Bewegung gesetzt hatten und das Adrenalin wieder ungebremst durch ihren Körper pulsierte. Vorbei an einigen Menschen, die gerade erst aus ihrer Starre erwachten, sich aber ebenso rat- wie ziellos bewegten, preschte sie zwei Stufen auf einmal nehmend die Treppe hinunter ins Untergeschoss.

Aus dem Männerklo erklang hysterisches Geschrei, von dem zunächst nur einzelne Worte zu verstehen waren und die in ein Stakkato aus Zurückweisung mündeten.

»Hilfe … Dirk … Gott … Nein! Nein. Neinneinneinneinnein …«

Rigoros drängte sich Maria an einigen Männern vorbei, die sich unten im Flur oder auf der Treppe befunden hatten, und eilte auf eine blonde Frau zu, die verzweifelt an einer Kabinentür rüttelte, unter der das leere Bein einer Trainingshose herausschaute.

»Mach auf! Dirk! DIIIIRK!«

Behutsam legte Maria der Frau die Hand auf den Rücken, um auf sich aufmerksam zu machen. »Was ist los?« Routiniert erfasste sie gleichzeitig mit einem Rundumblick die Situation.

Keine unmittelbare Gefahr!

Zwei Kabinen weiter öffnete sich eine Tür. Ein milchkaffeebrauner Sportler mit schwarzem Vollbart und Rastafrisur trat heraus. *»Awoha! Whapp'm?«*

Maria beachtete ihn nicht, denn sie hatte in diesem Moment die Frau erkannt. »Frau Gottwald?«

Die Frau reagierte nicht, sondern hämmerte weiter schreiend an die Kabinentür.

»Frau Gottwald! Jacky!« Sanft, aber bestimmt, fasste Maria die Frau an der Schulter, um sie leicht zu rütteln. »Ich bin eine Kundin von Ihnen. Mein Name ist Maria Ammon. Sprechen Sie mit mir!«

Endlich sah Jacky Gottwald sie an. »Was?«

»Ich bin Maria Ammon«, wiederholte Maria. »Was ist passiert?«

»Was ... oh ... ich ... oh Gott. Helfen Sie ...« Ihre Stimme kippte bei den letzten Worten, während sie wieder an die Tür trommelte. »Er ist da drin. Dirk. Das ist seine Hose. Er antwortet nicht. Und da ... sehen Sie nur ...« Zitternd deutete sie auf den Spalt unterhalb der Kabinen, wo die auffällige Trainingshose lag, die denselben Blaumetallic-Ton mit weißen Applikationen aufwies wie ihr eigener Trainingsanzug.

Maria musste sich bücken, um die Fingerspitzen einer Hand zu sehen, die schlaff von oben herab baumelte. Auf dem Boden war übelriechende Flüssigkeit und etwas, das nach menschlichen Exkrementen aussah – und auch so roch.

»Allmächd!«, entfuhr es Maria, während sie sich schon auf die Knie niederließ.

Schnell fanden ihre Finger den Punkt am Handgelenk, an dem normalerweise der Puls fühlbar war. Schon der fehlende Muskeltonus verhieß nichts Gutes. Sie verschob das rote Starterband, suchte und spürte... nichts.

»Scheiße«, murmelte sie, als sie wieder auf die Beine kam.

Der zitternden Jacky Gottwald rannen die Tränen über das Gesicht. »Was?«, fragte sie beinahe tonlos.

»Ich werde nachsehen. Bleiben Sie einfach hier stehen.«

Die Unterlippe zwischen den Zähnen konnte Jacky nur nicken.

Inzwischen hatten sich eine Menge Leute in den Raum gedrängt. Zu viele, fand Maria.

»Sie!« Sie deutete auf den Rastafari, der sich gerade die Hände abtrocknete und dabei interessiert zu ihr herüberblickte. »Helfen Sie mir! Räuberleiter!« Sie gestikulierte, was sie von ihm wollte. »Ich will da rüber. Und Sie …« Wahllos deutete sie zuerst auf einen Mann mit Baseballcap, der jedoch die Schultern hochzog und sich lieber verdrückte, dann auf einen bebrillten älteren Herrn, der an vorderster Front einer Traube Männer stand, die nach ihr in den Waschraum geströmt waren. »Rufen Sie einen Notarzt! Schnell!«

Verdutzt, dass die Wahl ausgerechnet auf ihn gefallen war, sah der Ältere sie an und machte keine Anstalten, sich zu rühren.

»Nun schauen's nicht so wie ein Acherla, wenn's blitzt! Machen Sie schon!«

»Aber ich hab doch kein … Hat vielleicht jemand ein Handy?« Hilfesuchend wandte er sich an die Umstehenden, von denen gleich mehrere ein Telefon zückten. Zufrieden bemerkte Maria, dass auch der Rastafari schon bereit stand.

»Geht doch«, murmelte sie.

Jacky war einen Schritt beiseite getreten und beobachtete steif wie eine Statue, was Maria tat.

»Kann ich da vielleicht endlich mal durch?«, rief jemand von weiter hinten. »Ich muss dring…«

Maria, die gerade den Fuß auf die verschränkten Hände des Rastafaris gesetzt hatte, holte Luft zu einer Antwort, doch ihr Helfer war schneller.

»*Hush yuh mouth, bwoy! Go t'e ladies*«, dröhnte er laut.

Den aufkommenden Tumult hinter ihr ignorierend, zog Maria sich mit beiden Händen an der Oberkante der Toilettentür hoch. Mit einer Hand stützte der Mann derweil ihren Fuß, mit der anderen gab er ihr durch einen beherzten Griff an ihr Bein ausreichend Halt, damit sie über den oberen Rand der Kabinenabtrennung blicken konnte. Was sie dort sah, ließ sie innehalten. Auch, wenn sie nichts anderes erwartet hatte, war sie bestürzt.

»*Problems?*«, fragte der Mann, der sie nicht losgelassen hatte, sodass sie eine sichere Position hatte.

»Allerdings«, murmelte Maria. »Bleiben Sie da stehen ... *Wait here, please. I'll get over.*«

Er ließ sie los, während sie ihre Beine und ihren restlichen Körper irgendwie hinüberbugsierte. Vorsichtig ließ sie sich innen heruntergleiten, bis ihre Füße den zugeklappten Klodeckel berührten. In der Hocke blieb sie dort und blendete sowohl Jackys besorgte Nachfrage als auch die anderen aufgeregten Stimmen weitgehend aus. Nur die Antworten des Dunkelhäutigen in seinem englischen Slang drangen hin und wieder zu ihr durch.

»Oh, je«, murmelte sie. »Oh, je.«

Der Hals des Mannes steckte in einer Schlinge, die an der Türklinke befestigt war. Es war mehr Formsache, dass Maria die Hand ausstreckte, um sie unter seine Nase zu halten, um vielleicht doch noch einen Atemhauch zu spüren. Zwecklos. Seine halboffenen Augen traten weit hervor, Teile der Gesichtshaut waren unschön verfärbt und sein Schließmuskel hatte versagt. Es stank nach Kot und Urin. Das, was sie befürchtet hatte, seitdem sie den Puls am Handgelenk des Mannes nicht gefunden hatte, hatte sich bestätigt. Dirk Gottwald, Geschäftsführer von Sport Gottwald aus Herzogenaurach, war tot.

Vorsichtig klopfte jemand an die Tür.

»E'vryting okay?«

Es war die Stimme des Dunkelhäutigen.

Maria bemühte sich, möglichst leise zu sprechen. »Nein. Rufen Sie die Polizei … *Call the police … and … everybody except you shall leave the room. Then shut the door!«*

Ein kurzes Zögern. »*Okay.*«

Jacky, die offenbar auch begriffen hatte, schluchzte panisch auf. »Oh mein Gott … Dirk!«

Während sie hörte, wie der Mann in einem beruhigenden Singsang auf Jacky einredete, während er nachdrücklich Marias Anweisungen in die Tat umsetzte, betrachtete sie den Leichnam. Natürlich hatte sie keine Latexhandschuhe dabei, daher beschränkte sie sich auf das Notwendigste. Den Rest würden sowieso ihre Kollegen erledigen. Die Haut fühlte sich noch normal warm an und die Totenstarre war noch nicht eingetreten, also war Dirk Gottwald maximal ein bis zwei Stunden tot. Wahrscheinlich deutlich weniger. Im Waschraum herrschte ein beständiges Kommen und Gehen.

Wie schrecklich, auf diese Weise zu sterben, dachte Maria betroffen.

Auf den ersten Blick gab es keine Anzeichen von Gewalteinwirkung und auch die von innen verschlossene Tür sprach dafür, dass er allein gewesen war. Er hatte ein gewöhnliches Stück Kunststoffwäscheleine benutzt, wie sie momentan zuhauf zwischen den Bäumen rund um die Mehrzweckhalle hing, und seine Haut am Hals mit einem Schlauchtuch geschützt. Sein Gesäß schwebte ein Stück über dem Boden, seine Beine lagerten etwas verdreht links und rechts neben der Kloschüssel, denn seine Hose sowie auch seine Unterhose hatte er ausgezogen. Um Hoden und Penis hatte er ebenfalls ein kleines Stück Wäscheleine mit einer Schlinge fest gezogen. Er hatte nicht vorgehabt zu sterben, doch dummerweise hatte er das Bewusstsein verloren – anstatt durch den Sauerstoffmangel einen sexuellen Kick beim Masturbieren zu erleben.

Warum tut jemand so etwas?, fragte sich Maria, die ihn aus dem großen Sportgeschäft in Herzogenaurach flüchtig kannte.

Sie wusste kaum etwas über ihn, außer, dass er Kunden gegenüber freundlich und zuvorkommend gewesen war und das Geschäft seit dem Schlaganfall seines Vaters zusammen mit dessen zweiter Frau Jacky weitergeführt hatte.

Alles in allem eine furchtbare Angelegenheit, ausgerechnet am Vorabend des heiteren, wenn auch harten Wettbewerbs. Gewohnheitsmäßig sah sie sich noch in der Kabine um. Sie notierte im Geiste, dass der Deckel bereits zugeklappt gewesen war, als sie sich herunterließ. Neben der Schüssel lag ein Haufen Klopapier auf dem Boden. Auf einem zerfetzten und von Flüssigkeit durchweichtem Stück schien mit rot etwas gezeichnet, das einem

Herz ähnelte, das von drei Pfeilen oder etwas Ähnlichem durchbohrt wurde. Ein Krakel ähnelte einem Schreibschrift m, eines war ein undefinierbarer Schnörkel, und eins schien das Zeichen für »männlich« zu sein. Weitere Buchstaben oder Zahlen, die noch darauf gestanden hatten, waren durch die Flüssigkeit bereits unleserlich. Die Klobürste klemmte halb umgekippt zwischen Dirk Gottwalds linkem Fuß und der Wand, und die Flüssigkeit aus dem Behälter bildete eine unansehnliche Lache. Ein paar Kritzeleien auf der Tür »Lena forever« und »Fuck«, darunter zum ankreuzen »me«, »you« und »off« sowie mehr oder weniger gelungene Zeichnungen von Geschlechtsteilen. Alles in allem nichts, das nicht auch in unzähligen anderen Turnhallentoiletten zu finden gewesen wäre. Maria überlegte, die Kabine durch Tür zu verlassen, entschied sich dann aber aus purer Gewohnheit dagegen, um ihren bald eintreffenden Kollegen einen möglichst unveränderten Ort zu überlassen. Ein Suizid war ihrer Ansicht nach am wahrscheinlichsten. Auf demselben Weg wie sie gekommen war, kletterte sie wieder zurück.

Ohne Unterstützung war es nicht ganz so leicht, sich über die Umrandung zu schlängeln.

»Ja, leckt's mi doch …«

Flink streckte der Rastafari die Hände nach ihr aus und hob sie leicht wie eine Puppe herunter. Als sie wieder festen Boden unter den Füßen hatte, atmete sie tief durch.

»Danke.« Sie strich sich ihre roten Haare zurück, die ihr nach der Kletterpartie ins Gesicht hingen.

»*'s he dead?*«, fragte der Rastafari, der mehr als einen halben Kopf größer war als Maria.

Sie nickte betrübt. »Nichts mehr zu machen.«

»Puppa Jesus!« Mit beiden Händen rieb er sich über seinen Vollbart. Vom Aussehen her erinnerte der Mann sie an eine jüngere Ausgabe des Sängers Bobby McFerrin. *»Wha' happend?«*

Maria wollte keine Details nennen, daher fragte sie: *»When did you come here?«*

»Dunno. Few minutes ago.«

»Have you seen or heard something … äh …« Maria suchte nach dem richtigen Wort für ›verdächtig‹, das ihr partout nicht einfallen wollte.

»Suspicious? No. Nothing. Ar yuh police officer?«

Flüchtig lächelte Maria. *»Yes. But off-duty.«*

Ihr Lächeln ebenso knapp erwidernd, machte er eine vage verneinende Kopfbewegung. *»Yuh ar neva off-duty.«* Draußen waren jetzt Sirenen zu hören. *»I betta hit t'e hay … ha'to sleep.«* Er deutete auf sein Handgelenk, an dem das rote Teilnehmer-Band zu erkennen war.

»What's your name?«, wollte Maria wissen, doch in diesem Moment stürmten Sanitäter und Polizeibeamte in den Raum.

Der Mann machte Platz, indem er zur Tür ging. Während Maria den Hereinkommenden zurief, der Mann sei tot und sie sollen daher Obacht wegen der Spuren geben, hielt er noch einmal inne und drehte sich zu Maria um. *»Good night, dondonnet.«*

Sie wollte ihn zurückhalten, doch sie hatte alle Hände voll zu tun, Jacky daran zu hindern, ebenfalls hineinzukommen, denn den unweigerlich folgenden Anblick wollte sie der Frau ersparen. Möglichst schonend versuchte Maria ihr die näheren Umstände des Todes beizubringen. Während sie vor der Tür die ungläubig schluchzende Jacky im Arm hielt, schilderte sie einem Beamten das Gleiche noch einmal und beantwortete seine Fragen.

»Also, Frau Ammon vom K1 in Erlangen. Telefon?« Der Beamte, der sichtlich froh war, in Maria eine Unterstützung zu haben, notierte sich alles. »Und dieser Mann, der Ihnen geholfen hat?«

»Ein Dunkelhäutiger. Er sprach nur Englisch. Er sagte, er war nur ein paar Minuten hier und hat nichts mitbekommen.«

»Haben Sie seinen Namen?«

»Nein, tut mir leid«, sagte Maria ehrlich zerknirscht. »Er war so schnell fort.«

»Und Dirk ist wirklich tot?«, fragte Jacky in diesem Moment zum wiederholten Male mit tränenerstickter Stimme.

Maria hatte das Gefühl, Jackys grazilen Körper zu zerbrechen, sobald sie nur ein wenig zu fest zudrückte. »Soll ich vielleicht die Sanitäter um ein Beruhigungsmittel für Sie bitten, Frau Gottwald?«

Zitternd atmete Jacky aus, löste sich aus Marias Umarmung und ihre Haltung straffte sich zusehends. Energisch rieb sie sich mit dem Handrücken über die Augen, dann holte sie tief Luft. »Nein, danke. Es geht schon … Oh Gott.« Sie wankte kurz, hatte sich aber gleich wieder im Griff.

»Sind Sie allein hier?«, erkundigte sich Maria, die unwillkürlich die Hand ausgestreckt hatte, um Jacky zu stützen. Sie zog sie jedoch zurück, weil sie spürte, dass das nicht mehr erwünscht war.

»Nein. Dirk ist ... war als Einzelstarter gemeldet, außerdem haben wir vom Geschäft eine Staffel organisiert, die morgen startet und ich bin für die Organisation, das Drumherum verantwortlich. Sie wissen schon, damit die Jungs zum richtigen Zeitpunkt am richtigen Ort sind, ihre persönliche Verpflegung an den Stationen zur Hand haben und so weiter.«

»Und Ihr Mann?«

Jacky schluckte hart, hatte ihre Stimme aber immer besser im Griff. »Helmut wäre gern mitgekommen, aber wegen seiner Behinderung ist er nicht gern über Nacht außerhalb unseres Hauses und morgen den ganzen Tag unterwegs zu sein, wäre zu anstrengend für ihn.«

»Natürlich«, sagte Maria verständnisvoll. Helmut Gottwald war seit einem schweren Schlaganfall halbseitig gelähmt. Sie ließ ein paar Sekunden verstreichen, bevor sie fortfuhr: »Jacky, Sie waren ja im Waschraum, als ich dazu kam. Also hatten Sie die Befürchtung, dass mit Ihrem Stiefsohn etwas nicht in Ordnung ist?«

Beklommen nickte Jacky. »Dirk war ... er war ziemlich lange weg. Es ging ihm nicht besonders gut in letzter Zeit. Er betonte immer wieder, alles wäre in Ordnung, aber Sie wissen ja, wie Männer manchmal sind.« Einer ihrer Mundwinkel hob sich minimal. »Es gab viel zu tun im Geschäft, dann das harte Training. Er wollte unbedingt eine Zeit unter zehn Stunden schaffen.«

»Jessas«, brummte der Polizist. »Was für eine Plackerei.«

»Dirk war sehr ehrgeizig in allem, was er tat«, fuhr Jacky fort. »Ich habe mir Sorgen um ihn gemacht … er war deprimiert, weil sein Freund … also sein Lebensgefährte … in letzter Zeit lief es nicht so gut zwischen den beiden. Marko wollte eigentlich mitkommen, aber sie hatten Streit und er blieb daheim.« Jacky zuckte mit den Schultern. »Irgendwann sagte Dirk, er müsse noch etwas erledigen. Zuerst habe ich mir keine Gedanken gemacht, dann dachte ich, Marko sei vielleicht doch gekommen, weil sie sich versöhnt haben, und er habe sich mit ihm getroffen. Irgendwann habe ich versucht Dirk anzurufen, aber er hatte sein Handy nicht mitgenommen. Es lag im Wohnmobil. Jedenfalls habe ich mir Sorgen um Dirk gemacht, ich habe ihn gesucht und dann … dann sah ich seine Hose da im Männerwaschraum auf dem Boden und … und … vielleicht, wenn ich früher …« Sie brach ab.

»Es war ein Unfall«, sagte Maria sanft. Sie verkniff sich die im Grunde belanglose Phrase, dass Jacky sich keine Vorwürfe machen sollte. Sie würde es trotzdem tun.

»Ich fahre heute Abend noch heim. Die Jungs von der Staffel … Ich werde es ihnen sagen und wenn sie morgen trotzdem starten wollen, müssen sie ohne mich klar kommen. Marko und mein Mann sollten es so schnell wie möglich erfahren.« Jacky stockte. »Und ich will es ihnen lieber selbst sagen.«

»Haben Sie jemand, der mit Ihnen geht?«, erkundigte sich Maria. »Sie sollten das nicht allein tun.«

Ein winziges, trauriges Lächeln huschte über Jackys Lippen. »Es wird ein schwerer Schock für beide. Oh

Gott, ich darf gar nicht daran denken. Ich werde unseren Hausarzt anrufen. Er kennt meinen Mann schon lange und kann ihm entsprechende Medikamente geben, falls … es nötig sein wird.«

»Möchten Sie, dass jemand Sie nach Hause bringt, Frau Gottwald?«, erkundigte sich der Polizist freundlich.

Jacky schüttelte den Kopf. »Nein, danke. Ich … schaffe das schon. Kann ich … kann ich ihn jetzt noch einmal sehen?«

Maria und der Polizist wechselten einen schnellen Blick. »Sind Sie sicher, dass Sie sich das antun möchten?«

Mit zusammengepressten Lippen starrte Jacky vor sich hin, dann nickte sie entschlossen. »Bin ich.«

Der Polizist nickte. »Dann kommen Sie. Sie dürfen allerdings nichts anfassen.«

Als sich die Tür des Waschraums schloss, atmete Maria tief durch.

»Was ist denn hier los?«

Maria wandte den Blick nach oben. »Michelle?«

»Höchstselbst! Darf ich mal durch?« Eine sportliche Blondine von Anfang 20 drängelte sich energisch an den Leuten vorbei, sprach einen Polizeibeamten an, der oben an der Treppe Wache schob, damit der Schauplatz im Keller nicht durch unnötig viele Schaulustige gestört wurde.

Der Beamte sah zu Maria, die winkte und rief: »Passt schon!«, woraufhin Michelle flink die Treppenstufen hinuntersauste. Neugierig reckte sie den Hals, um einen

Blick in den Männerwaschraum zu erhaschen, wo sich gerade wieder die Tür öffnete.

Mit einem »Pfffffff« stieß Maria die Luft aus und ließ ihren Kopf auf Michelles Schulter sinken. »Ausgerechnet heute.«

»Schieß los!«, sagte Michelle einfach.

»Moment. Ich frag mal, ob die mich hier wirklich noch brauchen. Mehr, als ich denen schon gesagt habe, weiß ich eh nicht und ansonsten können die mich auch anrufen.« Kurz darauf ging Maria mit Michelle die Treppe hinauf und sog die warme Abendluft in vollen Zügen ein, als sie den Weg über den Sportplatz einschlugen.

Maria senkte die Stimme »Dirk Gottwald von Sport Gottwald hat sich bei einem autoerotischen Spielchen an der Türklinke in einer Toilettenkabine aufgehängt – und ist dabei erstickt.«

»Oh nein, so ein Driss!« Schockiert riss Michelle die Augen auf. »Wir haben uns schon gewundert, wo du so lange bleibst. Und dann haben wir mitbekommen, dass auf dem Klo was los ist, aber keiner wusste was, und als wir dann die Sirenen hörten, haben wir uns Sorgen gemacht. Gut, dass dir nichts passiert ist.«

»Unkraut vergeht nicht.« Sie schilderte Michelle die näheren Umstände, zumindest soweit sie sie kannte. Anschließend rieb sie sich mit beiden Händen kräftig über das Gesicht. »Allmächd! Dabei dachte ich, ich geh früh schlafen.«

Mitfühlend tätschelte Michelle Marias Arm. »Ich mach dir einen Tee.«

»Nein, bloß nicht.« Maria schüttelte sich. »Besser einen starken Kaffee.«

Michelle hob die wohlgezupften Augenbrauen. »Nichts da. Schlaf- und Nerventee. Schließlich sollst du uns morgen würdig vertreten.«

»Hör mal, ich bin deine Vorgesetzte und hab ein Recht auf Kaf…«

»Ich hab heute frei«, unterbrach Michelle fröhlich. »Und du auch. Also Tee. Und dann ab ins Bett.«

START – KM 0,0

Ronnie war schon damals verloren. Das Einzige, das ich für ihn hatte tun können, war, ihn davor zu bewahren, noch schlimmere Dinge zu tun.

Ronnie.

Manchmal denke ich noch an ihn. Meinen Freund. Alle, die ihn kannten, haben damals geweint, als er so spurlos verschwunden war und niemand gewusst hatte, was mit ihm passiert war. Es ist ganz leicht, Gerüchte in die Welt zu setzen, daher beteiligte ich mich unauffällig an den Spekulationen und weil man wusste, dass er manchmal Haschisch rauchte und munkelte, dass er dealte, verfiel man darauf, dass er nach Amsterdam gefahren sei, um sich damit einzudecken. Zwei Monate später hieß es plötzlich, er sei einem Verbrechen zum Opfer gefallen. In der Aisch bei Mailach hatte ein Angler sein T-Shirt am Haken gehabt. Nach wochenlanger, gründlicher Suche tauchten seine Hose und ein Schuh auf. Seine Sachen hatte ich damals mit einem Stein beschwert bei Uehlfeld in die Aisch geworfen. Nun, nichts hält für die Ewigkeit. Es wurde natürlich vermutet, dass auch seine Leiche dort zu finden wäre. Die weitere Suche verlief ergebnislos, denn dort war er ja nicht. Nur den zweiten Schuh haben sie irgendwann noch gefunden.

Bis heute weiß niemand, was wirklich mit Ronnie geschehen ist.

Erstaunlich eigentlich. Oder auch nicht.

Ich weiß nicht.

Ich habe mir in jener Nacht viel Mühe gegeben, ihn gut zu verstecken. In einem unbewirtschafteten, sumpfigen Waldstück, gleich neben dem Badeweiher von Schornweisach, war ein Baum von einem der letzten Stürme entwurzelt worden. Darunter hatte ich ihn gelegt und mit Erde, Laub und Totholz bedeckt. In der nächsten Nacht war ich wiedergekommen, mit einer Schaufel und einer Taschenlampe. Im Sumpf habe ich dann gegraben und gegraben, bis mir der Schweiß in Strömen über den Körper lief und die Mulde tief genug gewesen war für Ronnie. Anfangs ging ich ihn dort besuchen, doch dann zog ich fort. Seltsam, als ich nach Jahren wieder einmal dorthin ging, war sein Grab immer noch unberührt. Bis heute. Wahrscheinlich, weil niemand in diesem sumpfigen Gebiet gesucht hat.

Warum auch?

Niemand hatte schließlich gewusst, dass wir dort gewesen waren. Nur Lili.

Es wird immer Menschen wie Ronnie geben. Ich weiß, wo ich sie finden und wie ich ihnen weiß machen kann, ich sei genau das für sie, was sie wollen: Ein williges Opfer für die Edlen Edoms, das sich nicht wehrt, sondern es in Wahrheit genießt, während sie ihm all die schlimmen Dinge antun. Ich beschreibe ihnen genau, was sie alles ausprobieren dürfen, mache es ihnen schmackhaft. Manchmal erlaube ich ihnen sogar, eine Kostprobe zu nehmen.

Wie Ronnie.

Spätestens, wenn sie sehen, dass ich gezeichnet bin, sind sie sicher, dass ich es ernst meine. Dass ich weiß, wovon ich rede, dass ich weiß, was sie wollen. Und dann, wenn sie glauben, ich gehöre tatsächlich zu denen, die sich ihren Perversitäten unterwerfen, drehe ich den Spieß um, lasse sie stattdessen leiden. Quäle sie, bis sie winseln und wimmern und um Gnade flehen. Doch ich gewähre sie ihnen nicht. Ich schneide tief in ihr Fleisch, entferne ihnen Stücke ihrer Haut. Es ist keine behutsame Skarifizierung, wie sie sich manche Menschen freiwillig antun, oh nein. Mit einem Ruck reiße ich ihnen Streifen heraus. Ich mache sie glauben, dass ich vorhabe, sie vollständig zu häuten.

Langsam.

Intim.

Erst, wenn sie glauben, dass sie sterben werden, höre ich auf und zeige ihnen den Ausweg. Den einzigen Ausweg. Ich hole eine Kamera und sie beschreiben mir die grausamsten Dinge, die sie getan haben, anschließend geben sie mir ihr Versprechen, sich zukünftig nie wieder an Wehrlosen zu vergreifen. Ich lasse sie schwören bei ihrem eigenen Blut.

In ihrem eigenen Blut.

Das ist alles.

Das ist genug.

Meistens.

Natürlich besuche ich sie danach hin und wieder, um sie an ihr Versprechen zu erinnern. Regelmäßig schicke ich ihnen eine DVD ihres Geständnisses per Post. Oder per E-Mail mit unverfänglichem Betreff.

Bisher habe ich nur von zwei Rückfällen erfahren, in denen die Saat des Bösen schon viel zu tief verwurzelt war. Diese beiden stehen, genau wie Ronnie, seit Jahren auf der Vermisstenliste der Polizei.

Fünf andere haben ihrem jämmerlichen Dasein irgendwann selbst ein Ende gesetzt, weil sie den Druck nicht mehr aushielten, dass ihre Angehörigen oder die Öffentlichkeit hinter ihr Geheimnis kommen könnten. Ich würde gern glauben, dass sie ihre Taten bereut haben.

Einer tat es nicht und ich war dabei, als er in den Tod sprang.

Als ich ihn vor die Wahl stellte, wie er sterben wollte, zog er seine Variante meinem Vorschlag vor.

Dirk gehörte nicht zu diesen Kreaturen.

Im Gegensatz zu Ronnie und den anderen hätte Dirk nicht sterben müssen. Er hätte nur aufhören müssen, sich für Dinge zu interessieren, die ihn nichts angehen. Die er überhaupt nicht beurteilen konnte, weil er nicht verstand, warum ich sie tue.

Warum ich sie tun muss!

Er hat mich gesehen, als ich eine dieser armseligen Kreaturen aufgespürt hatte und dabei war sie zu umgarnen, wie eine Spinne im Netz. Er hielt mich für das Opfer und immer wieder hat er mir zugeredet, mich ihm anzuvertrauen. Er glaubte, ich brauche Hilfe. Aber er wusste nicht, wie es wirklich war. Er konnte es nicht wissen.

Er durfte es nicht wissen, weil er mich sonst daran gehindert hätte, meine Pflicht zu erfüllen. Und er durfte es niemandem verraten.

Niemandem!

Aber er wollte es tun. Er wollte mein Geheimnis verraten.

Ich flehte ihn an, es nicht zu tun. Er versprach, bis nach dem Rennen zu warten. Ich habe ihn geliebt. Er war ein guter Mensch.

Er ist mit mir gegangen, in diese Kabine, die er nicht mehr verlassen sollte. Ich sagte ihm, niemand dürfe uns zusammen sehen, wenn ich ihm etwas zeige, was ich noch niemandem gezeigt habe. Er hat nicht verstanden, warum. Er dachte, ich mache einen Scherz, hat gelacht – obwohl sein Lachen unecht klang. Doch er hat mir vertraut. Erst, als er das Messer sah, dass ich ihm an die Kehle hielt, als er bemerkte, dass ich Handschuhe trug, fing er an zu begreifen.

Aber da war es schon zu spät. Ich kenne den Punkt am Hals, der einen Menschen innerhalb kürzester Zeit bewusstlos macht, denn ich habe das schon oft am eigenen Leib erfahren. Eigentlich hätte er sich nur wehren müssen, doch er blieb still. Wie ein Kaninchen beim Anblick der Schlange. Er wäre ein williges Opfer gewesen für die Edlen Edoms, dachte ich. Bereit zu leiden, bereit alles zu ertragen. Beinahe hätte ich aufgehört.

Doch dann war es zu spät und ich besiegelte sein Schicksal, indem ich ihn an der Klinke erhängte.

Es tat mir weh, ihn so zu sehen. Leblos. Tot.

Ich hätte ihn gern gezeichnet, aber ich durfte es nicht. Wie bei Ronnie muss ich sein Bild in meinem Kopf bewahren.

Mein Schmerz sitzt tief. Aber ich werde ihn überwinden, denn ich bin dazu bestimmt, Gericht zu halten über Edom.

Der Herr hat einen Tag der Rache bestimmt.

KM 1,1 – SCHWIMMEN

»Ja, wie geil ist das denn hier?«

Michelle blieb stehen. Von der Brücke zwischen Heuberg und Hilpoltstein hatte man einen guten Blick hinunter zum Kanal, an dessen Südufer eine stetig wachsende Menschenmasse wie ein kunterbunter Ameisenhaufen wirkte. Musik schallte durch die noch kühle Morgenluft, der Sprecher war in seinem Element und heizte die Stimmung ohne Unterlass an. Mehrere Heißluftballons standen auf der großen Wiese am Nordufer.

Maria hatte sich neben Michelle gestellt. »Morgens um sechs in Franken: Deutschlands größte Freiluftdisko.«

Michelle lachte. »Dabei startet erst in einer halben Stunde die erste Schwimmgruppe. Dass ich um diese Uhrzeit freiwillig unterwegs bin *und* gute Laune hab, glaube ich echt nicht.«

»Wo bleibt ihr?«, erklang eine Männerstimme vor ihnen.

»Schon unterwegs!« Michelle zupfte Maria am T-Shirt und sie beeilten sich, hinter ihren Kollegen herzukommen. »Da ist wohl wer nervös.«

»Das wäre ich jetzt auch, wenn ich nachher in den Kanal springen müsste«, meinte Maria.

»Das dauert doch noch ewig. Um Viertel vor neun sind die Staffeln dran. Und du hast ja noch ein paar Stunden länger Zeit zum nervös werden«, erwiderte Michelle. »Konntest du eigentlich schlafen?«

»Hat schon gepasst.«

Michelle beschränkte sich auf einen skeptischen Seitenblick, weil sie wohl ahnte, dass Maria das Gefühl hatte, kaum ein Auge zu getan zu haben. Es hatte allerdings nicht an Dirk Gottwalds Tod gelegen, der Maria zwar naheging, weil sie ihn persönlich gekannt hatte. Sie übte diesen Beruf schon lange genug aus, um recht schnell dazu eine gewisse innere Distanz aufbauen zu können. Es hatte auch nicht an Michelle gelegen, die einen großen Teil der Luftmatratze beansprucht hatte, aber die ganze Nacht ruhig neben ihr geschlummert hatte. Im Gegenteil hatten die gleichmäßigen Atemzüge Maria eher beruhigt. Es war dieselbe hypnotische Wirkung gewesen, wie früher, wenn ihre Tochter Franzi in ihrem Arm eingeschlafen war. Ihre momentane Unruhe hatte mehrere Ursachen und nur eine davon war, dass sie sich schon seit ihrer Zusage fragte, ob sie die Strecke auch wirklich durchhalten würde.

Während sie den Weg hinunter zum Ufer marschierten, hakte sich Elfriede, die Frau von Marias ehemaligem Mentor Paul Holzapfel, Leiter des KDD in Nürnberg, bei ihr unter.

»Warum ist Olaf eigentlich nicht da?«

Maria schluckte. »Ihm ist etwas dazwischen gekommen.«

»Und was?«

Maria antwortete nicht, denn sie hatte genug damit zu tun, die spontan aufwallenden Tränen herunterzuschlucken. Sie blinzelte ein paar Mal.

»Oh.« Elfriede senkte die Stimme. »Ich hatte es befürchtet, seitdem du ihn in den Osterferien nicht im Urlaub dabei haben wolltest. Wann hast du es ihm gesagt?«

Maria räusperte sich. »Vorgestern. Er hat es ganz gut weggesteckt.« Sie war froh, dass ihrer Stimme kaum etwas anzuhören war. Ihre Trennung von Olaf Richter war weder ein spontaner Entschluss gewesen noch plagten sie Zweifel, das Richtige getan zu haben, aber trotzdem war ihr dieser Schritt schwer gefallen.

Elfriede tätschelte Marias Arm, ließ es zu deren Erleichterung dabei bewenden und wechselte das Thema. »Das war ja wirklich ein schrecklicher Schock gestern Abend, als du Dirk Gottwald gefunden hast. Wie es wohl Gottwald senior jetzt gehen mag?«

»Es muss schlimm für ihn sein. Dirk war sein einziges Kind«, sagte Maria.

Elfriede gab ein mitfühlendes Geräusch von sich. Genau wie Maria an ihre Tochter, dachte Elfriede sicher in diesem Moment an ihren eigenen Sohn und daran, dass es kaum vorstellbar war, sein Kind auf solche Art und Weise zu verlieren.

»Wie alt ist Gottwald senior eigentlich?«, erkundigte sich Michelle, die bei dem Namen neugierig aufgehorcht hatte.

»Über 60«, antwortete Maria.

»Dann ist er ja locker 25 Jahre älter als Jacky. Der könnte glatt ihr Vater sein«, sinnierte Michelle. »Sie ist doch bestimmt nicht älter als du, Maria, oder? Hammer, echt. Was will eine Frau mit einem so alten Mann?«

Elfriede warf ihr einen zutiefst missbilligenden Blick zu. »Vielleicht liebt sie ihn einfach?«

»Oder eher sein Geld? In jedem Fall muss sie das jetzt nicht mehr mit ihrem Stiefsohn teilen.«

»Also bitte, Michelle!«

»Tut mir leid. Berufskrankheit.« Michelle grinste schief. »Spekuliert Paul etwa nicht herum?«

Elfriede verdrehte die Augen. »Ich gebe mein Bestes, ihm das auszutreiben.«

»Ich glaube nicht, dass Jacky Gottwald ihren Mann aus materiellen Beweggründen geheiratet hat«, mischte sich Maria ein. »Ihre Beziehung begann zwar ganz klassisch – sie war eine seiner Büroangestellten, aber sie hat seitdem weiter hart gearbeitet und lebt für die finanziellen Verhältnisse immer noch eher bescheiden. Von Luxus keine Spur. Außerdem kümmert sie sich um ihren Mann, seitdem er krank ist. Also kein Skandal, Michelle, alles gut.«

»Na ja, echte Liebe soll ja auch im Alter noch vorkommen«, meinte Michelle mit einem Augenzwinkern. »Ich könnte mir jedenfalls nie vorstellen, mit einem alten …«

»Ich glaube, du solltest deiner Fantasie eine Pause gönnen, Madli«, unterbrach Holzapfel in diesem Moment und schüttelte nur seinen haarlosen Kopf, der das Sonnenlicht reflektierte.

Lachend hakte sich Elfriede bei ihrem Mann unter. »Ach, Michelle, weißt du, die älteren Männer haben ganz besondere Qualitäten. Eines Tages lernst du das schon noch schätzen.«

»Ja klar, so in 30, 40 Jahren dann.«

Kurz darauf wurde sie noch einmal an die tragischen Umstände erinnert, als Dirk Gottwald – wenn auch nicht namentlich – bei der Morgenandacht in das Gebet eingeschlossen wurde.

Einige Reihen vor sich glaubte Maria, den Rastafari vom Vorabend zu entdecken. Es starteten Sportler aus aller Welt, und er war nicht der einzige Dunkelhäutige in der Menge, daher war sie zuerst nicht ganz sicher. Der Betreffende, der mit gesenktem Kopf im Gebet verharrte, hatte die Rastalocken zu einem Zopf zusammengefasst und trug bereits einen Neoprenanzug. Nach dem ›Amen‹ küsste er seinen Daumen und bekreuzigte sich. Ein älterer Mann neben ihm, der ebenfalls einen Neoprenanzug trug, tat es ihm gleich. Anschließend klopfte er dem Rastafari aufmunternd auf die Schulter und wechselte ein paar Worte mit ihm. Währenddessen ließ der Rastafari seinen Blick unbestimmt über die Menschen gleiten – und blieb an Maria hängen. Er schien milde überrascht, nickte grüßend, dann verschwand er gemeinsam mit dem älteren Mann in Richtung Startbereich. Offenbar gehörten die beiden zur ersten Startgruppe, in der neben den Top 50 der Männer und den Top 20 der Frauen die Athleten über 65 sowie diejenigen starten durften, die sich durch besondere Schnelligkeit in ihren Altersklassen auszeichneten.

»Raumteiler«, murmelte Michelle in diesem Moment.

»Wie bitte?« Maria sah die frech grinsende Blondine an.

»Na ja, den Fahrradfahrern und den Läufern kann man allen das Vaterunser durch die Rippen pusten – so dünn und windschnittig wie die sind. Aber die Triathleten, die sind eher so Marke Raumteiler – wegen des

Schwimmtrainings. Guck dich doch mal um! Richtig ... schnuckelig.«

Maria rollte mit den Augen. »Meine Güte, muss das schön sein, wenn man jung ist.«

»Hey, was kann ich dafür, dass mich der liebe Gott mit so scharfen Augen ausgestattet hat! Außerdem hast du auch gerade diesen ... diesen *Blick* drauf gehabt. Zu dem mit der Rastafrisur da hinten.«

»Diesen *Blick* hast du dir nur eingebildet.«

»Er hat ihn auch bemerkt. Er hat dich angelächelt!«

Maria gab ihrer Kollegin einen freundschaftlichen Stoß. Sie wollte ihr nicht auseinandersetzen, dass besagter Blick andere Gründe gehabt hatte – nämlich sicherzugehen, dass er es war, damit ihre Kollegen von der zuständigen Kripo in Schwabach den Mann als Starter der ersten Gruppe leichter ausfindig machen konnten, wenn sie ihn befragen wollten.

»Nutz deine Augen lieber, um uns Kaffee zu organisieren. Ich starte ja erst am Nachmittag.«

Jetzt stöhnte Michelle theatralisch. »Ich beschwer mich demnächst wirklich beim Betriebsrat, weil du mich immer Kaffee holen schickst.«

»Mach das. Und jetzt schieb ab! Bring ...«

»... Brezn mit! Wie käme ich dazu, die zu vergessen. Ob die hier auch diese Großen haben? Wie auf dem Berg? Oder darfst du heute nicht so viel essen, damit du nachher nicht über die Strecke rollst, anstatt zu lauf...«

»Herrschaftszeiten! Schick dich!«

Kichernd mit den Hüften wackelnd machte Michelle, dass sie weg kam.

»Hey! Da seid ihr ja!« Eine dunkelblonde Frau schob sich durch die Menge. »Ich hab schon befürchtet, wir finden euch nie in dem Getümmel … Jens! Hier drüben!« Sie reckte sich, um dem Gerufenen zu winken.

»Servus«, grüßte Jens. »Entschuldigt die Verspätung. Aber Nina braucht ja im Moment morgens länger im Bad.« Das Lächeln erreichte seine Augen nicht.

»Mir war wieder schlecht«, bekannte Nina seufzend, ohne ihren Mann anzusehen. »Es scheint egal zu sein, wann ich aufwache. Und dabei hab ich so gehofft, dass das allmählich nachlässt.«

Maria musterte ihre Freundin. »Aber gut schaust trotzdem aus. Schwanger macht schön.«

»Danke!« Gedankenverloren strich Nina sich mit einer Hand über den gerundeten Bauch. »Steht es jetzt eigentlich fest, dass ihr im August beim Erlanger Triathlon starten könnt? Die Staffeln waren doch ausgebucht.«

»Felsenfest«, bestätigte Maria. »Michelle hat wirklich ein Talent dafür, die richtigen Leute kennenzulernen. Frag mich nicht, wie sie es angestellt hat, aber auf irgendeiner Party ist sie einem der Veranstalter begegnet und hat ihm das Versprechen aus dem Kreuz geleiert, dass wir noch einen Staffelplatz bekommen. Also, Jens, drücken gilt nicht.«

»Ich drücke mich nie!«, antwortete Jens schroff. Er sah sich um, als suche er jemanden.

Maria und die Holzapfels tauschten einen betroffenen Blick. Schließlich war es Elfriede, die sich ein Herz fasste: »Perez hat nicht vor, heute zu kommen.«

Ninas Körperhaltung entspannte sichtlich.

»Ich hol uns was zu trinken.« Jens drehte sich auf dem Absatz herum und wurde von der Menge verschluckt.

In einem langen Zug stieß Maria die Luft aus. »Haben die beiden immer noch nicht miteinander geredet?«

»Nein. Jens hat sich vorletzte Woche mit Professor Leibl getroffen. Danach hat er mir gesagt, dass er versuchen wird, mit allem klar zu kommen und das Kind als seins anzunehmen. Versprechen könne er mir zwar nichts, aber … Na ja, es ist ein guter Anfang.« Sie seufzte. »Seitdem bemüht er sich wirklich. Ich wüsste zu gern, was Professor Leibl ihm gesagt hat.«

Maria schwieg vorsorglich, obwohl sie es ahnte, denn sie kannte inzwischen die ungewöhnlichen Familienverhältnisse der Familie Leibl. Sie würde sich nicht in diese bizarre Dreiecksbeziehung einmischen.

»Ich habe Jens gesagt«, fuhr Nina fort, »ich möchte den Professor gern besuchen, denn irgendwie gehört er ja bald zur Familie. Als Großonkel, oder so. Und, dass ich am liebsten kein Geheimnis daraus machen würde, dass Jens nicht der leibliche Vater ist, weil ich den Gedanken schrecklich fände, dem Kind das irgendwann mit großem Tamtam eröffnen zu müssen. Verstehst du, was ich meine?«

»Eine gute Idee«, fand Maria. »Was sagt Jens dazu?«

Nachdenklich legte Nina die Stirn in Falten. »Das ist das Seltsame. Ich hatte damit gerechnet, dass er das nicht will, aber er hat gemeint, es geht in Ordnung.«

»Das hört sich doch gut an. Allerdings sollten alle damit einverstanden sein. Wie findet Perez das?«

»Keine Ahnung.« Nina spitzte die Lippen. »Kannst du nicht mal mit ihm reden?«

Abwehrend hob Maria die Hände. »Das macht ihr bitte unter euch aus!«

Gerade verkündete der Sprecher, dass die erste Startgruppe startbereit sei.

»Oh, hört mal, es geht gleich los! Kommt, wir gehen vor zum Kanal«, unterbrach Maria das Geplänkel.

Als sowohl Michelle als auch Jens mit Kaffee und Brezn bewaffnet zurückgekehrt waren, suchte sich die Gruppe einen Platz am Ufer, von dem aus sie einen guten Blick auf die Sportler hatten, die sich alle im Wasser hinter dem Startseil versammelt hatten. Die Musik dröhnte laut.

»Zehn!«

Der Kanufahrer, der die Schwimmer anführen würde, wartete ein Stück vom Seil entfernt.

»Neun!«

Die Badekappen der Sportler waren orangefarbene Punkte im dunklen Wasser des Kanals.

»Acht, sieben, sechs!«

Maria überfiel eine Gänsehaut.

»Fünf, vier, drei, zwei …« Für einen Sekundenbruchteil stand die Zeit still.

»Eins!

BUMM!

Der Kanonendonner hallte durch die Morgenluft, als das Seil in die Höhe flog. Die Menge am Rand hob zu kollektivem Jubel an, als die Schwimmer wie ein vielarmiger Riesenkrake das Wasser des Europakanals von einer Sekunde zur anderen zum kochen brachten. Eine wilde Menge aus Armen, Beinen und schwarzglänzenden Körpern brodelte durch die Fluten. Der Kanufahrer hatte sich gleichzeitig mit der Führungsgruppe in Bewegung gesetzt.

Neben Maria stieß Michelle hörbar die Luft aus. Erst jetzt bemerkte Maria, dass sie ebenfalls den Atem angehalten hatte. Es gab ihr einen unvermittelt neidischen Stich, dass ihr eigener Start als Staffelläufer am Nachmittag völlig unspektakulär verlaufen würde. Ihr Staffelkollege Karl würde ihr nach 180 km Radfahren den Zeitmesschip überreichen und sie würde losrennen. Das war alles.

Sie beobachteten die sich entfernende Führungsgruppe der Schwimmer.

»So schnell möchte ich auch mal schwimmen können.« Michelle ließ sich ihre Bewunderung deutlich anhören. »Wie schnell bist du eigentlich, Jens?«

»Für die 2000 m in Erlangen habe ich mir 40 Minuten vorgenommen. Also geh nach meinem Start nicht erst noch irgendwo Kaffee trinken.«

»Ich? Wie käme ich denn…«

»Schaut mal, da ist was passiert!« Aufgeregt deutete Elfriede zum Kanal. Mehrere Boote strömten zu einer Stelle, ungefähr in der Mitte des Starterfeldes, an der das Wasser nicht mehr brodelte. Auf die Entfernung war nicht genau auszumachen, was los war. Ein Helfer in einem Boot hing über Bord und hielt mithilfe von Sportlern einen Schwimmer fest, damit der nicht unterging. Von einem herbeieilenden Motorboot sprangen weitere Helfer ins Wasser, sodass die Sportler ihren Weg fortsetzen konnten. Bald hatte sich das Knäuel entwirrt. Eine Durchsage ertönte, mit der Bitte, den Rettungseinsatz am

Ufer nicht zu behindern, denn einige Dutzend Zuschauer strömten bereits zu der Stelle.

»Hat der sich noch bewegt?«, fragte Michelle.

Maria rammte Michelle den Ellbogen in die Seite.

»Aua!«

Maria ruckte mit dem Kopf, um Michelle auf Werner, ihren Staffelschwimmer, aufmerksam zu machen, der die ganze Zeit wie gebannt zu der Unglücksstelle hinüberstarrte.

Ein neuer Countdown setzte ein. Der Böllerschuss ertönte. Die nächste Startgruppe war auf dem Weg.

Maria legte Werner die Hand auf den Oberarm. »Komm, wir gehen woanders hin. Ich kann auch ein bisschen Ruhe brauchen.«

Entschieden wandte er der Szene den Rücken zu. »Ja, ich … glaub, ich geh mich bald umziehen. Und dann einschwimmen. Nimmst du später meinen Wechselbeutel mit?«

»Sicher.«

Maria rief den anderen zu, dass sie sich rechtzeitig zu Werners Start wieder an dieser Stelle einfinden würde. Sie ließen sich viel Zeit und redeten nicht, während sie kreuz und quer und alles andere als zielgerichtet über das weitläufige Gelände schlenderten, bevor sie für Werner einen Platz zum Umziehen suchten. Geduldig wartete Maria, begleitete ihn schließlich an ein ruhigeres Plätzchen am Kanal, wo er mit sichtlicher Erleichterung ins Wasser glitt, um sich einige Minuten lang einzuschwimmen. Schließlich setzte er sich neben Maria ans Ufer.

Plötzlich rubbelte er sich mit einem Handtuch den Kopf trocken, als wolle er sich jedes Haar einzeln ausrupfen. »Mir ist kotzübel.«

Maria hörte auf, an den Grashalmen zu zupfen. »Ich fühl mich auch beschissen. Dabei bin ich erst am Nachmittag dran.«

Sie lachten beide. Werner legte die Unterarme auf die Knie und atmete tief durch. Maria sank auf den Rücken und beobachtete die watteweißen Wolken am blauen Morgenhimmel. Die laute Musik zum Anheizen der Zuschauer passte nicht zu ihrer eigenen Stimmung. Der intensive Sport der letzten Wochen hatte sie eigentlich ablenken sollen, doch das Gegenteil war eingetreten. Die vielen Stunden, die sie allein beim Training verbracht hatte, waren nicht dazu geeignet gewesen, sich weiter etwas vorzumachen; also hatte sie Konsequenzen gezogen und ihre Beziehung zu Olaf beendet. Energisch schob sie diesen Gedanken beiseite. Sie hatte ihre Entscheidung getroffen. Ende.

Als sich die Startzeit näherte, klopfte sie Werner, der immer noch reglos neben ihr saß, auf den Rücken. »Ich lass dich jetzt mal allein. Wir sehen uns dann an der Wechselzone.«

»Klar!« Er grinste in sichtlich aufgeräumterer Stimmung als kurz zuvor. »Drück mir die Daumen, dass alles gut geht.«

WECHSELZONE 1 – KM 3,8

Es ging alles gut. Eine Stunde und 16 Minuten nach dem Start übergab er in der Wechselzone 1 den Zeitmesschip an Karl, der sich auf sein Rennrad schwang.

KM 5,2 – RAD

Eigentlich hatte sie keinen Hunger, aber Maria knabberte am letzten Rest einer trockenen Semmel herum. Es war ganz bestimmt nicht sinnvoll, heute Nachmittag mit knurrendem Magen auf die Strecke zu gehen. Sie trank einen Schluck Wasser, bevor sie die leere Tüte und Flasche zurück in ihren Rucksack steckte. Sie warf einen Blick auf die Uhr. Es war erst dreiviertel zwölf, von daher noch kein Grund nervös zu werden. Bis sie Karl in der Wechselzone 2 am Ortseingang von Roth treffen und sich auf ihren Marathon begeben würde, vergingen noch fast vier Stunden.

Die Gruppe hatte sich aufgeteilt, um an unterschiedlichen Stellen der Strecke zu stehen, um Karl anzufeuern, der gerade auf der Hälfte der ersten von zwei 90 km Runden auf dem Rennrad unterwegs war. Zusammen mit Michelle war Maria nach einer kleinen Odyssee durch den Landkreis vom Schwimmstart in Heuberg nach Obermässing gekommen. Viele Straßen im Umkreis waren wegen der Challenge gesperrt und so hatten sie auf ihrem Weg hierher gar nicht erst das Navi befragt, sondern Michelle war gefahren und Maria hatte sie mithilfe einer gewöhnlichen Landkarte gelotst. Am Ortsrand von Obermässing hatten sie das Auto zurückgelassen und waren über einen Feldweg am Waldrand entlang bis zur letzten steilen S-Kurve an der Abfahrt Kalvarienberg gelaufen. Mehrere Gruppen Zuschauer, alt und jung, standen am Rand der Fahrbahn. Drei Familien mit einer Horde Kinder veranstalteten mit Ratschen, Tröten und Trommeln einen Höllenlärm und reckten selbstgemalte Plakate.

»Hier will ich auch mal runter fahren!« Begeistert klatschte Michelle in die Hände und jubelte den Sportlern zu. »Die kriegen so einen Speed drauf. Wahnsinn! Was meinst du, wie schnell die sind?«

Maria zuckte mit den Schultern. »Zu schnell für mich … da. Da ist Karl. KARL!«

»GO! GO! GO!«, schrien Michelle und Maria gleichzeitig.

Karl auf dem Rad brachte ein schnelles Lächeln zustande, während er sich gekonnt nach links in die Kurve lehnte, um mit dem stetigen Strom vorbeirauschender Radler in die fast 180-Grad steile Kehre zu biegen.

»Wenigstens hat er uns gesehen«, meinte Michelle zufrieden. »Oh Mist, schau mal, der ist zu schnell!«

Die Frauen sogen scharf die Luft ein, weil ein Radfahrer die Kurve offenbar unterschätzt hatte – um gerade eben noch die Wende zu schaffen, wobei er weiter außen fahrende Sportler so weit abdrängte, dass diese beinahe aufs Bankett gerieten. Die Zuschauer, die im Weg standen, spritzten beiseite. Für die Radfahrer ging alles gut, lediglich ein Mann war der Länge nach hingefallen, als er gezwungen war auszuweichen. Aber schon rappelte er sich auf, stülpte die heruntergefallene Baseballkappe wieder auf den mit einem Piratentuch umwickelten Kopf und stapfte an Maria und Michelle vorbei ein Stück weiter den Berg hinauf. Die Familien bezogen jetzt ebenfalls oberhalb des Scheitelpunktes der Kurve Stellung, wo die Kinder begannen, am Straßenrand und dem angrenzenden Waldstück fangen zu spielen.

»Siehst du«, sagte Maria, »deswegen fahre ich nicht Rennrad.«

Michelle lachte. »Ach, halb so wild. Du musst dich nur trauen. Guck mal der hat's drauf.«

Ein schwarzes Triathlon-Rad mit Lenkeraufsatz und hohem Felgenprofil rauschte in Höchstgeschwindigkeit und auf Ideallinie vorbei.

»Der ist bestimmt schon auf der zweiten Runde«, mutmaßte Maria.

Die nächste Zeit verbrachten sie damit, die Athleten anzufeuern sowie sich über den Sinn und Unsinn technischer Veränderungen am Rad zu unterhalten.

»Für die Profis oder die ehrgeizigen Amateure ergibt es vielleicht Sinn, viel Geld für so ein Zeug auszugeben«, meinte Michelle. »Aber ich glaube nicht, dass es mir zum

Beispiel so viel bringen würde. Ich meine, wen interessiert schon, ob ich zehn Minuten früher oder später im Ziel bin. So ehrgeizig bin ich nicht.«

»Siehst du, noch ein Grund, sich nur mit dem Laufen zu beschäftigen. Da genügen ein paar ordentliche Laufschuhe und deren Preis bewegt sich im erschwinglichen Rahmen.«

Immer noch unermüdlich rannten die Kinder neben der Straße durch das Gebüsch. Inzwischen waren sie dabei, sich mit allen möglichen Dingen abzuwerfen. Maria beobachtete gerade einen Knirps, der quietschend hinter seiner großen Schwester herrannte, und deren Mutter ihn erfolgreich daran hinderte, einen Stein zu werfen, als es geschah. Es gab einen Knall, wie von einem Knallfrosch, nahezu gleichzeitig zuckte ein Fahrradfahrer auf einem rot-weißen Triathlonrad zusammen und verriss den Lenker. Unwillkürlich stieß Maria einen lauten Warnruf aus, als der Mann sich mitsamt dem Fahrrad überschlug und über den Asphalt auf das Bankett geschleudert wurde. Nachfolgende Fahrradfahrer schlingerten beim Ausweichen oder hielten an, aber niemand sonst stürzte.

»Scheiße!« Michelle hatte ihr Handy bereits am Ohr.

Maria rannte zu dem Mann am Boden, bevor sie sich bewusst dazu entschieden hatte. Im Vorbeilaufen begegnete ihr Blick dem eines Radfahrers, der auf der Innenseite neben dem Verunglückten gefahren und von ihm beinahe gerammt worden war. Es war der Rastafari. Er nickte ihr zu, dann fuhr er weiter. Zu schnell war er verschwunden, als dass sie die Startnummer auf seinem Rücken oder den Namen darunter hätte erkennen können.

»Ist ein Arzt hier?«, rief Maria, während sie sich neben den bewusstlosen Mann kniete. Sie spürte seinen Atem, als sie ihre Hand unter seine Nase hielt. Er stöhnte beinahe unhörbar, seine Augenlider flatterten.

»Ist unterwegs«, sagte Michelle. »Das geht heute Gott sei Dank schnell.«

Sie hörten ein Martinshorn unten vom Ort heraufkommen. Der Mann lag mit verrenkten Gliedern auf dem Boden und blutete aus unzähligen Wunden, doch trotzdem entschied Maria sich, ihn nicht anzurühren, um nicht versehentlich etwas zu verschlimmern. In einem Augenblick würde ja auch der Notarzt da sein. So beschränkte sie sich darauf, dem Mann nur leicht über die Stirn zu streichen und beruhigend auf ihn einzureden.

»Mein Gott, ist das furchtbar«, murmelte Michelle, nachdem die Sanitäter übernommen hatten.

Erst jetzt spürte Maria, dass sie zitterte. Der Adrenalinschub war dabei nachzulassen. Aus gebührendem Abstand beobachteten die Frauen, wie die Sanitäter den Mann versorgten, der immerhin halbwegs bei Bewusstsein war. Es dauerte nicht lange, bis er in den Krankenwagen verfrachtet war, der sich mit Blaulicht auf den Weg in die Klinik machte. Zwei Polizeibeamte befragten derweil die Umstehenden nach dem Unfallhergang. Genau gesehen, was passiert war, hatte niemand, nur darüber, dass etwas geknallt hatte, waren sich alle einig. Ein älterer Mann behauptete, etwas sei durch die Luft geflogen, genau auf den Verunglückten zu. Eine junge Frau und ihr Freund wollten gesehen haben, wie er sich an die Brust gegriffen hatte.

»Einen Herzinfarkt hatte der! Bestimmt!«

Ein weiterer Zuschauer meinte, eines der spielenden Kinder hätte womöglich etwas geworfen, das in die Speichen geraten sei. Da besagte Kinder aber gleich nach dem Unfall von ihren Eltern außer Sichtweite des Dramas gebracht worden waren, war das nicht mehr herauszufinden.

»Hast du irgendwas gesehen?« Maria sah Michelle fragend an.

Die schüttelte den Kopf. »Ich hab gerade bergab geschaut. Du?«

»Auch nicht. Ich hab nur den Knall gehört, dann hat er schon verrissen.«

»Glaubst du, dass es die Kinder waren?«

»Eigentlich eher nicht«, erwiderte Maria. »Sie haben die ganze Zeit nichts in Richtung Straße geworfen, da haben die Eltern aufgepasst. Aber ausschließen würde ich es auch nicht.«

»Vielleicht lag auch irgendetwas auf der Straße. Ein dicker Stein oder so«, überlegte Michelle.

Um die Rettungsarbeiten nicht zu behindern, hatten sie sich mit den anderen Zuschauern ungefähr zu der Stelle begeben, an der zuvor die Familien gestanden hatten. Auch der Mann mit der Baseballkappe stand mit den Händen in den Hosentaschen noch dort. Er wandte den Blick ab, als Maria ihn ansah. Als er vorhin gefragt worden war, ob er etwas gesehen habe, hatte er nur mit den Achseln gezuckt. Nachdem die Polizisten ebenfalls fort waren, zerstreuten sich auch die Zuschauer. Auch Maria hatte sich unauffällig umgesehen, ob sie etwas entdeckte, das der Auslöser von dem Sturz gewesen sein konnte, auch wenn weder sie noch Michelle sich diesmal den Polizisten gegenüber als Kollegen zu erkennen gegeben hatten. Es gab keine Bremsspuren, also hatte – was auch immer es gewesen war – irgendetwas den Fahrer unvorbereitet getroffen. Auf der Straße lag nichts. Entweder hatte ein hilfreicher Zuschauer das fragliche Objekt gleich nach dem Unglück entfernt, damit kein zweites passierte, oder es war weggeschleudert worden. Oder es war gar nichts da gewesen, und der Fahrer hatte aus irgendeinem anderen Grund verrissen.

Am Straßenrand lag zwischen anderem Müll ein Stück Papier, das mit rotem Filzsstift bemalt war. Maria bückte sich.

»Was ist das?«, fragte Michelle.

Maria drehte das Papier hin und her. Die Rückseite war leer, auf der Vorderseite war mit wenigen Strichen, aber gut zu erkennen, ein Ritter dargestellt, der auf seinem Pferd im gestreckten Galopp mit erhobenem Schwert in den Kampf zog. Quer darüber geschrieben stand *J 3 4 5*.

»Sieht cool aus. So zeichnen können ist echt toll. Ich bewundere solche Leute ja. Weißt du noch, Ninas Kollegin? Die hat es ja echt drauf gehabt. Ich frag mich nur, warum jemand so etwas einfach wegschmeißt.«

»Gestern Abend in der Kabine von Dirk Gottwald lag auch eine Zeichnung«, sagte Maria. »Ein Herz, das von drei Pfeilen durchbohrt wird.«

»Liebeskummer mit seinem Freund? Ich meine, ein durchbohrtes Herz …« Theatralisch legte sie die Hand auf ihres.

»Hm. Stimmt.« Das kleine ›m‹ hatte dann wohl für Dirks Freund Marko gestanden.

Leise pfiff Michelle durch die Zähne. »Hast du den gesehen? So ein schnuckeliger Hintern!«

Maria kicherte. »Weiß Fabian eigentlich, dass du anderen Männern nachschaust?«

»Klar«, behauptete Michelle. »Und er mag mich trotzdem. Außerdem ist sein Hintern auch nicht von schlechten Eltern. Sollen wir eigentlich noch bleiben oder woanders hin oder willst du lieber nach Eckersmühlen, damit du dich noch etwas ausruhen kannst, bevor du zur Wechselzone musst?«

Bei dem Gedanken an ihren Start begann Marias Herz schneller zu schlagen. Sie knüllte die Zeichnung zusammen und steckte sie zu dem anderen Müll in die Seitentasche ihres Rucksacks. »Lass uns nach Eckersmühlen fahren. Ich glaube, ich leg wirklich noch etwas die Füße hoch.«

KM 7,5 – RAD

In kleinen Kreisen trabte Maria im Bereich ihrer Startnummer über die große Wiese, auf der sich die Wechselzone 2 befand. Im Bereich der Staffeln herrschte, wie zu erwarten war, ein beständiges Kommen und Gehen. Auch bei den Einzelstartern, die von den fleißigen Helfern gleich am Anfang in einen anderen Teil gelotst wurden, gab es noch viele, die erst jetzt zum Marathon aufbrachen.

Durst hatte sie keinen, dennoch überlegte Maria, ob sie vorsichtshalber noch etwas trinken sollte, entschied sich dann aber dagegen, um unterwegs keinen Toilettengang zu riskieren. Auch, wenn das im Angesicht der Temperaturen und des voraussichtlichen Schweißaufkommens kaum zu erwarten war. Männer hatten es da deutlich einfacher. Die Sonne brannte schon den ganzen Tag unermüdlich, sodass sie froh war, sich für ihr Cap entschieden zu haben. Mit dem Zeigefinger rückte sie ihre Sonnenbrille zurecht.

Alle paar Sekunden warf sie einen Blick zum Eingang, durch den jeden Moment ihr Staffelkollege Karl kommen musste. Sie blieb stehen, dehnte zum ungezählten Mal ihre Wadenmuskulatur und überprüfte zum ebensovieltenmale, ob sie wirklich die drei Energy-Gels in der kleinen Reißverschlusstasche an der Rückseite ihrer Hose stecken hatte.

Vielleicht hätte sie doch lieber vier mitnehmen sollen?

Sie stützte die Hände in die Seiten. Jetzt war es sowieso zu spät. Außerdem gab es unterwegs genug Verpflegungsstände, an denen nicht nur Wasser und Isogetränke, sondern auch Bananen, Äpfel, Riegel und vielleicht sogar Gels liegen würden.

Wo blieb Karl nur?

Die anderen Staffelläufer um sie herum waren im Großen und Ganzen auch nicht ruhiger. Manche wirkten zwar ausgeglichen, doch da sie schon über eine halbe Stunde hier war, hatte sie sich mit einigen unterhalten und erfahren, dass es nur der äußere Schein war. Und noch etwas hatten alle gemeinsam: Sie freuten sich auf die Strecke.

Maria kniff die Augen zusammen. Da! Endlich!

Wie alle anderen Radfahrer kam auch Karl zu Fuß um die Ecke, sein Rennrad schiebend, das ihm sofort von einem der Helfer abgenommen wurde. Maria lief ihm entgegen, weil er steif in ihre Richtung humpelte. Seine Fahrradschuhe behinderten ihn zusätzlich, denn unter den Ballen waren sie durch eine Platte erhöht, mit denen er sich beim Fahren an den Pedalen fest klickte. Mehrmals knickte er um.

»Oh, verdammte Scheiße!« Mit verzerrtem Gesicht blieb er stehen, stützte eine Hand auf sein Knie und wedelte mit der anderen nach unten zu seinem rechten Fußgelenk, wo er das Band mit dem Zeitmesschip trug. »Nimm mir bloß das Ding ab und sieh zu, dass du fort kommst. Himmelherrgottsakraverdammtekackenocheins …«

»Was ist passiert?« Mit fliegenden Fingern versuchte sie, den Klettverschluss zu lösen, was allerdings schwierig war, denn Karl bleib nicht ruhig stehen. »Halt still, sonst krieg ich das nie ab!«

»180 km sind passiert. Verflucht noch mal. Auf den letzten 20 hatte ich einen Krampf nach dem anderen.«

»Etzerdla!« Maria schlang sich das Band um ihre Fessel. »Da vorne ist das Sanizelt! Komm ich bring dich hin.«

»Nichts da! Auf geht's!« Er grinste. »Wir sehen uns im Ziel.«

Maria klopfte ihm auf die Schulter. »Gut, dann bis später!«

Während sie ziemlich schnell über die Wiese zum Ausgang der Wechselzone lief, sah sie noch einmal über die Schulter. Gemächlich hinkte Karl gerade zu einem Verpflegungsstand anstatt zum Sanizelt, dabei unterhielt er sich mit einem anderen Radler, der ebenfalls gerade angekommen war. Trotz seiner Schmerzen schien er guter Dinge, daher war sie beruhigt.

Zunächst trabte sie über das Gras bis ans Ende der Wechselzone, dann links, parallel zum Zugang, von wo aus kommende und gehende Sportler ihr aufmunternd applaudierten. Dann bog sie in schnellem Lauf rechts auf die Hilpoltsteiner Straße ein, an deren Rand dicht gedrängte Reihen von Zuschauern standen.

»DA IST SIE! MARIA! GO! GO! GO!« Das war Michelle, die inmitten einer Traube Schlachtenbummler stand, die sie zu einer La-Ola-Welle animierte.

Maria winkte zurück. Ein Gänsehautschauer nach dem anderen überkam sie.

Beschwingt rannte sie weiter, dann zwei mal rechts. Auf der gegenüberliegenden Seite kamen ihr die Läufer entgegen, die den Marathon schon fast hinter sich gebracht hatten und denen nur noch die letzten Kilometer durch die Innenstadt von Roth bevorstanden. Einen Moment lang wünschte sich Maria, ebenfalls schon auf dem Weg zum Ziel zu sein, wo sie ein Stadion voll mit euphorischen Zuschauern erwartete, anstatt noch 41 lange Kilometer.

Er war beinahe zu schnell vorbei, doch im letzten Moment erkannte sie die charakteristischen Zöpfe des

Rastafaris, der 5 km vor dem Ziel im Triathlonpark als Einzelstarter frischer wirkte als viele der Staffelradfahrer. Seine Zeit konnte sich in jedem Fall sehen lassen.

Als sie schließlich parallel zur Allersberger Straße im Schatten des Waldes lief, warf sie einen Blick auf die Uhr. Vor lauter Hochgefühl lief sie viel zu schnell. In diesem Tempo würde sie zwar theoretisch eine sensationelle Zeit von unter 3:30 Stunden hinlegen, allerdings war es mehr als unwahrscheinlich, dass sie das Ziel dann überhaupt erreichen würde.

Sie drosselte das Tempo gerade rechtzeitig vor dem Anstieg zur Lände. Hier standen kaum Zuschauer und die erste Euphorie, endlich auf der Strecke zu sein, hatte nachgelassen. Bergauf wurde es zum ersten Mal anstrengend, daher verlangsamte sie ihre Schritte weiter, damit sie nicht außer Atem geriet und ermahnte sich, dass es nicht auf ein paar Minuten ankam.

Schon von Weitem hörte sie die Musik von der Bühne an der Lände, die von den Läufern gleich drei Mal während der Strecke passiert wurde – nach knapp 4 km, nach der Halbmarathonstrecke und dann noch mal bei Kilometer 37. Die Zuschauerzahl nahm an diesem Stimmungsnest wieder deutlich zu. Am Rand wurde geklatscht, gejohlt und angefeuert.

»Und hier kommt Maria! Staffelläuferin der Polizei Mittelfranken«, rief der Sprecher zu Marias kurzzeitiger Überraschung. Natürlich, ihre Startnummer verriet ihm mittels Computer, wer sie war. »Los Maria! Du schaffst es!« Die Musik und der Jubel der Zuschauer schwoll an, während Maria mit klopfendem Herzen und im Takt der

Musik vorbeilief. Lachend warf sie dem Sprecher eine Kusshand zu, der daraufhin eine Art Indianergeheul ausstieß, bevor er einen weiteren Läufer vorstellte, der mit den gleichen begeisterten Rufen empfangen wurde. Es war ein ebenso verrücktes wie stimulierendes Gefühl, so angefeuert zu werden.

Als Maria im nächsten Moment links abbog, um den Weg am Kanal entlang Richtung Schwand zu nehmen, wurde ihre Aufmerksamkeit durch ein zuckendes Blaulicht kurzzeitig abgelenkt. Durch eine Lücke in den Reihen der Zuschauer sah sie, wie in der Richtung, die die Läufer nach dem Halbmarathon nahmen, eine Person auf einer Trage, mit einer Maske auf Mund und Nase, in den Krankenwagen gehievt wurde. Sie fragte sich, ob die Anzahl der Zwischenfälle bei einem solchen Wettbewerb eigentlich normal waren. Sie riss sich von diesem Gedanken los. Es *war* normal, verflixt. Schließlich waren an diesem Wochenende Zehntausende Menschen unterwegs.

Dann genoss sie einfach den Marathonlauf. Er führte sie zuerst entlang des Kanals, bis Schwand, wo sie in drei Schleifen immer wieder im Ortskern landete, wo sie auf Jens und Nina traf. Inmitten der Partystimmung wirkten die beiden zu Marias Erleichterung zusammen so unbeschwert wie früher. Dann war sie wieder zurück am Kanal, an dem sie kurz nach Kilometer 13 von Michelle erwartet wurde, die ein Stück neben ihr hertrabte. Dann ging es zum zweiten Mal an der Lände vorbei – die halbe Strecke hatte sie schon hinter sich gebracht, wie sie zufrieden feststellte. In ihrem gewohnten Rhythmus lief sie weiter bis Haimpfarrich, wo sie Paul und Elfriede an einer Verpflegungsstation traf. Sie nahm sich kurz Zeit, um ein paar Worte mit ihnen zu wechseln. Den Anstieg nach Eckersmühlen spürte sie schwer in den Beinen. Im Ort wurde an unzähligen Stellen am Rand der Strecke gefeiert und geklatscht, Musik, gute Laune und Lachen überall. Als sie schließlich die letzten Häuser hinter sich gelassen hatte, überkam sie urplötzlich das Gefühl, sich lieber an den Wegrand setzen zu wollen, anstatt noch über 13 Kilometer zu laufen.

Ein entgegenkommender Sportler, der vielleicht ihre Verzweiflung spürte, rief ihr zu: »Komm, nicht aufgeben, du schaffst das!«

Sie rang sich ein dankbares Lächeln ab, trabte schweigend weiter, angestrengt nach vorn sehend, bis zur Wende. Karl und Werner saßen in mitgebrachten Campingstühlen dort und schwenkten ihr ein alkoholfreies Weizenbier entgegen.

Kopfschüttelnd zog sie ihr Cap ab, dann stützte sie ihre Hände auf die Knie und atmete kräftig durch. »Lieber nicht.« Ein Helfer vom Verpflegungsstand kam herbeigeeilt und drückte ihr ein Iso-Getränk in die Hand.

Maria richtete sich wieder auf. »Danke.«

»Wir trinken eins im Ziel zusammen!«, meinte Karl, als er ihr mit seinem Weizen zuprostete.

»Geht klar. Wie geht's deinen Beinen?«

»Besser als deinen«, gab er zurück. »Hopp etz! Wir treffen uns am Sammelplatz kurz vor dem Ziel.«

Maria hatte ihr Tief überwunden. Der Schweiß lief ihr trotz des Caps in Strömen in die Augen, weshalb sie sich vor jeder Verpflegungsstelle auf die Schwämme freute, die ihr gereicht wurden. Sie trank Wasser, Iso, hörte auf, sich über die Gels Gedanken zu machen und aß Bananen. In Haimpfarrich traf sie noch einmal auf Paul und Elfriede, die ihr zuriefen, sie im Stadion zu erwarten.

Alles war gut.

Bis sie zum dritten Mal die Lände passierte. Die Bühne war inzwischen leer, aber es gab immer noch unermüdliche Zuschauer, die den immer kleiner werdenden Strom der Läufer anfeuerten. An der Verpflegungsstation kurz vor dem Abzweig Richtung Roth hielt Maria an, um sich für die letzten Kilometer mit einer Banane und einem Isogetränk zu versorgen. Während sie aß und trank, ging sie langsam weiter. Ringsherum waren schon Aufräumarbeiten im Gange. Neben dem Tisch, auf dem Eigenverpflegung der Sportler gestanden hatte, lag etwas auf dem Boden. Ein Stück dreckiges, halb zerrissenes Papier mit einer Zeichnung, die mit einem roten Filzstift angefertigt war. Wie angewurzelt blieb Maria stehen und starrte darauf. Doch bevor sie sich bücken konnte, um es aufzuheben, kam ein Kind, das herumliegenden Müll einsammelte, und stopfte das Papier in seinen Sack.

Maria trank den letzten Schluck, warf ihren Becher weg und lief weiter. Es war nur eine Sekunde gewesen, die sie die Zeichnung gesehen hatte und wahrscheinlich hatte sie es sich nur eingebildet. Diesen Mann, aufrecht und in beiden Händen ein Schwert in die Höhe reckend, quer darüber Buchstaben und Zahlen.

Waren es dieselben gewesen, wie auf dem anderen Papier?

Vergeblich versuchte sie sich zu konzentrieren. Ihre Beine schmerzten beim Bergab laufen bis in die Innenstadt von Roth. Immer noch war Publikum unterwegs, wenn auch längst nicht mehr so viel wie tagsüber. Maria sehnte sich danach, endlich im Ziel zu sein, und gab sich Mühe, ihre Füße weiter so regelmäßig einen vor den anderen zu setzen wie die 40 Kilometer zuvor. Nur nicht stolpern! Jeder Meter den sie lief, kam ihr inzwischen vor wie zwei.

Es war eine Erlösung, als sie Werner und Karl sah, die sich ihr gut gelaunt anschlossen.

Als sie zusammen mit ihren beiden Kollegen in das Stadion im Triathlonpark einlief, wurden sie von demselben Jubel und lauter Musik empfangen wie all die anderen Sportler vor und nach ihnen. Maria vergaß die Zeichnung ebenso wie ihre müden Beine, als sie die letzten Meter zurücklegte.

Sie hatte es geschafft.

Sie war endlich im Ziel.

Vorerst.

KM 8,9 – RAD

Den Tag nach dem Wettbewerb hatte Maria sich freigenommen und es sich auf der schattigen Terrasse mit einem Glas Orangensaft und einem Buch bequem gemacht. Ihr Vater mähte den Rasen und Franzi brütete am Tisch über ihren Französisch-Hausaufgaben. Verzweifelt kaute sie auf am Bleistiftende herum.

»Boa, diese französischen Verbformen machen mich noch ganz krank.«

»Hättest du halt den Mathezweig gewählt«, meinte Maria.

»Jaaaaa«, erwiderte Franzi gedehnt. »Aber wenn ich nach der 10 weiter aufs Gymmi will, dann ist es so leichter.«

»Stimmt.«

Einige Minuten herrschte Schweigen.

Dann: »Au Mann, was für eine Kacke!«

Erbost sprang Franzi auf und kehrte ein paar Minuten später mit Marias Tablet PC zurück.

»Ich darf doch, Mama, oder?« Mit Dackelblick hielt Franzi ihrer Mutter das Tablet hin, damit sie den passenden Code eingab.

»Und wozu?« Während Franzi vergeblich, versuchte um die Ecke zu schielen, zeichnete Maria das Entsperrmuster.

»Du kannst mir ja nicht dabei helfen.« Es klang vorwurfsvoll. »Du kannst ja kein Französisch.«

»Aber der Google Übersetzer?«

»Nein, den nehm ich nicht«, beteuerte Franzi. »Es gibt da so Apps …«

Ausnahmsweise hatte Maria nicht die geringste Lust, sich über den Sinn und Unsinn dieser sogenannten Übersetzungshilfen mit Franzi zu streiten, und vertiefte sich daher wieder in ihr Buch. Nachdem Franzi ganz plötzlich im Turbogang ihre Hausaufgaben beendet hatte, erlaubte Maria ihr, sich mit ihrer Freundin im Strandbad am Großen Bischhofsweiher zu treffen.

Eine Weile döste sie vor sich hin, trank mit ihrer Mutter einen Kaffee und fühlte sich zufrieden, solange sie sich nicht allzu sehr bewegen musste. Der Muskelkater würde wahrscheinlich noch ein paar Tage anhalten, aber die Strapazen waren es absolut wert gewesen.

Schließlich griff sie zu dem Tablet, um ein paar Berichte über die Challenge zu lesen. Neben den Artikeln über Sieger und Platzierte, sowie den Rennverlauf und über die Strecke, stieß sie natürlich auch auf die Unglücksfälle.

Dirk Gottwald wurde nicht namentlich erwähnt. Seine Todesursache pietätvoll als »Unfall« umschrieben. Der Rentner, der im Kanal einen Herzinfarkt erlitten hatte, hatte trotz sofort eingeleiteter umfangreicher Wiederbelebungsmaßnahmen nicht gerettet werden können. Der gestürzte Radfahrer lag mit schweren Verletzungen im Koma.

Plötzlich sog Maria scharf die Luft ein.

Ein Läufer war an der Lände zusammengebrochen und auf der Fahrt in die Klinik gestorben. Die Kripo in Schwabach ermittelte wegen Mordes, denn seine Eigenverpflegung schien vergiftet gewesen zu sein. Im Netz kursierten Spekulationen über mögliche Gründe, die sich vor allem um eifersüchtige Konkurrenten drehten.

Nicht sehr weit hergeholt, fand Maria.

Ihr fielen die Zeichnungen wieder ein. Die, die sie am Kalvarienberg aufgehoben hatte, hatte sie zusammen mit dem anderen Müll entsorgt. Die unter dem Verpflegungstisch an der Lände hatte das Kind in den Müllsack gesteckt. Blieb noch das Stück durchweichte Toilettenpapier, das es möglicherweise geschafft hatte, als Beweismittel sichergestellt zu werden.

Sie überlegte aufzustehen, zum Telefon zu gehen und in Schwabach anzurufen, allerdings schienen ihre Beine gerade zentnerschwer, und das, obwohl sie sich schon eine ganze Weile nicht bewegt hatte. Oder vielleicht auch gerade deshalb.

Ein Bein nach dem anderen hob sie vom Stuhl und stand dann langsam auf. Die ersten Schritte humpelte sie schlimmer, als ihre Mutter jemals vor ihrer Knieoperation, doch nach ein paar Metern spürte sie ihre Beweglichkeit zurückkommen. Die Treppe hinauf in den ersten Stock war zwar weniger angenehm, doch auch nicht besonders schlimm. Vielleicht sollte sie gleich lieber ein Stück spazieren gehen, anstatt sich wieder auf die Terrasse zu setzen.

In ihrem Wohnzimmer angekommen, ließ sie sich in einen Sessel plumpsen und wollte gerade die Nummer ihrer Schwabacher Kollegen heraussuchen, als sie innehielt.

Was genau sollte sie sagen? Ihnen ans Herz legen, alle drei Todesfälle und den Unfall auf Zusammenhänge zu überprüfen?

Schließlich wollte sie ihre Kollegen nicht brüskieren, indem sie ihre Kompetenz infrage stellte und besserwisserisch etwas vorschlug, das sie von allein tun würden. Sie selbst würde sehr wahrscheinlich alle drei Todesfälle vergleichen. Die Leichen würden selbstverständlich obduziert und falls es Zusammenhänge gab, würden sie sicher zutage gefördert.

Sie tippte sich mit dem Telefon ans Kinn.

Ihr Hinweis konnte jedenfalls nicht schaden, daher wählte sie die Nummer und ließ sich mit dem zuständigen Leiter verbinden.

»Eisenbeiß.« Die männliche Stimme klang genau so.

»Maria Ammon von der Kripo Erlangen«, stellte sie sich vor. »Es geht um die Todesfälle gestern und vorgestern bei der Challenge. Ich war diejenige, die am Samstagabend in Eckersmühlen Dirk Gottwald gefunden hat.«

»Ach, Frau Ammon, ja. Wir hätten uns sowieso bei Ihnen gemeldet.«

Ermutigt, dass Eisenbeiß' Tonfall etwas freundlicher wurde, schilderte Maria knapp und präzise ihre Beobachtungen. Außer »Hm« und »Aha« sagte Eisenbeiß die ganze Zeit nichts. Als sie ihm am Ende nahelegte, alle Todesfälle auf Ähnlichkeiten zu überprüfen, schwieg er. Maria wartete geduldig. Er schien zu der Sorte Mensch zu gehören, die nicht gern unterbrochen wurden, sei es beim Reden oder beim Nachdenken.

»Ja«, sagte er nach einer Weile knapp. Dann: »Gut. Genau das hatte ich vor.«

Maria war froh, dass er nicht sah, wie sie die Augen verdrehte. Er *war* beleidigt. Eindeutig. Sie konnte nicht beurteilen, ob er wirklich vorgehabt hatte, nach Parallelen zu suchen, doch im Grunde war ihr das gleichgültig. Sie hatte nun ihr Möglichstes getan und verabschiedete sich.

Alles weitere war jetzt Sache von Eisenbeiß.

Dann zog sie sich die bequemsten Schuhe an, die sie finden konnte, und schlenderte ganz langsam durch Dechsendorf bis zur Eisdiele.

KM 75,8 – RAD

Den Weg vom Parkplatz zum Haupteingang der Polizeiinspektion an der Schornbaumstraße in Erlangen war Maria schon so oft gegangen, dass ihre Füße ihn an diesem Morgen, zwei Wochen nach der Challenge in Roth, von ganz allein fanden. Es war noch kühl, aber der blaue Himmel versprach einen schönen Augusttag.

»Servuuuuuus!«

Erschrocken zuckte Maria zusammen. »Allmächd! Michelle!«

Die junge Frau hatte mit ihrem Fahrrad eine Vollbremsung unmittelbar vor Maria hingelegt. »Wo bist du denn gerade?«

Irritiert hob Maria die Brauen. »Auf dem Weg ins Büro. Oder wonach sieht das sonst aus?«

»Körperlich vielleicht. Hier, halt mal, ich stell nur schnell mein Fahrrad ab.«

Michelle drückte Maria ihren Rucksack in die Hand und war schon weg, bevor diese auch nur zustimmend nicken konnte. In Rekordzeit war Michelle wieder zurück und warf sich den Rucksack lässig über die Schulter.

»Hast du da Steine drin?«, fragte Maria. »Oder warum ist der so schwer.«

»Nein, Bücher. Ich muss nach Dienstschluss noch in die Stadtbücherei und mir Lesenachschub holen. Ich sollte mir wohl endlich einen E-Book-Reader zulegen. Also, worüber hast du so angestrengt nachgedacht?«

»Woher weißt du, dass es angestrengt war?«

»Weil du Falten auf der Stirn hattest«, antwortete Michelle, ehrlich wie immer.

Unwillkürlich rieb sich Maria über besagtes Körperteil, um die Haut zu glätten. »Andreas hat es sich schon wieder anders überlegt mit dem Urlaub. Der Mann macht mich noch wahnsinnig!«

»Will dein Ex-Mann jetzt etwa doch noch den Vier-Wochen-Vater-Tochter-Wohnmobil-Abenteuerurlaub nach Sizilien machen?«

Maria lachte humorlos. »Als ob er das jemals wirklich vorgehabt hätte. Nachdem Franzi schon enttäuscht war, weil er das abgesagt hat, hat er ihr ja versprochen, stattdessen zwei Wochen in die Türkei zu fliegen.«

»Und das will er jetzt auch nicht?«

»Freitag rief er an. Franzi war noch in der Schule. Ich solle ihr doch bitte ausrichten, dass das mit der Türkei leider auch nicht klappt, weil er zu Ferienanfang doch keinen Urlaub bekommt und später kein Flug mehr zu kriegen ist.«

»Schon klar. Dabei sollte man meinen, dass er ursprünglich sogar vier Wochen Urlaub eingereicht hat.«

»Er hatte sich überlegt, am Sonntag, wenn der Erlangen Triathlon stattfindet mit dem Auto nach Frankreich zu fahren. Irgendein winziges Hotel an der Cotê d'Azur in einem genauso winzigen Ort hat er sich ausgesucht. Franzi war natürlich total enttäuscht – vor allem, weil sie sich schon auf dieses Clubhotel gefreut hatte, in das Andreas mit ihr wollte. Ihre Laune am Wochenende kannst du dir vorstellen – und dann noch die Aussicht, erst mal eine Woche zu Hause rumzuhängen, anstatt in der Türkei am Strand zu sein.« Maria rollte mit den Augen. »Und gerade hat er mich schon wieder angerufen.«

Michelle hob die Brauen. »Lass mich raten. Jetzt will er auch nicht nach Frankreich, sondern fährt mit ihr an die Ostsee.«

»Bayerischer Wald. Eine Woche.«

Michelle brach in schallendes Gelächter aus. »Entschuldigung. Tut mir leid«, japste sie. »Oh mein Gott! Die arme Franzi! Weiß sie es schon?«

»Nein, und ich hab ihm gesagt, sie ist heute Vormittag zu Hause, weil heute Nachmittag das Schulfest stattfindet – nicht, dass er das nicht eigentlich wissen müsste, weil sie ihn dazu eingeladen hatte und er ihr versprochen hat zu kommen – und er kann ihr das verdammt noch mal selbst auseinandersetzen. Anstatt das Blaue vom Himmel zu lügen, sollte er ihr gefälligst erklären, warum er wirklich ständig absagt. Herrschaftszeiten, sie ist kein Baby mehr!« Schwungvoll öffnete Maria die Eingangstür.

»Und was ist der Grund?«

»Keine Ahnung, er behauptet es sei nichts. Ich tippe aber entweder auf eine neue Freundin, der er nichts von Franzi und mir erzählen will, oder er hat einfach nicht genug Geld und ist sich zu fein, das zuzugeben. Franzi wird jedenfalls sauer sein, aber das sollen die zwei unter sich ausmachen. Ich hab keine Lust mehr, mich da einzumischen. Was machst du eigentlich jetzt schon hier? Dienstbeginn ist doch erst in einer halben Stunde.«

»Wirklich. So früh ist es noch? Das ist mir gar nicht

aufgefallen,« erwiderte Michelle mit Unschuldsmiene, während sie die Treppe hinaufmarschierten.

»Lass mich raten, du bist neugierig«, sagte Maria.

»Selber!« Augenzwinkernd zeigte Michelle Maria eine lange Nase.

»Im Gegensatz zu dir bin ich häufiger vor Dienstbeginn hier.«

»Du bist ja auch schon Kriminalhauptkommissarin und keine unterbezahlte Azubine«, stellte Michelle klar.

Im ersten Stock, in dem ihre Büros lagen, stellten sie fest, dass sie nicht die einzigen waren, die an diesem Tag so früh zum Dienst erschienen. Schon bald hatte sich beinahe die komplette Belegschaft eingefunden, abgesehen vom scheidenden Leiter des KK1, Friedrich Zirngiebl, der heute seinen letzten Arbeitstag hatte, und des neuen Leiters, der sich eigentlich eine Woche vor Dienstantritt seinen neuen Mitarbeitern hatte vorstellen wollen.

»Allmählich habe ich das Gefühl, dass die uns alle nur verarschen wollen und es diesen Zeilinger gar nicht gibt«, unkte Fabian Rottenhäuser, Michelles Freund. »Gleich springt Friedrich aus dem Aktenschrank und ruft ›April, April‹ und sagt uns, heute gibt es gar keine Feier, weil er doch noch nicht in Rente geht, sondern noch ein Jahr weitermacht.«

»Zeilinger. Woher soll der eigentlich kommen?«, fragte Christel Ott, die sich schon seit Wochen darüber beschwerte, dass nicht mal sie als Sekretärin ihren neuen Chef kannte.

Angeblich hatte selbst Friedrich Zirngiebl noch nie von seinem Nachfolger gehört.

»Des, wenn ich wüsst.« Ralf Sollfrank zuckte mit den Schultern. »Ich hab den Specht gefragt. Und den Raschke. Aber mir sacht ja kaner was.«

»Ich hab noch mal mit Paul gesprochen«, warf Maria ein. »Zeilinger kommt vom BKA. Internationaler Waffenhandel, Rauschgiftschmuggel. Aber mehr konnte er auch nicht sagen.«

»BKA? Und dann kommt er ausgerechnet zu uns?«

»Ach, der hat bestimmt gehört, dass es in der Provinz richtig Action gibt«, warf Michelle grinsend ein. »Manchmal wenigstens.«

»Hat dir die Geschichte auf'm Berch wohl nicht gereicht, Madli?«, brummte Jochen gutmütig. »Aber mal im Ernst, so aner lässt sich doch nicht einfach hierher versetzen.«

»Wir werdens schon früh genug erfahr'n.«

Nach einem Anruf der Sekretärin des Dienststellenleiters, dass sich der Erwartete verspäten würde, wurde es allen langweilig zu spekulieren und sie machten sich an die Arbeit. Auch Maria hatte ihren Computer angemacht und sichtete gerade ihre E-Mails, als Michelle sich auf ihrem Stuhl reckte und streckte.

»Wie geht es eigentlich den Gottwalds?«

»Ich weiß es nicht.« Maria griff nach ihrer Handtasche, die auf einem Schränkchen hinter ihr lag. »Ich war zwar letzte Woche dort, weil Franzi einen neuen Badeanzug brauchte, aber von den Gottwalds habe ich niemanden gesehen. Das Geschäft lief wie immer. Ehrlich gesagt wollte ich da auch nicht pietätlos sein und nachfragen.«

»Hast du mal mit den Kollegen in … ähm … Moment, nichts sagen …« Michelle schloss die Augen und dachte nach. »Ah, ich hab's. Schwabach! Ich krieg die ganzen Zuständigkeiten langsam drauf! Mit den Kollegen in Schwabach gesprochen?«

Maria nickte, während sie ihre Handtasche auf dem Schreibtisch ausleerte. »Diesem Eisenbeiß muss man jeden Wurm einzeln aus der Nase ziehen. Es hat keine Anzeichen von Fremdeinwirkung gegeben. Zwar gab es Spuren an seinem Hals, anhand derer vermutet wurde, dass er noch versucht hat, die Wäscheleine zu lösen, aber er hat wohl das Bewusstsein verloren. Suizid wurde nicht völlig ausgeschlossen, ist aber unwahrscheinlich, also wird es wohl ein Unfall gewesen sein. Der Leichnam wurde ziemlich bald freigegeben. Ich nehme an, dass die Beerdigung schon stattgefunden hat.« Und das bemalte Stück Toilettenpapier war nicht als Beweismittel sichergestellt worden, ergänzte Maria im Geiste.

»Ich kann übrigens auch problemlos eine längere Auslandsreise nur mit meiner Handtasche antreten«, bemerkte Michelle staubtrocken, im Angesicht des kleinen Bergs Utensilien, die sich aus der Handtasche über Marias Schreibtisch verteilt hatten. »Was suchst du eigentlich?«

»Den Zettel mit dem Orthopäden-Termin meiner Mutter. Ich hab versprochen, mit ihr dahin zu fahren, weil sie mit ihrer Prothese ja noch nicht fahren soll, aber ich weiß nicht mehr, ob der Termin Mittwoch oder Donnerstag ist.« Maria gab einen ungeduldigen Laut von sich.

»Warum organisierst du deine Termine nicht einfach auf deinem Handy?«

»Handy!« Maria schlug sich vor die Stirn. »Sapperlot. Das liegt auch noch im Auto. Heute bin ich wirklich neben der Spur.«

»Und das liegt woran, liebe Maria?« Michelle hob den Zeigefinger.

Fragend hob die genannte die Brauen.

»Männer«, sagte Michelle altklug. »Du hast zu viele gleichzeitig.«

»Soviel ich weiß, habe ich momentan keinen einzigen.«

»Erstens. Andreas, dein Ex.« Michelle hob den Daumen in die Luft. »Da er Vater deiner Tochter ist, bleibt er eine Dauerbaustelle. Siehe Urlaub.« Der Zeigefinger kam dazu. »Zweitens, Olaf. Ebenfalls Ex-Lover, aber mit dem hast du immer noch dienstlich zu tun. Da du ihm gegenüber nicht weißt, wie du dich verhalten sollst …« Sie drehte die Handflächen zur Decke. »Und ja, wenn du lieb bitte sagst, dann übernehme ich auch den Anruf bei ihm im Fall Moosbach. Du schiebst das ja schon seit Freitag vor dir her.«

Maria lächelte nur schief.

»Und drittens.« Michelles Mittelfinger gesellte sich zu Daumen und Zeigefinger. »Perez.«

»Etz langt's«, erklärte Maria kategorisch. »Vergiss es. Du bist nicht meine Kummerkastentante, Michelle, sondern meine Praktikantin!« Energisch stand sie auf.

»Stimmt und stimmt. Aber auch deine Freundin.« Michelle zeigte ihre ebenmäßigen Zähne beim Lächeln.

»Sagt wer?«

»Ich. Und du auch. Also, was ist mit ihm? Und dir?«

Stöhnend ließ sich Maria wieder auf den Stuhl fallen. »Ja, wir haben uns nach der Sache auf dem Berg noch ein paar Mal getroffen.« Dann rieb sie sich die Stirn. »Nein, es war nichts zwischen uns … Warum erzähle ich dir das eigentlich? Es geht dich absolut nichts an, mit wem ich mich wann und warum treffe!«

Michelle platzierte ihre Ellbogen auf dem Schreibtisch und stützte vielsagend lächelnd ihr Kinn auf die Hände. »Mit Nina kannst du über ihn wohl kaum sprechen, oder?«

Gedankenverloren schnipste Maria einen Radiergummi über den Schreibtisch. »Ich mag ihn, aber weißt du, er ist selten hier in der Gegend und das wird sich auch nicht ändern. Er hat so etwas angedeutet, dass er demnächst einen neuen Einsatz hat. Er hat nicht gesagt wo, und ich habe auch nicht gefragt.« Sie zuckte mit den Schultern. »Manchmal denke ich halt doch mit dem Kopf.«

Schief grinsend klatschte Michelle einmal in die Hände. »Da hast du es – du denkst zu viel!«

»Tust du mir einen Gefallen, Michelle?«

Die Angesprochene hob die Brauen. »Kaffee?«

»Nein. Geh dein Make-up auffrischen. Und warte mindestens fünf Minuten, bis du wieder herkommst.«

»Warum?«

»Weil du manchmal einfach recht hast. Hopp etz!« Sie machte eine scheuchende Handbewegung.

Im Türrahmen wandte Michelle sich noch mal halb um. »Krieg ich das schriftlich?«

»Und mach die Tür von draußen zu!«, rief Maria.

Sie holte einmal tief Luft, bevor sie die Telefonnummer wählte. Es tutete mehrmals, bevor am anderen Ende abgenommen wurde.

»Richter.«

»Hier ist Maria.«

»Oh. Hallo.«

Sofort spürte Maria den Stich schlechten Gewissens, der sie seit ihrer Trennung von Olaf verfolgte. Es schien ihr unangebracht, gleich mit ihrem dienstlichen Anliegen weiterzumachen, aber wie sie beginnen sollte, wusste sie nicht.

»Schön, dass du anrufst«, sagte Olaf da, weil Maria so lange schwieg. In seiner Stimme schwang kaum hörbarer Vorwurf mit.

»Ja, ich … Tut mir leid, dass ich mich so lange nicht gemeldet habe, ich …« Sie brach ab, schluckte und setzte erneut an: »Es tut mir wirklich leid, Olaf. Ich wusste einfach nicht, was ich zu dir sagen sollte.«

Er lachte leise. Dann seufzte er. »Ich auch nicht. Jedes Mal, wenn ich bei dir im Büro anrufen musste, brauchte ich eine Stunde, um mich dazu durchzuringen und war froh, wenn du dann doch nicht rangegangen bist, sondern Michelle.«

Jetzt war es an Maria zu lächeln. »Beruhigend.«

»Hör zu, ich …« Er machte eine kurze Pause, um sich zu sammeln. »Glaubst du nicht, dass wi…«

»Olaf, nicht, ich …«, fiel sie ihm ins Wort.

»Nein, nein«, sagte er rasch. »Ich meine, nicht, dass wir … sondern …« Er brach ab.

Sekundenlang herrschte Stille.

»Ach, Scheiße«, fluchte Maria unvermittelt. Dann atmete sie einmal tief durch. »Können wir nicht ganz normal miteinander reden? Ich meine, es ist doch albern, wenn unsere Kommunikation weiter über Michelle läuft, so wie in den letzten Wochen, oder? Was machen wir denn, wenn sie wieder weg ist? Eine Brieftaube schicken?«

Jetzt lachte Olaf kurz auf, dann wurde er ernst. »Ja. Na ja. Ich glaube … ja.« Er räusperte sich. Seine Stimme schwankte leicht. »Ja …. Also, wie war denn eigentlich der Triathlon? Wie schnell warst du?«

Eigentlich hatte Maria ausschließlich an ihre dienstlichen Berührungspunkte gedacht, doch sie griff das Stichwort auf, um ihm ein bisschen zu erzählen. Seine Fragen blieben jedoch oberflächlich, und so gingen sie bald zum unpersönlichen Teil über. Zwar fiel ihr Abschied distanziert aus, doch Maria hatte den Eindruck, zumindest diese Baustelle hatte gute Chancen, mit der Zeit von der Bildfläche zu verschwinden.

Kaum hatte sie aufgelegt, marschierte Michelle ins Büro.

»Hast du etwa gelauscht?«, fragte Maria empört.

»Quatsch. Aber draußen kriegt man mit, wenn du aufhörst zu telefonieren.« Sie ließ sich auf ihren Stuhl fallen, der verdächtig quietschte. »Wer war das?«

Maria klappte den Mund auf, um eine spitze Bemerkung über unangemessene Neugier loszuwerden, war sich aber sicher, dass es nichts nützen würde und machte ihren Mund unverrichteter Dinge wieder zu. Schließlich stand sie auf.

»Du musst nicht mehr bei Olaf anrufen«, ließ sie ihre Kollegin wissen. »Außerdem gehe ich jetzt mein Handy holen. Halt die Stellung.«

»Aye, Captain.« Michelle salutierte grinsend.

Wie sie vermutet hatte, fand Maria ihr Handy auf dem Beifahrersitz. Es gab mehrere verpasste Anrufe. Andreas hatte noch zwei Mal versucht sie zu erreichen, insofern war es nicht weiter schlimm, dass sie ihr Handy im Auto vergessen hatte, denn selbst wenn sie seine Nummer erkannt hätte, hätte sie sich verpflichtet gefühlt ranzugehen. Weil er Maria nicht erreicht hatte, schien er in den sauren Apfel gebissen zu haben, seine Tochter selbst über die neuesten Urlaubspläne zu informieren, denn es war ebenfalls ein verpasster Anrufe von Franzi auf dem Display. Die hatte außerdem eine Mailboxnachricht hinterlassen, der man deutlich anhören konnte, wie schlecht ihre Laune war.

»Wecke nie ohne Not einen Teenager vor dem Mittagessen, lieber Andreas, und erst recht nicht mit einer schlechten Neuigkeit«, murmelte Maria, während sie die Nachricht abhörte.

Schicksalsergeben wählte Maria die Nummer von daheim. Wie erwartet war Franzi gleich am Telefon und ausnahmsweise ließ Maria die Tiraden ihrer Tochter mit einem Lächeln auf den Lippen über sich ergehen. An passenden Stellen gab sie bedauernde oder zustimmende Laute von sich und wartete, bis sich der Teenagerzorn ein wenig gelegt hatte.

Erst dann meinte sie: »Bist du wirklich sicher, dass du die ganzen Ferien zu Hause bleiben willst?«

»Nein«, schnaubte Franzi. »Das ist total langweilig. Aber Bayerischer Wald ist zum Kotzen. Wie kommt der nur auf so was?«

»Ich nehme an, zu mehr hat er kein Geld«, sagte Maria.

»Dann soll er mir vorher nicht so einen Scheiß von Sizilien oder der Türkei erzählen!«

»Ruf ihn an und sag ihm das«, schlug Maria vor.

Missmutig brummte Franzi etwas Unverständliches.

»Hör mal …«, begann Maria. »Papa hat dich trotzdem lieb.«

»Ich weiß.« Franzi klang unglücklich. »Aber warum behandelt er mich immer wie ein kleines Kind?«

»Zeig ihm, dass du das nicht bist und sprich mit ihm.«

»Kannst du das nicht machen?«

Maria seufzte. »Nein. Diesmal machst du das selbst.«

»Aber Mama …«

»Nein. Du bist kein kleines Kind mehr.« Sie konnte förmlich sehen, wie Franzi ihr die Zunge herausstreckte. »Im Übrigen muss ich jetzt Schluss machen und arbeiten. Bis später.«

Sie wartete nicht den Protest ab, sondern legte auf. Weil sie den Terminzettel auch im Auto nicht fand, rief sie auch noch bei dem Orthopäden an, um sich nach dem Termin ihrer Mutter zu erkundigen. Während der Gespräche war sie langsam vom Auto bis zum Haupteingang gelaufen. Die Schornbaumstraße, an der das Gebäude der Polizeiinspektion lag, war in der Regel nicht sehr stark frequentiert, und so fiel ihr die große Gestalt gleich auf, die auf sie zu kam, als sie, Michelles Ratschlag folgend, den Termin gerade in den Kalender ihres Handys tippte. Der Mann kam ihr bekannt vor, auch wenn sie einige Sekunden brauchte, bis ihr einfiel, woher. Er schien sie ebenfalls zu erkennen, denn ein breites Lächeln entblößte eine Reihe strahlend weißer Zähne, die in seinem milchkaffeebraunen, bärtigem Gesicht hervorblitzten.

»*Gud mawnin, dondonnet. Weh yuh deh guh?*«

Geräuschvoll, wie sie peinlich berührt feststellte, schloss Maria ihren Mund. Der Rastafari schien es dankenswerterweise zu übersehen. Er trug eine Jeans, die verblichen und fadenscheinig, wie sie war, entweder ein teures Designermodell oder ein oft getragenes Lieblingsstück sein musste. Maria tippte auf Letzteres, denn die Hose hing dem Mann so lässig auf den Hüften, als sei sie ein Teil von ihm. Außerdem trug er ein schlichtes schwarzes T-Shirt und hatte eine Segeltuchtasche, die schon bessere Zeiten gesehen haben musste.

»*Hello … nice to meet you again*«, erwiderte Maria den Gruß. »*Can I help you?*«

»Ich hoffe doch«, sagte der Mann unvermittelt in akzentfreiem Deutsch, in dem jedoch eine exotische Sprachmelodie mitschwang. »Wenn Sie hier arbeiten, dann wäre ich Ihnen sehr verbunden, wenn Sie mir sagen, wie ich zu Herrn Specht komme.« Er streckte Maria seine Hand hin. »Josef Zeilinger.«

»Allmächd … da hol mich doch … Sie sind das?« Vor Verblüffung hätte Maria fast vergessen, den Händedruck zu erwidern.

»Das bin ich«, sagte er freundlich. »Und Sie sind …?«

»Ich? Ähm … Ich bin Maria Ammon vom KK1. Entschuldigung, aber das ausgerechnet Sie mein neuer Vorgesetzter sind, damit habe ich wirklich nicht gerechnet«, schloss sie lahm.

»Das glaube ich gern.« Er grinste. »Gehen wir rein? Ich bin wohl kein gutes Vorbild, weil ich so unpünktlich bin. Ich habe die Zeit unterschätzt, die der Zug braucht, bin dann in Erlangen am Bahnhof in den falschen Bus gestiegen und hab es viel zu spät gemerkt.«

»Wo wohnen Sie denn?«

»In Neustadt. Umsteigen musste ich auch noch in Fürth. Nächste Woche nehme ich dann wohl lieber, sooft es geht, das Fahrrad.«

»Für Sie ist das ja keine Entfernung«, bemerkte Maria trocken. »Haben Sie kein Auto?«

»Nein. Mit dem Fahrrad brauche ich jedenfalls auch nicht länger als mit dem Zug.«

Maria lagen eine ganze Menge weiterer Fragen auf der Zunge, doch sie beschloss, dass es unhöflich sei, Zeilinger gleich damit zu belästigen. Also nahm sie ihn mit in das Dienstgebäude und wies ihm den Weg zum Dienststellenleiter Peter Specht, wo Zeilinger zunächst erwartet wurde. Wieder zurück im zweiten Stock, berichtete Maria ihren Kollegen, wen sie getroffen hatte. Allerdings verschwieg sie die Umstände, unter denen sie Zeilinger bereits beim Triathlon in Roth begegnet war. Irgendwie kam es ihr unangemessen vor. Als Zeilinger schließlich von Peter Specht persönlich zu seiner neuen Wirkungsstätte begleitet und vorgestellt wurde, amüsierte sich Maria über die Reaktionen der Kollegen, die ihrer eigenen in nichts nachstanden. Zeilinger schien diese Tatsache nicht im Mindesten zu berühren.

Er blieb zu Zirngiebls Abschiedsfeier. Als bei dessen Rede Christel Ott zu schniefen begann, zückte Zeilinger eine Packung Taschentücher, die er ihr wortlos, doch mit einem freundlichem Lächeln reichte. Dankbar nickte sie ihm zu und schnäuzte sich kräftig.

Als er sich schließlich verabschiedet hatte und gehen wollte, blieb er vor Maria stehen.

»*Mi gaan, donndonnet See ya next week.*«

Er zwinkerte ihr zu. Dann war er weg.

KM 112 – RAD

»*Yow, dondonnet! Yuh aright?*«

Da sie ganz in die Lektüre der Akte vertieft gewesen war, dauerte es einen Moment, bis Maria den Kopf hob. »Oh, Sie sind's.«

Mit verschränkten Armen lehnte Zeilinger im Türrahmen. »Darf ich reinkommen oder störe ich?«

Maria machte eine einladende Handbewegung. »Nein, passt schon.«

Mit einer Kopfbewegung warf er seine Rastalocken nach hinten, als er sich vom Türrahmen löste. »Machen Sie keine Mittagspause?«

»Nein, ich muss das hier fertig machen. Meine Kollegin bringt mir etwas zu essen mit.«

Ohne seine Neugier zu verbergen, schlenderte Zeilinger herein, begutachtete die Wände, an denen neben den obligatorischen Aktenschränken, eine Landkarte des Großraums Erlangen/Nürnberg sowie eine große, beschreibbare Magnettafel hing, die mit Zetteln und Fotos und Strichen übersät war. Dann deutete er auf die Aktenstapel auf dem Tisch, der quer zu den beiden Schreibtischen stand.

»Polizeibüros sind überall auf der Welt absolut gleich. Nicht äußerlich, aber … Sie wissen schon.« Er setzte sich auf Michelles Platz. »Wer sitzt hier?«

»Michelle Schmitz, meine Praktikantin von der FHB in Wiesbaden. Sie ist noch bis Ende September da.«

»Michelle Schmitz, das ist …« Er legte die Stirn in Falten. »Das ist die kleine Blonde, nicht wahr?«

»Genau.« Maria lächelte anerkennend.

»Nicht, dass Sie glauben, ich könne an meinem ersten Tag schon sämtliche Namen den Gesichtern und Büros zuordnen.« Seine weißen Zähne blitzten. »Es ist nur ungewöhnlich, dass jemand von der FHB hier das Praktikum macht.«

»Ja, es war Zufall, dass sie herkam. Meine Kollegin, mit der ich jahrelang zusammengearbeitet habe, ist seit März in Mutterschutz und da hat das PP mir Michelle … Frau Schmitz geschickt. Vorgesehen war nur bis Ende Mai, aber sie hat sich entschieden, die gesamte Zeit hier zu verbringen. Ich gebe sie Ende September auch nur sehr ungern wieder her, denn die Stelle soll nicht neu besetzt werden, habe ich gehört.«

Zeilinger nickte nur, sagte aber nichts. Offenbar wollte er sich noch nicht mit Abteilungsinterna befassen. Er tappte mit seinen Fingerkuppen auf der Armlehne herum. So lässig wie er dabei auf dem Stuhl hing, konnte sich Maria schwerlich vorstellen, dass er nun der Leiter des KK1 sein sollte. Schon rein äußerlich war er der absolute Gegenentwurf zum bisherigen Leiter Friedrich Zirngiebl.

Weil er nicht auf ihre Bemerkung einging, fragte sie: »Verraten Sie mir, Herr Zeilinger, was das eigentlich heißt, dieses *Dondonnet?*«

»Oh, das. Das ist auf Jamaika eine Bezeichnung für einen weiblichen Boss. Das Gegenstück zu *Dondada,* mit dem eigentlich ein Mafia-Boss bezeichnet wird – aber das nimmt man oft nicht so genau. Ein Boss ist ein Boss.«

»Kommen Ihre Eltern aus Jamaika?«

»Nur mein Vater. Meine Mutter kommt aus dem Landkreis Neustadt.«

»Ein halber Franke also.«

»So ist es. Auch, wenn man es mir nicht sofort ansieht.«

»Nein, in der Tat«, stimmte Maria zu. »Wohnen Ihre Eltern noch in Neustadt?«

»Meine Mutter.«

Maria war versucht zu fragen, warum er sich nach Franken hatte versetzen lassen, doch sie zügelte ihre Neugier, denn sein Tonfall hatte nicht geklungen, als wolle er das Thema weiterverfolgen. Auch bei Zirngiebls Abschiedsfeier war er allen persönlichen Fragen der Kollegen ausgewichen.

»Wie schnell sind Sie beim Marathon gewesen?«, fragte er nun. »Sie hatten doch ein blaues Band um.«

»4:17 Stunden. Und Sie? Sie haben die volle Distanz gemacht, oder? Ich glaube, ich habe Sie gesehen, als ich losgelaufen bin. Sie sind da gerade in der Nähe der Wechselzone 2 vorbeigelaufen.«

»Möglich. Ich habe 9:57 Stunden gebraucht.«

»Wow«, sagte Maria ehrlich beeindruckt. »Das ist ja ziemlich schnell.«

Zeilinger lachte. »Das ist ausschließlich persönlicher Ehrgeiz.« Er legte die Fingerspitzen aneinander. »Kennen Sie die Familie Gottwald eigentlich gut?«

»Nur flüchtig. Ich kaufe häufiger dort ein, das ist alles.« Maria tippte mit dem Kugelschreiber auf ihrer Schreibunterlage. »Und Sie?«

»Ich war ein paar Mal dort. Vor dem Wettbewerb. Allerdings bin ich erst später darauf gekommen, dass der Tote Dirk Gottwald von Sport Gottwald gewesen ist. Ich habe ihn ja in er Kabine nicht gesehen.« Er drehte die Handflächen zur Decke. »Außerdem muss ich gestehen, dass ich mit meinen Gedanken schon halb auf der Strecke war.«

»Haben Sie deswegen so getan, als könnten Sie kein Deutsch und mir auch Ihren Namen nicht genannt?«

Diese direkte Frage schien Zeilinger unangenehm zu berühren, doch schließlich antwortete er: »Vor einem Wettbewerb bin ich nicht sonderlich erpicht auf Ablenkung. Ziemlich egoistisch, fürchte ich. Tut mir leid.« Tatsächlich wirkte er zerknirscht.

»Schon in Ordnung«, meinte Maria versöhnlich. »Wenn ich zuerst nachgedacht hätte, hätte ich mich vielleicht auch lieber rausgehalten.«

»*Oh no, dondonnet! Yuh ar neva off-duty.*«

Maria lachte. »Mit diesem Slang kauft Ihnen jeder den Ahnungslosen ab.«

»Understatement kann in unserem Job sehr nützlich sein.«

»Allerdings«, stimmte Maria zu. »Haben Sie eigentlich gesehen, warum der Radfahrer vor Ihnen gestürzt ist? Das war ja ziemlich heftig. Ich habe gehört, er liegt immer noch im Koma.«

»Das ist wirklich tragisch. Es kam ziemlich plötzlich, vielleicht ist er auf Split geraten.«

»Nein, da war nichts«, sagte Maria. »Es hat einen Knall gegeben, haben Sie den auch gehört?«

Bedauernd schüttelte Zeilinger den Kopf. »Ich war so konzentriert und dann hatte ich alle Hände voll zu tun, nicht auch zu stürzen.«

In jeder Hand eine Tasse, unter ihren Armen eine Papiertüte vom Bäcker geklemmt, kam Michelle ins Büro. »Wusste ich doch, dass du immer noch keine Pau…« Abrupt hielt sie inne, als sie ihren Platz besetzt sah. »Oh. Hallo.«

Zeilinger erhob sich. »Ich wollte sowieso gerade gehen. Wir sehen uns.« Er tippte sich an einen imaginären Hut.

»Schräger Typ, der neue Chef«, sagte Michelle, kaum dass Zeilinger außer Hörweite war. »Und ein Raumteiler, ne.« Sie stellte Maria eine Tasse Kaffee hin und ließ eine der Tüten auf den Schreibtisch plumpsen. »Hier, damit du nicht verhungerst.«

»Hmhm«, machte Maria, während sie nach dem Hörer angelte, weil das Telefon klingelte. »Ammon … ja klar, stell durch.«

Als Michelle sich gesetzt hatte, bediente sie mit der einen Hand die Maus und tunkte mit der anderen ihren

Teebeutel in gleichmäßigem Rhythmus in das heiße Wasser.

»Das war Jacky Gottwald«, sagte Maria, nachdem sie das Gespräch beendet hatte. Gedankenverloren riss sie die Papiertüte auf.

Der Teebeutel baumelte über Michelles Tasse. »Ach? Was will sie?«

»Sie hat mich gefragt, ob ich diese Woche vorbeikommen kann.«

»Warum?« Der Teebeutel gesellte sich zu einem halben Dutzend anderen, die eingetrocknet auf einer Untertasse ihrer gemeinsamen Entsorgung harrten.

»Hat sie nicht gesagt.« Maria zupfte an ihrer Unterlippe herum, während sie das belegte Baguette betrachtete.

Vorsichtig pustete Michelle auf ihren Tee. »Da! Du tust es schon wieder!«

»Was denn?«

»Du denkst.« Langsam schlürfte Michelle die heiße Flüssigkeit.

»Das soll vorkommen.« Sie biss in das Baguette und wandte sich wieder der Akte zu, bei dessen Bearbeitung sie von Zeilinger unterbrochen worden war.

Eine Weile arbeiteten die Frauen jede still vor sich hin. Ohne den Kopf zu heben, sagte Michelle schließlich: »Hoffentlich passiert beim Erlangen-Triathlon nicht auch wieder was.«

»Es waren Unfälle, Michelle«, sagte Maria. »Bei so einem großen Wettbewerb können die immer passieren.«

»Und der Athlet auf der Marathonstrecke? Das war

kein Unfall. Am Europakanal wächst kein Eisenhut, den er an der Verpflegungsstation ganz aus Versehen mit einer blauen Banane verwechselt hat.«

»Der natürlich nicht. Aber die anderen.«

Das stakkatoartige Klappern der Tastatur hatte einen monotonen Rhythmus, während Michelle ihren Bericht tippte. Mit einem entschiedenen ›Klack‹ hieb sie schließlich mehrfach auf die Enter-Taste. »Wenn du das sagst.«

KM 127 – RAD

Das Geschäft der Gottwalds lag an der Umgehungsstraße von Herzogenaurach. Auf dem Parkplatz war wie immer um diese Jahreszeit eine Menge Betrieb. Die nächste Ausfahrt der A3 war nicht weit entfernt und viele Urlauber aus ganz Deutschland machten auf der Hin- oder Rückfahrt in den Süden Station in dem mittelfränkischen Ort, um sich in den Outlets, die sich hier angesiedelt hatten, mit günstiger Sport- und Modebekleidung einzudecken.

Mit einem einzigen Schwung parkte Maria in einer freien Lücke zwischen einem Familien-Van und einem Cabrio ein. Bei dem knallroten auffälligen Gefährt dachte Maria an Perez. Er war es gewohnt, so unauffällig zu leben, dass er sich in den Wochen, die er in Erlangen verbracht hatte, einige Extravaganzen geleistet hatte. Er hatte sich ein Cabrio gemietet, um Maria auf eine lange Spritztour durch die Fränkische Schweiz einzuladen. Es war ein schöner Tag gewesen, fröhlich und unbeschwert. Perez war charmant und es war Maria längst klar geworden, was er von ihr wollte. Doch, wie sie auch Michelle gegenüber eingeräumt hatte, hatte sie Perez abblitzen lassen. Ob ihn das bekümmerte, konnte Maria nicht beurteilen, denn ihr freundschaftliches Verhältnis hatte nicht darunter gelitten – das wertete Maria als Zeichen dafür, dass er sowieso keine längerfristigen Absichten gehegt hatte.

Nach dem Betreten des Sportgeschäfts steuerte Maria zielstrebig auf einen Verkäufer zu, wobei sie sich die bösen Blicke wartender Kunden zuzog. Sie lächelte entschuldigend. Der junge Mann hörte freundlich zu, wirkte jedoch mit ihrem Anliegen leicht überfordert, was in Anbetracht des Andrangs kein Wunder war. Er verwies Maria daher an die Kasse, wo sich dasselbe Spiel wiederholte. Es waren zwei Telefonate notwendig, bis Maria von einer jungen Verkäuferin zu einer gesicherten Metalltür gebracht wurde, die in ein schmuckloses Treppenhaus führte.

»Bitte sehr«, sagte die Verkäuferin, als sie die Tür mit einer Magnetkarte öffnete. »Die Büroräume befinden sich in der zweiten Etage, durch die Glastür und dann zweite Tür rechts. Einfach klopfen.«

»Danke.«

Während Maria die Treppen hinauf und anschließend über das abgetretene Linoleum ging, fragte sie sich zum gefühlt hundertsten Mal, was Jacky Gottwald von ihr wollte. Bevor sie klopfte, sah sie sich in dem schlichten

Büroflur um. Genau wie unten im Geschäft, das zwar nach modernen Maßstäben eingerichtet war, dominierte hier eher die Zweckmäßigkeit vor präsentabler Ausstattung. Anders als bei den großen Sportartikelherstellern, die allein schon durch aufwendige Outlets und imposante Bürogebäude ihre Geltung am Weltmarkt zu demonstrieren suchten, waren die Prioritäten bei Sport Gottwald eindeutig andere: Hier stand der Sportler, der Kunde, im Mittelpunkt. Genau das war der Grund, warum Maria das Geschäft seit Jahren gern besuchte.

»Herein!« Die Stimme war dunkel und kräftig.

Maria war Helmut Gottwald schon häufiger begegnet, denn vor seinem Schlaganfall war er häufig in den Verkaufsräumen zu finden und sich nie zu schade gewesen, seine Kunden persönlich zu beraten. Als junger Mann hatte er die Königsdisziplin des Zehnkampfes ausgeübt, es jedoch nie in den Profisport geschafft und seine Liebe zum Sport stattdessen anderweitig zu seinem Beruf gemacht. Seiner Statur war der ehemalige Athlet immer noch abzusehen und Maria hatte vor einer Weile erfahren, als sie sich beim Einkauf bei Jacky nach ihrem Mann erkundigt hatte, dass Gottwald immer noch innerhalb seinen Möglichkeiten aktiv war. So weigerte er sich zum Beispiel, einen elektrischen Rollstuhl zu benutzen. Jetzt saß er in einem gewöhnlichen Rollstuhl hinter seinem Schreibtisch, trug Jeans und Poloshirt und sein dichtes graues Haar ziemlich lang im lässigen Surferlook. Trotz seiner körperlichen Beeinträchtigungen wirkte er jünger als 60.

»Verzeihen Sie, wenn ich nicht aufstehe, um Sie zu begrüßen, Frau Ammon.« Nachdem er ihr entgegengerollt war, streckte er ihr die Rechte hin. Sein Händedruck war kräftig, seine Sprache jedoch leicht verwaschen, denn die linke Körperhälfte einschließlich seiner Gesichtsmuskeln gehorchten ihm nur teilweise. »Schön, dass Sie gekommen sind.«

»Ihre Frau hat mich angerufen«, begann Maria. »Ist sie nicht hier?«

»Sie kommt gleich. Ich habe sie gebeten, uns Kaffee zu besorgen. Sie mögen doch Kaffee?«

»Gern, ja«, antwortete Maria.

»Ich bin ein absoluter Koffein-Junkie. Meinen Ärzten gefällt das gar nicht, aber irgendein Laster muss man sich doch bewahren. Ich habe nie geraucht und Alkohol nur in Maßen – heute verzichte ich ganz. Und ich bin schließlich nicht …« Er verschluckte das letzte Wort. Sein Blick ging nach unten. Er seufzte. »Tja. Ich lebe ja noch.«

»Es tut mir leid«, sagte Maria leise.

Er wandte den Rollstuhl auf der Stelle um, sodass Maria seine Mimik nicht sehen konnte, doch ihr entging nicht, dass er sich schnell über die Augen wischte, bevor er zu einer kleinen Sitzgruppe hinüberrollte.

»Ich bin unhöflich.« Seine Stimme schwankte nur leicht. »Bitte, nehmen Sie doch Platz.«

Als Maria sich gesetzt hatte, hatte Gottwald sich wieder im Griff.

Die Tür öffnete sich und Jacky kam mit einem Tablett hinein. Obwohl sie Jeans und eine schlichte langärmlige Bluse trug, wirkte ihr Outfit im Gegensatz zu dem ihres Mannes weniger sportlich als vielmehr elegant. Ihre Haare hatte sie zu einem lockeren Zopf gebunden. Maria bewunderte Frauen, die sich mit simplen Mitteln stilvoll zu kleiden verstanden. Mit ihrem Gesäß warf Jacky schwungvoll die Tür zu.

»Frau Ammon, schön, dass Sie da sind.« Sie stellte das Tablett ab, um Maria zu begrüßen. Dann wandte sie sich an ihren Mann, den sie mir gerunzelter Stirn ansah. »Geht es dir nicht gut?«

Er griff nach ihrer Hand. »Doch, Schatz. Alles bestens.« Sein Adamsapfel hüpfte, als er hart schluckte.

Jacky beugte sich vor, um ihm einen Kuss auf die Stirn zu geben. Es war ihr anzusehen, dass sie ihm nicht glaubte, aber sie bohrte nicht weiter nach. Maria wandte taktvoll ihren Blick ab und goss unterdessen Kaffee ein. Es standen vier Tassen auf dem Tablett, sowie eine Blumenvase, die nur mit frischem Wasser gefüllt, aber ansonsten leer war.

»Er müsste gleich da sein.« Jacky ließ sich in der Sofaecke nieder, in der sie ihrem Mann am nächsten war.

»Ah«, machte Gottwald.

»Wer denn?« Maria verteilte die gefüllten Tassen.

»Zucker, Milch?«, erkundigte sich Gottwald höflich.

Maria winkte ab. »Schwarz, danke.«

»Pur schmeckt es eben am besten.« Gottwald nahm ebenfalls eine Tasse und prostete Maria zu.

Jacky indes fügte ihrem Kaffee eine gehörige Portion Zucker und Milch hinzu. »Marko Rorbeck. Er ist … war der Lebensgefährte von Dirk.«

»Ah«, machte nun Maria.

Durch die gekippten Fenster drangen Stimmen vom Parkplatz, das Schlagen von Autotüren und Motorgeräusche. Der Verkehr rauschte auf der Umgehungsstraße. Aus einiger Entfernung hörte man eine Kreissäge.

»Dirk hätte nie … er stand nicht auf S/M«, durchbrach Jacky das Schweigen. »Er war viel zu sanft.« Sie sah Maria mit ihren großen graublauen Augen an, in denen Tränen schimmerten.

Gottwalds Kaffeetasse klirrte, als er sie abrupt auf den Tisch stellte. Schneller als Maria erwartete hätte, hatte er gewendet und war schon durch die Tür verschwunden.

Seufzend starrte Jacky in ihre Tasse, trank einen Schluck und sah dann Maria an. »Es ist so furchtbar, dass ich nichts für ihn tun kann. Er ist völlig am Boden zerstört.«

Maria verschränkte die Hände im Schoß. »Man fühlt sich hilflos.«

Jacky atmete tief ein. »Ja, so ist es. Vor allem, weil wir glauben … nein, eigentlich sind wir ganz sicher, dass Dirk niemals so etwas …« Sie konnte sich offensichtlich nicht überwinden, die Dinge näher zu beschreiben, die zum Tod ihres Stiefsohnes geführt hatten. »Wir alle drei glauben, dass es nicht … nicht mit rechten Dingen zugegangen ist.«

Maria runzelte die Stirn. »Was genau meinen Sie?«

»Er hat das nicht selbst getan«, sagte Jacky unverblümt.

»Sie meinen, jemand war bei ihm?«

»Es *muss* jemand bei ihm gewesen sein!«

»Haben Sie darüber mit Herrn Eisenbeiß aus Schwabach gesprochen?«

Beklommen nickte Jacky. »Oh ja, sogar mehr als einmal. Aber er wiegelt ständig ab. Er sagt, sie können das zwar nicht grundsätzlich ausschließen, aber sie hätten bis jetzt keine Hinweise gefunden, dass es etwas anderes als ein *Unfall* gewesen ist. Nichts.« Sie holte tief Luft. »Sie haben ihn doch gefunden. Haben Sie … haben Sie nicht irgendwas bemerkt?«

Es dauerte einige Sekunden, bis Maria sich für eine Formulierung entschieden hatte. »Nichts, das meinen Kollegen, die vor Ort waren, nicht auch aufgefallen wäre. Falls es etwas zu finden gibt, dann werden sie es auch finden.«

Sie sagte das zuversichtlicher, als es bei der vorliegenden Beweislage zu erwarten war, denn sie hatte auch nach einem erneuten Telefonat nichts anderes gehört als die Gottwalds auch: Bis jetzt war noch nichts Eindeutiges bei der Auswertung der Spuren herausgekommen und durch die Blume hatte Eisenbeiß ihr zu verstehen gegeben, dass er keine Chance sah, dass sich am Ergebnis noch etwas ändern würde.

Und doch spürte Maria eine Gänsehaut, die ihr trotz der Sommerwärme die Wirbelsäule entlang kroch. Es schien aus der Luft gegriffen, doch ihr fiel Michelles Bemerkung über die seltsame Häufung von Unglücksfällen ein und wieder einmal dachte sie an die Zeichnungen. Mindestens zwei davon hatte sie sich nicht eingebildet, aber sie hütete sich, diese gegenüber den Gottwalds zu erwähnen. Selbst wenn sie recht hatten, dann war es immer noch Sache der Kriminalpolizei.

Jacky hatte Maria beobachtet und schien etwas sagen zu wollen, doch in diesem Moment klingelte Marias Handy.

»Entschuldigung, nur einen Moment.« Ausgerechnet jetzt rief Andreas an.

Mit einer Geste bedeutete Jacky Maria, dass sie das Gespräch ruhig annehmen könne.

»Andreas, ich kann jetzt nicht, ich bin in einer Besprechung, könntest du bitte später noch mal … Was sagst du?«

Die Tür öffnete sich und der Rollstuhl mit Helmut Gottwald darin wurde von einem jungen Mann hineingeschoben, der in einer Hand einen hübschen Sommerblumenstrauß hielt. Der kleine hellblonde Mann war schlank, das Gesicht mit den hohen Wangenknochen hatte weiche, mädchenhafte Züge. Seine Kleidung war sehr gepflegt, seine Haut makellos. Nur unter seinen Augen lagen dunkle Schatten. Einen Moment lang kam er Maria bekannt vor, doch sie wusste nicht, woher. Andreas lenkte sie ab, sie musste ihn abwürgen.

»Am Sonntag starte ich mit der Staffel beim Triathlon, ich kann Franzi nicht … Nein!« Das letzte Wort hatte sie so laut gesprochen, dass Jacky alarmiert aufsah. Maria lächelte entschuldigend. »Damit musst du selbst klarkommen. Mach's gut!« Sie legte auf und schaltete ihr Handy auf stumm.

»Und du bist wirklich sicher, dass du dabei sein möchtest, Helmut?« Der junge Mann legte Gottwald seine freie Hand auf die Schulter.

Gottwald, der sich an ein zusammengeknülltes Taschentuch in seiner Hand klammerte, rang sichtlich um Fassung. »Ist schon gut, Marko.«

Anstatt zu antworten, kramte Marko in seiner Umhängetasche und förderte eine Packung Taschentücher zutage. Sanft legte er sie Gottwald auf den Schoß und schob ihn an den Tisch heran. Dann arrangierte er noch die Blumen in der Vase, bevor er ebenfalls Platz nahm.

»Haben wir uns schon mal gesehen, Herr Rorbeck?«, erkundigte sich Maria freundlich, nachdem sie sich begrüßt hatten.

Nachdenklich legte er die Stirn in Falten. »Nicht, dass ich wüsste. Aber vielleicht haben Sie ja schon mal bei mir gekauft.«

»Was machen Sie denn beruflich?«

»Mir gehört die Gärtnerei in der Goethestraße.«

Maria lächelte. »Nein, bestimmt nicht. Ich habe absolut keinen grünen Daumen.«

Es war mehr ein Automatismus, dass Rorbeck zurücklächelte, bevor er sich an Frau Gottwald wandte: »Hast du ihr schon alles erzählt, Jacky?«

»Nein. Nur, dass wir glauben, dass Dirk nicht …« Sie stockte.

»Dirk tut so etwas nicht!« Rorbeck klang sehr entschieden. »Das müsste ich wissen, wir waren immerhin fast drei Jahre zusammen! Wenn er … wenn er auf S/M gestanden hätte, dann hätte ich das bemerkt.«

Wäre sie in offizieller Funktion hier, hätte sie an dieser Stelle interveniert. Aber so wollte sie den jungen Mann nicht brüskieren. Aus Erfahrung wusste sie, dass Angehörige oft nicht akzeptieren wollten, dass sie nichts von den ungewöhnlichen sexuellen Vorlieben ihrer Partner gewusst hatten. Vielen Menschen gelang es leichter als gemeinhin angenommen, Neigungen in diesem Bereich geheim zu halten.

Vorgebeugt legte Rorbeck die Unterarme auf seine Knie. »Ich kannte ihn. Er war nicht so! Wir haben uns geliebt.«

Vielleicht war Rorbeck trotzdem klar, dass das allein kein hinreichender Grund war, davon auszugehen, dass Dirk keine sadomasochistischen Tendenzen gehabt hatte, aber Maria unterließ es auch jetzt, ihn darauf hinzuweisen.

»Also gut.« Mit der flachen Hand klopfte Maria sich leicht auf den Oberschenkel. »Erzählen Sie. Alles, was Sie wichtig finden.«

Es konnte schließlich nicht schaden, sich die Geschichte von den Gottwalds persönlich anzuhören. Auch aus rein psychologischer Sicht war es in jedem Fall gut, ihnen das Gefühl zu geben, sie würden ernst genommen. Maria bezweifelte, dass Eisenbeiß so umsichtig gewesen war.

Jacky war die Erste, die schilderte, was aus ihrer Sicht geschehen sein musste. Es entsprach dem, was Maria bereits wusste, weil Jacky das an besagtem Abend ebenfalls erzählt hatte. Der ehrgeizige Dirk Gottwald hatte in den Wochen vor der Challenge sehr hart trainiert, viel im Geschäft gearbeitet. Kurz vor seinem Tod war er verschwunden, wie lange genau, wusste Jacky nicht.

»Wann haben Sie zuletzt mit ihm gesprochen?«, fragte Maria nun Rorbeck ohne Umschweife.

Er ballte kurz die Fäuste. »Am Nachmittag. Wir … ich habe ihm gesagt, dass ich am nächsten Morgen am Start und beim Rennen dabei sein würde und es mir egal ist, ob er mich sehen will oder nicht. Und dass ich ihn liebe.«

»Haben sie sich gestritten?«, bemerkte Maria.

Rorbeck lächelte müde. »In den letzten Monaten haben wir uns sehr häufig gestritten und immer ging es um seinen verdammten Ehrgeiz. Er hat zu hart trainiert, zu viel gearbeitet, hatte kaum Zeit für mich. Für uns. Es wurde immer schlimmer anstatt besser, obwohl er mir so sehr versprochen hat, dass er etwas ändert.«

»Vor meinem Schlaganfall hat Dirk viel weniger im Geschäft mitgearbeitet«, warf Gottwald ein. »Vor wichtigen Wettbewerben manchmal wochenlang gar nicht. Ich wollte, dass er Gelegenheit hat, seinen Sport zu betreiben. Ich habe ihm gesagt, wir stellen jemanden ein, damit er das weiter tun kann, schließlich … man ist nur einmal jung und am Geld sollte es nicht liegen. Aber das wollte er nicht. Ich hätte darauf bestehen sollen. Es tut mir so leid, Marko!«

Behutsam tätschelte Rorbeck Gottwald die Hand. »Es war nicht deine Schuld. Wirklich nicht …« Mit Daumen und Zeigefinger rieb er sich über die Nasenwurzel. »Ich habe ihn vor die Wahl gestellt. Sein Sport oder ich. Das war ein Fehler. Er ist einfach gegangen.«

Möglichst unauffällig beobachtete Maria Jacky und Helmut Gottwald. Die beiden waren weder überrascht noch schockiert, also kannten sie diese Geschichte wohl schon.

»Ich habe es sofort bereut, aber er blieb hart«, fuhr Rorbeck fort. »Ich habe ihn angerufen, immer wieder, bis er anfing mir zu glauben, dass ich einen Fehler gemacht hatte. Als wir das letzte Mal telefonierten, war ich mir sicher, dass alles wieder gut wird.« Er schluchzte. »Er war so wieder so wie … vorher. Liebevoll.«

Nun war es Gottwald, der Rorbeck die Taschentücher reichte. Maria trank ihren Kaffee aus, der inzwischen kalt geworden war.

»Nach unserem Telefonat hat er mir noch eine SMS geschrieben.« Rorbeck schnäuzte sich heftig.

»Eine SMS? Haben Sie die zufäll…«

»Ja, natürlich habe ich sie noch.« Seine hohe Stimme überschlug sich fast. Mit einer unwirschen Bewegung zückte Rorbeck sein Handy. »Hier!« Er hielt es Maria hin.

Wir müssen dringend reden, aber nicht am Telefon.

»Ah, ja«, sagte Maria gedehnt.

»Ich glaube, er wollte mir einen Antrag machen …« Rorbeck seufzte tief. »Wir hatten schon vorher davon gesprochen zu heiraten.«

»Wir haben Ihren Kollegen zu allem Zugang gegeben.« In hilfloser Geste drehte Jacky die Handflächen nach oben. »Seine Wohnung, Handy, Computer. Wir haben uns selbst umgesehen. Es gibt keine Hinweise auf … Sie wissen schon. Das müsste doch irgendwie zu finden sein.«

»Vielleicht wollte er nicht, dass es jemand erfährt«, gab Maria nun doch zu bedenken. »und hat seine Neigung im Verborgenen ausgelebt?«

»Mein Sohn hatte keine solche *Neigung*«, warf Gottwald heftig ein. »Er wurde umgebracht! So wie dieser Läufer, der vergiftet wurde.«

Die Worte schwebten in der Luft wie Spinnweben. Maria hatte das Gefühl, sie hefteten sich an sie, legten sich über sie und blieben an ihr kleben. Sie wollte widersprechen. Doch sie konnte es nicht.

»Frau Ammon, niemand glaubt uns das«, sagte Jacky. »Wir haben keine Beweise, nur ein Gefühl. Bitte, helfen Sie uns.«

Maria hob ihre Tasse an den Mund, bemerkte jedoch, dass sie leer war. Sie stellte sie ab, schob sich eine rote Strähne, die sich aus ihrem Zopf gelöst hatte, hinter das Ohr zurück. Schließlich nickte sie. »Ich werde sehen, was ich tun kann. Aber es liegt außerhalb meines Zuständigkeitsbereichs, daher …«

»Wir wollen ja nicht, dass Sie etwas tun, was Sie nicht dürfen. Aber bitte sprechen Sie noch mal mit Ihren Kollegen«, flehte Rorbeck inständig. »Vielleicht gibt es noch etwas, das sie übersehen haben.«

»In Ordnung«, lenkte Maria ein. »Aber ich kann Ihnen nichts versprechen.«

KM 128,3 – RAD

Das Wasser aus der Flasche, die immer im Auto lag, schmeckte schal. Außerdem war es lauwarm. Kurzerhand leerte Maria die Flasche neben ihrem Auto auf dem Asphalt aus.

Während sie vom Parkplatz links abbog und an der World of Sports vorbei die Straße Richtung Haundorf nahm, ließ sie das Gespräch noch einmal Revue passieren. Alles, was sie von Eisenbeiß wusste, passte zu dem, was sie gerade gehört hatte. Es gab keine Widersprüche, sondern war genau so, wie es die Gottwalds beschrieben hatten.

Auf der Toilette hatte es keine verwertbaren Spuren gegeben, die einen eindeutigen Hinweis darauf lieferten, ob Dirk allein gewesen war oder nicht. Die Obduktion hatte ebenfalls keine Erkenntnisse gebracht – keine fremden Spermaspuren, keine fremde DNA, keine Verletzungen im Analbereich und auch keine Abwehrverletzungen, die auf einen gewaltsamen Tod hindeuteten. Unter den Fingernägeln waren Fasern des Halstuchs gefunden worden, er hatte wahrscheinlich noch versucht, sich zu befreien, aber es bewies weder eine Fremdbeteiligung, noch schloss es sie aus.

Falls er sein Spiel zusammen mit jemand anderem betrieben hatte, war es wahrscheinlich nicht unter Zwang geschehen. Blieb also nur die Möglichkeit, die natürlich auch die zuständigen Beamten in Betracht gezogen hatten, dass ein potenzieller Gefährte auf demselben Weg das Weite gesucht hatte, wie Maria in die Kabine gekommen war, als dieser feststellte, dass Dirk tot war. Fingerabdrücke oder anderes verwertbares Material war von der Spurensicherung auf der öffentlichen Toilette, die in diesen Tagen ja stark frequentiert worden war, nicht gefunden worden.

Ehemalige Freunde oder Bekannte von Dirk waren befragt worden, doch entweder hatten sie ein Alibi oder kamen aus anderen Gründen nicht in Betracht. Also blieb nur noch jemand, der nicht in Dirks Kontakten zu finden war oder ein eine Zufallsbekanntschaft. Ersteres war aus naheliegenden Gründen nicht herauszufinden, Letzteres im Grunde ebenso wenig.

Schwungvoll nahm Maria im Kreisverkehr in Beutelsdorf gleich die erste Ausfahrt in Richtung Untermembach.

Ausgeschlossen werden konnte diese Möglichkeit nicht mit Sicherheit, aber in Anbetracht der unzähligen Menschen, die an diesem Tag auf dem Gelände gewesen waren, glich es der Suche nach einer Stecknadel im Heuhaufen, besonders wenn der Betreffende nicht gefunden werden wollte.

Die Wäscheleine, die Dirk um seinen Hals gehabt hatte, hatte er von seinem Wohnmobil mitgenommen.

Autoerotische Unfälle dieser Art waren nicht unbedingt alltäglich, doch Ende der 90er war Michael Hutchence, der Leadsänger der australischen Band INXS, in einer ganz ähnlichen Situation tot aufgefunden worden. Auch er hatte nur knapp über dem Boden an der Türklinke seiner Hotelsuite gehangen. Damals war ebenfalls viel über einen Mord spekuliert worden, doch es war eine unbestrittene Tatsache, dass die Bewusstlosigkeit für den Betreffenden häufig schneller als vermutet eintrat. So schnell, sodass derjenige manchmal nicht mehr mitbekam, was ihm da gerade passierte. Der Tod durch Ersticken war in diesem Fall unausweichlich, es sei denn, man wurde rechtzeitig gefunden – was nur vorkam, wenn jemand anderes in der Nähe war und wiederum gegen die Theorie sprach, dass Dirk nicht allein gewesen war.

So jemand, auch eine Zufallsbekanntschaft, hätte Hilfe geholt. Obwohl man auch das nicht mit hundertprozentiger Sicherheit sagen konnte, wie Maria aus langjähriger Berufserfahrung wusste.

Auch nach gründlicher Abwägung aller Fakten und Möglichkeiten kam sie wieder einmal zu dem Schluss, dass ein Unfall die wahrscheinlichste Ursache darstellte.

Tragisch.

Es sei denn, Dirk war tatsächlich umgebracht worden und der Täter hatte es verstanden, seine Tat als Unfall darzustellen. Aber warum war dann der Läufer so offensichtlich vergiftet worden?

Die Landstraße hatte sich durch die Felder geschlängelt, doch nun führte sie in ein Waldstück hinein. Unwillkürlich fiel ihr der Tag Ende Mai ein, an dem sie ohne Wissen und Billigung ihrer Vorgesetzten auf der Jagd nach Terroristen gewesen war, die nicht nur die Erlanger Bergkirchweih bedroht hatten, sondern das Leben und die Gesundheit vieler Menschen. Damals hatte sie einen der meistgesuchten Terroristen Deutschlands im Kofferraum gehabt. Auf demselben Feldweg wie damals hielt sie an, langte nach ihrem Handy, das in der Freisprecheinrichtung steckte, und wählte eine Nummer aus dem Telefonbuch.

»Hey, sag bloß, du gehst endlich mit mir essen!«

»Das waren wir doch schon zwei Mal.«

»Tatsächlich? Hatte ich schon ganz vergessen, aber lass mich raten: Jetzt hast du plötzlich Sehnsucht nach mir und bittest mich, sofort wieder nach Erlangen zu kommen.«

Maria kicherte. »Nein, absolut nicht.«

»Schade.«

»Ich muss dir was erzählen, Perez. Vertraulich. Und dann brauch ich deine Meinung.«

»Okay, schieß los.«

Das tat sie. Von Anfang bis Ende, ohne etwas auszulassen oder zu verändern erzählte sie Perez Leibl sämtliche Tatsachen, die sie kannte. Inklusive der Zeichnungen, eingebildet oder auch nicht. Er hörte zu, stellte wenige Fragen und schwieg am Ende lange.

»Stör ich dich eigentlich?« Maria war längst ausgestiegen und lehnte mit dem Hintern an der Motorhaube.

»Was? Nein«, Perez klang nachdenklich. »Ich bin sowieso zu Hause.« Im Hintergrund klapperte Geschirr. »Wo bist du gerade?«

Sie sah sich um. Genau an dieser Stelle hatte sie damals angehalten, um Perez aus dem Kofferraum zu befreien. »Unterwegs.«

»Wohin?«

»Nach Hause.«

»Von woher?

»Wird das ein Verhör?«

»Wie geht es Olaf?«

»Blendend! Und jetzt will ich wissen, was du von der Sache hältst!«

Sie konnte ihn förmlich sehen, wie er sich über seinen Kopf rieb, was er oft tat, wenn er nachdachte. »Ich glaube, dass du entweder etwas übersiehst …«

»Oder?«

»Oder es war Suizid.«

»Noch unwahrscheinlicher. Sein Arzt bescheinigte ihm eine ausgezeichnete Gesundheit, kein Krebs oder andere gravierende Erkrankungen. Kein Alkohol, keine Drogen, keine Depressionen oder Psychosen. Außerdem wage ich zu behaupten, dass drastische Probleme, die eine so drastische Lösung nach sich ziehen, sich angedeutet hätten.«

»Eben so viel oder wenig wie eine unentdeckte Vorliebe für S/M«, räumte Perez ein.

»Stimmt«, bestätigte Maria. »Er hatte keine nennenswerten Schulden, einen geregelten Job, einen Lebensgefährten. Alles gut.«

»Du sagtest was von Trennung. Liebeskummer kann einiges auslösen«, gab Perez zu Bedenken. »Dazu passt diese Zeichnung von dem durchbohrten Herz.«

»Schon. Der Liebeskummer schien zwar noch nicht völlig aus der Welt geschafft, war aber auf dem besten Weg, sich in Luft aufzulösen. Sein Freund wollte am nächsten Tag kommen und Dirk schien darüber zumindest nicht unglücklich. Und selbst wenn es bei der Trennung geblieben wäre, dann war immer noch Dirk derjenige, der seinen Freund verlassen hat. Nicht umgekehrt.«

»Bleibt noch die Frage, ob er ein Undercoveragent gewesen sein könnte, der sehr gründlich für seinen nächsten Fall in der S/M-Szene recherchiert hat.« Perez Tonfall war sarkastisch.

»Sprichst du etwa aus Erfahrung?«, bemerkte Maria im selben Tonfall.

»Das willst du doch gar nicht wissen«, entgegnete Perez liebenswürdig.

»Stimmt. Aber im Ernst: Wenn er eine heimliche Vorliebe für S/M oder sogar BDSM gehabt hat, hätte das dann nicht doch irgendwer im Nachhinein zumindest ahnen können? Manchmal verschließen die Leute ja nur die Augen und hinterher wusste es jeder oder sagt, darauf hätte man schon längst kommen müssen, blabla, das Übliche. Lässt sich so ein Doppelleben wirklich und vor jedem geheim halten?«

»Was der Sinn und Zweck eines Doppellebens ist«, erklärte Perez. »Ja, kann man. Aber es kostet einen viel Kraft und Schauspielkunst. Irgendwelche Vertrauten braucht man immer und muss schon sehr geschickt sein, damit über einen langen Zeitraum wirklich niemand etwas ahnt.«

»Und bei Dirk Gottwald schließt jeder, der ihn näher kannte, eine Zugehörigkeit zur BDSM-Szene kategorisch aus. Das stört mich irgendwie.«

»Sagen wir, es macht einen nachdenklich.«

»Eben. Ich sage ja nicht, dass man Menschen ihre sexuellen Vorlieben an der Nasenspitze ansieht. Viele können so etwas gut verbergen, aber das passt einfach nicht. Jemand, der sich auf einer öffentlichen Toilette auf diese Art befriedigt, der ist nicht neu in der Szene. Der wusste, was er tun musste, damit niemand etwas davon mitbekommt und der wollte den Kick des Entdeckt-werdens. Und so jemand soll ansonsten nur Blümchen-Sex mit seinem Freund machen?«

Lauthals lachte Perez. »Dazwischen gibt es aber noch eine ganze Menge andere Varianten, weißt du.«

»Sagte der Mann, der meine Freundin mit sehr fragwürdigen Methoden verführt hat.«

»Touché«, erwiderte Perez. »Also, du glaubst, es sei in jedem Fall jemand bei ihm gewesen, hat ihm den Strick um den Hals gelegt und ist verschwunden, als er nicht mehr wach wurde.«

»Genau. Auch wenn die Tür von innen abgeschlossen war.«

»Das scheint ja nicht so schwierig gewesen zu sein, denn du bist ja auch über die Wand gestiegen. Was sagen eigentlich die Kollegen in Schwabach dazu?«

»Eisenbeiß sagt, sie haben alles in Betracht gezogen und er glaubt an die Unfalltheorie – ob mit oder ohne Partner. Ende der Geschichte.«

»Hm.«

Es war ein durch und durch harmonisches Schweigen. Schließlich seufzte Maria. »Ich muss nach Hause. Ich will gleich noch eine Runde um den Weiher drehen, weil am Sonntag der Triathlon hier in Erlangen ist.«

»Nach dem Marathon in Roth sind die 21 km doch für dich ein Spaziergang.«

»Das werden wir sehen«, seufzte Maria. »Ich bin seit Roth fast gar nicht mehr gelaufen.«

»Du schaffst das schon.«

»Danke für dein Vertrauen!« Sie lachte.

Wieder verging eine halbe Minute, in der niemand etwas sagte.

»Wie geht es Franzi?«, erkundigte sich Perez.

Ohne ein Blatt vor den Mund zu nehmen, erzählte Maria die Urlaubs-Desaster-Story.

»Ich frage mich, wie du es so lange mit diesem Kerl ausgehalten hast«, kommentierte Perez am Ende. »Der hat doch nicht mehr alle Latten am Zaun. Wie kann er seiner Tochter solche Lügen auftischen? *Lech La'asalsel!*«

In gespielter Missbilligung schnalzte Maria mit der Zunge. »Wenn der Professor dich so fluchen hört, wäscht er dir eines Tages doch noch den Mund mit Seife.«

»Er hört mich ja nicht«, bemerkte Perez lakonisch. »Weißt du etwas Neues von Nina? *Abba* sagt, man sieht es ihr schon an.«

»Ja, tut man. Sie ist glücklich, dass langsam die Übelkeit verschwindet. Hast du eigentlich noch mal mit Jens gesprochen?«

»Nein, ich glaube, es ist besser, wenn ich mich möglichst raushalte.«

»Und ich glaube, du solltest endlich aufhören, diesen Eiertanz zu vollführen, um herauszufinden, wie es Nina und dem Kind geht. Nina ist entschlossen, dem Kind von Anfang an die Wahrheit zu sagen und ich glaube, es würde Jens die Sache sehr erleichtern, wenn du dabei klar Position beziehst.«

»Welche Position?«

Maria rollte mit den Augen. »Allmächd! Schwing einfach deinen Hintern her und …«

»Du legst also wert auf meinen Hintern?«

»Perez!« Sie schaffte es nicht mehr ernst zu bleiben. »Und wenn ich es täte?«

»Käme ich am Wochenende, um dich beim Triathlon anzufeuern.«

»Hast du nicht deinen nächsten Einsatz vorzubereiten?«

»Also gut, dann halt mich auf dem Laufenden, wenn du irgendwelche Neuigkeiten bezüglich Gottwald hast, ja?«

»Sicher. Also bis dann.«

»Ach, und Maria?«

»Ja?«

»*Du* könntest ein paar Tage frei nehmen und *deinen* Hinter herschwingen. Ich kenne da einen guten Italiener auf der Neusser Straße …«

»Mach's gut, Perez«, flötete Maria und legte auf.

Auf dem Heimweg schob Maria den Fall Gottwald – der streng genommen ja gar keiner war – gedanklich in Warteposition, ließ alle vier Scheiben runter und drehte die Musik im Radio auf. Der Fahrtwind wehte durch ihr Haar. Am liebsten hätte sie die Augen geschlossen.

KM 148 – RAD

Im Gegensatz zur Langdistanz der Challenge in Roth galt es für die Teilnehmer des Erlanger Triathlons, entweder die Kurz- oder die Mitteldistanz zu bewältigen. Letztere, die ungefähr der Hälfte der Langdistanz entsprach, wurde in diesem Jahr zum allerersten Mal auch für Staffeln angeboten. Es war reiner Zufall gewesen, dass Michelle ihnen noch einen Platz hatte organisieren können.

Am Wettkampfsonntag trafen morgens um sieben Uhr Jens, Nina, Fabian und Michelle bei Maria ein, um gemeinsam zu frühstücken. Obwohl sogar Franzi extra früh aufgestanden war und Marias Eltern sich ebenfalls dazugesellten, war es relativ still auf der Ammonschen Terrasse.

Maria beugte sich zu Michelle, die neben ihr saß. »Bist du etwa nervös?«

Die Blondine seufzte. Dann stand sie auf. »Bin gleich wieder da.« Sie verschwand in Richtung Badezimmer.

Fabian hob eine Braue. Nina, die ihre Ellbogen auf den Tisch gestützt und das Kinn auf ihre Hände platziert hatte, schielte zu Jens. Lustlos knabberte der an einer trockenen Semmel herum.

Im Gegensatz zu ihren beiden Kollegen fühlte sich Maria relativ entspannt. Durch ihre Teilnahme in Roth kannte sie jetzt nicht nur den Ablauf eines Triathlon, sondern war zudem mit der Strecke vertraut, die sie schon im Training häufiger gelaufen war. Für sie war es quasi ein Heimspiel.

Bald brachen sie auf, um am Start unterhalb der Dechsendorfer Brücke über den Main-Donau-Kanal die Holzapfels zu treffen, die ebenfalls versprochen hatten zu kommen. Unter den Einzelstartern befanden sich Bekannte von Maria sowie Zeilinger, der jedoch nur grüßend die Hand hob, als er die Gruppe erblickte.

Um neun Uhr fiel der erste Startschuss für die Schwimmer, die in drei Wellen kurz hintereinander das Kanalwasser zum Brodeln brachten. Jens schwamm zwei Kilometer, anschließend würde Michelle 80 Kilometer aufgeteilt in zwei Runden auf dem Rennrad durch den Erlanger Nordwesten drehen und auf Maria als Schlusslicht wartete eine zwei Mal zu durchlaufende Wendepunktstrecke von 20 Kilometern am Kanal und durch den Wald der Mönau.

Alles lief perfekt.

Atemlos kam Jens aus dem Wasser gewankt und musste sich an einem Helfer abstützen. Sein Kreislauf erholte sich jedoch schnell, sodass er förmlich in die Wechselzone unterhalb der Dechsendorfer Brücke sprintete, wo Michelle schon wartete. In Nullkommanichts hatte sie ihr Rad herausgeschoben und schoss davon.

»Mei, ist die schnell«, meinte Elfriede bewundernd.

»Sie lässt mich an den Bergen immer stehen«, erwiderte Fabian, der grinste wie ein Honigkuchenpferd.

Während sich die anderen aufmachten, um an verschiedenen Punkten der Strecke zu stehen, radelte Maria mit Franzi zusammen am Kanal entlang bis Möhrendorf, wo sie auf Franzis Freundin Anna und deren Eltern trafen, die dort wohnten. Gemeinsam winkten sie Michelle auf ihrer ersten Radrunde zu. Wie Gummibälle hüpften Franzi und Anna auf und ab, schlugen auf eine Handtrommel und pusteten in eine Trillerpfeife, um nicht nur Michelle, sondern auch die anderen anzufeuern.

»Mama, darf ich noch bei Anna und ihren Eltern bleiben?«, fragte Franzi, als Maria schließlich zur Rückfahrt drängte.

»Sicher. Hast du dein Handy?«

»Klar. Ich ruf Opa an und sag's ihm. Bis später und lauf schön!«

Allein machte sich Maria auf den Weg zurück zur Wechselzone, um auf Michelle zu warten. Es kam ihr vor, als hätte sie höchstens fünf Minuten gewartet, als

Michelle wieselflink herangeflitzt kam. Ihre zum Laufen eher ungeeigneten Fahrradschuhe schienen sie dabei nicht wirklich zu behindern, im Gegensatz zu Karl in Roth. Trotzdem lief Maria ihr entgegen und bückte sich schon, um den Zeitmesschip von Michelles Knöchel zu lösen.

»Du bist viel früher, als ich dachte«, rief Maria.

Michelle grinste. »Hab mich ja auch beeilt. Es hat übrigens schon wieder Zwischenfälle gegeben.«

Maria hielt inne. »Was? Wo denn?«

»Zwischen Neuhaus und Heppstädt hat irgendwo ein Idiot Reißnägel auf die Fahrbahn gestreut. Gott sei Dank gab es nur ein paar Platten, aber keine Stürze. Und dann im Wald zwischen Röttenbach und Kleinseebach. Da geht es ja bergab und einfach nur geradeaus, und ich hab echt keine Ahnung, wie das passieren konnte, aber da sind mindestens fünf Leute gestürzt. Nun mach schon ab. Ich bin doch nicht so schnell gefahren, damit du jetzt Kaffeeklatsch hältst!«

»Du redest doch die ganze Zeit!«, empörte sich Maria, die inzwischen dabei war, das Band an ihrem Fuß zu befestigen. Sie stand auf. »Ist viel passiert?«

»Keine Ahnung. Es waren mehrere Krankenwagen da. Ich hab Zeilinger da stehen sehen, aber dem war nix passiert. Mehr weiß ich auch nicht.«

»Zeilinger?«

»Hopp etz!«

»Ja, doch!«

Schon rannte Maria los. Die Strecke war flach und unspektakulär, genau das Richtige, um bald einen Laufrhythmus zu finden. Am Rand der Strecke standen einige

Zuschauer – natürlich nicht so viele wie in Roth, aber trotzdem bekamen die Läufer aufmunternde Rufe und Applaus. Es herrschte eine andere Atmosphäre. Alles war kleiner, familiärer und doch erzeugte es das gleiche Wohlgefühl in Maria.

Zuerst trabte sie am Kanal entlang, bis zum Stadion des TV 48. Hin und wieder traf sie Bekannte aus Dechsendorf. Auf dem Rasen des Stadions drehte sie ihre erste Schleife. Hier herrschte eine ausgelassene Stimmung mit Musik und einem Sprecher. Auf der Zuschauertribüne saßen Nina, deren Bauch sich deutlich rundete, und Jens, der seinen Arm um sie gelegt hatte. Jens wirkte mit sich und der Welt äußerst zufrieden, denn seine Zeit von 39:05 Minuten konnte sich ja auch sehen lassen

»Hopp! Hopp! Hopp!«

Nach dem Stadion ging es ein Stück zurück entlang der Strecke am Kanal, dann über den Membacher Steg. Den Anstieg zur Brücke war Maria so oft im Training gelaufen, dass er ihr weniger schwer fiel als anderen Läufern, die lieber ins Gehen verfielen. Oben auf der Bücke verbreitete eine Samba-Gruppe gute Laune. Dann führte die Wendepunktstrecke in den schattigen Wald. Nur aus der Ferne hörte man Verkehrslärm und die meiste Zeit war das vorherrschende Geräusch das Schnaufen der Athleten. Ihre Beine funktionierten wie ein Uhrwerk, Schritt auf Schritt auf Schritt auf Schritt. Marias Gedanken schweiften.

Schon wieder ein Unfall.

Ein Unfall.

Unfall.

Unfall?

Ohne es bewusst zu tun, schwebten die Szenen aus Roth durch ihren Kopf. Der Abend, an dem sie Dirk Gottwald gefunden hatte. Der Schwimmer, der einem Herzinfarkt erlegen war, wie sie später erfahren hatte. Der Radfahrer, der vor ihren Augen verunglückt war und aufgrund seiner schweren Kopfverletzungen wahrscheinlich immer noch im Koma lag.

Wie durch einen Nebel nahm sie ihren Vater mit Franzi und Anna wahr, die am Wendepunkt im Wald standen. Während die Mädchen ein Heidenspektakel veranstalteten, hatte Hermann die Hände in den ausgebeulten Hosentasche. Er zog eine heraus und reckte den Daumen. Maria erwiderte die Geste.

Der Läufer auf der Trage. Seine Eigenverpflegung war mit Aconitin vergiftet worden und er war auf dem Weg in die Klinik gestorben. Auch nach Wochen war noch kein Täter gefunden. Eifersüchtige Konkurrenten konnten inzwischen ausgeschlossen werden, denn er war zwar ein guter Athlet gewesen, aber lediglich Hobbyläufer und hatte keine Sponsoren.

Gab es ein Muster?

Maria blinzelte. Automatisch verfielen ihre Beine in den Sambarhythmus, der ihr entgegenschallte. Sie war, ohne es wirklich zu bemerken, die ganze Strecke durch den Wald gelaufen und befand sich nun schon wieder auf dem Membacher Steg. Als sie nun zum zweiten Mal durch das Stadion lief, hatten sich mittlerweile auch Michelle und die Holzapfels eingefunden, die Marias Mutter mitgebracht hatten. Maria warf ihnen Kusshände zu, als sie vorbeilief.

Kurz darauf trabte sie zum zweiten Mal durch den Wald der Mönau. Wie von allein nahm sie den Faden von vorhin wieder auf.

Gab es ein Muster?

Ihre Gedanken kreisten um die Ereignisse und noch einmal ging sie jedes einzelne durch. Immer noch stand ihr Vater am Wendepunkt. Die Mädchen waren schon weg. Dieselbe Geste. Dann wieder derselbe Laufrhythmus. Schritt für Schritt für Schritt für Schritt …

Muster.

Nein.

Weder auf den ersten, noch auf den zweiten Blick.

»Mist!«

»Alles gut?«, fragte der Helfer an der Verpflegungsstelle, die Maria gerade passierte.

Sie ergriff den dargebotenen Becher. »Wissen Sie, was vorhin auf der Radstrecke los war?«

Er zuckte mit den Schultern. »Ich steh schon seit heute Morgen im Wald.«

Maria lachte. »Und ich seh ihn vor lauter Bäumen nicht. Da passen wir zusammen.« Sie tippte sich an ihr Cap. »Danke.«

»Gerne. Kommen Sie gut ins Ziel!«

Beim Weiterlaufen ließ Marias Konzentration weiter nach. Es waren nur noch drei Kilometer bis zum Ziel. Sie spürte ihre Beine inzwischen und war froh, dass es bald vorbei war.

»*Yuh gud, dondonnet?*«

Neben ihr war Zeilinger aufgetaucht, der seine federnden Schritten ihren anpasste.

»Bei mir schon ... Sie sind ja verletzt!«

Tatsächlich hatte Zeilinger am linken Bein und Arm Schürfwunden und Prellungen. Er winkte ab. »Halb so schlimm. Heute ist wohl nicht mein Tag. Beim Schwimmen lief es gut, doch dann war meine Zeit im Eimer, weil ich einen Platten hatte wegen dieser Reißnägel, die ein Depp auf die Straße gestreut hat, und kurz vor Möhrendorf gab es einen Massensturz.«

»Michelle hat mir bei der Chipübergabe davon erzählt. Haben Sie gesehen, was passiert ist?«

»Nein, ich hab gerade nach unten gesehen, weil meine Schaltung hakte, und dann war's auch schon passiert. Ich konnte noch ein bisschen bremsen, deswegen hab ich wohl Glück gehabt.«

»Und die anderen?«

»Einige hat's bös erwischt.«

Während sie weiterplauderten, hatte Maria ihn aus dem Augenwinkel beobachtet. Er machte eine wirklich gute Figur. Seine Rastazöpfe hatte er mit einem Gummi gebändigt, sein schwarz-weißer ärmelloser Einteiler saß wie eine zweite Haut, unter dem sich seine wohlproportionierten Muskeln deutlich abzeichneten. Viele kleine Narben, aneinandergereiht wie Perlenschnüre, zogen sich in kreis- und wellenförmigen Mustern über die milchkaffeebraune Haut seiner Oberarme und Schultern und bis unter das Trikot. Im Alltag wurden sie durch seine Kleidung verdeckt, denn Maria waren sie noch nie aufgefallen. Die Regelmäßigkeit der Linien ließ sie an rituelle Cuttings denken. Im Geiste musste sie grinsen, denn Michelle hätte ihre Beobachtung sicher kommentiert.

Vor dem Zieleinlauf warteten Jens und Michelle. Sie waren sichtlich überrascht, Zeilinger neben Maria laufen zu sehen. Er ließ dem Trio jedoch den Vortritt, die Frauen nahmen Jens in die Mitte und Michelle stieß ein Indianergeheul aus, als sie gemeinsam über die Ziellinie rannten. Zeilinger folgte gleich dahinter.

»*Das* müssen wir nächstes Jahr unbedingt wieder machen!« Michelle kaute an einer Brezen, die sie im Verpflegungsbereich im Ziel geortet hatte, wie eine Kompassnadel den Nordpol.

»Ist ansteckend, das Triathlonfieber, nicht wahr?« Mit einer Banane in der Hand deutete Zeilinger auf Michelle, wie mit einer Pistole.

»Und wie!«

»Ich komme auch nicht davon los«, bemerkte Zeilinger.

Maria stürzte gerade ihr drittes Isogetränk herunter. »Bah, ich kann das süße Zeug nicht mehr sehen.«

»Nimm ein Weißbier.« Jens prostete Maria mit einem Glas in der Hand zu.

»Also ich hab mein Fahrrad schon ausgecheckt und in Fabis Auto geladen«, sagte Michelle. »Willst du noch lange hierbleiben?«

Einen Oberschenkel dehnend, balancierte Maria auf einem Bein. »Das tut gut. Was? Nein, nur noch ein bisschen, dann nach Hause, duschen und den Rest des Tages einfach auf der Terrasse die Füße hochlegen.«

»Dein Vater schmeißt übrigens schon mal den Grill an. Nina, Elfriede und deine Mutter erledigen den Rest.«

Maria stöhnte genießerisch. »Hab ich euch schon gesagt, wie lieb ich euch alle hab?«

»Heute noch nicht«, stellte Michelle lakonisch fest. »Haben Sie auch Lust mitzukommen, Herr Zeilinger?«

Der Genannte wirkte überrascht. »Danke für die Einladung, aber ich fahre besser heim.«

»Sie sind aber nicht mit dem Fahrrad gekommen, oder?«, wollte Michelle wissen.

Er lachte. »Nein, ich habe mir ein Auto geliehen.«

»Sie sind echt ein harter Knochen«, erklärte Michelle. »Jeden Tag von Neustadt nach Erlangen mit dem Rad und dann noch zwei solche Wettbewerbe ins so kurzer Zeit.«

Zeilinger rieb sich die Nase. »Egal, was ich jetzt antworte, es klingt überheblich oder gewollt bescheiden.«

»Stimmt, also sagen Sie am besten gar nichts und genießen die Bewunderung.«

Schicksalsergeben drehte er die Handflächen nach oben.

Jens nahm seinen letzten Schluck Bier, bevor er die Flasche wieder zurückgab. »Sollen wir?«

Zu viert verließen sie den Zielbereich und schlenderten durch das Stadion, in dem immer noch für die ankommenden Sportler applaudiert wurde.

»Tut es sehr weh, sich Cuttings schneiden zu lassen?« Jens, der neben Zeilinger stand, deutete auf die Narben.

»Es kommt auf Ihr Schmerzempfinden an«, erwiderte Zeilinger. »Falls Sie das vorhaben, empfehle ich Ihnen ein professionelles Studio.«

Abwehrend hob Jens die Hände. »Nein, danke. Ich bin nur neugierig.«

»Haben Sie die schon lange?«, wollte Michelle wissen. »Ich bin nämlich auch neugierig.«

»Ja, sehr lange.« Achselzuckend fügte er hinzu. »Eine Jugendsünde.«

»Kann man die auch entfernen lassen, so wie ein Tatoo?«

Bevor Zeilinger antworten konnte, fragte jemand: »Maria?«

Erstaunt drehte sie sich zu dem Sprecher um. »Andreas!« Mit ihm hatte sie hier am allerwenigsten gerechnet.

Ihr Ex-Mann nickte grüßend zu den anderen, wuschelte sich dabei durch das lange Haar, das er gekonnt gewollt ungewollt zerzaust trug. Eine Geste, die Maria einmal gemocht hatte, ihr inzwischen aber auf die Nerven ging.

»Hey! Ja. Ich … dachte, ich komm einfach mal vorbei.«

»Einfach mal vorbei? Woher wusstest du überhaupt, dass ich hier starte?«

»Franzi«, sagte er.

»Weiß sie, dass du hier bist?« Marias Tonfall war schnippisch.

»Nein, sie … du siehst gut aus.« Er hob den einen Mundwinkel zu einem halbherzigen Lächeln.

»Du nicht.« Er hatte schon wieder zugenommen.

Wieder wuschelte er sich durchs Haar. »Hab viel Arbeit und bekomme zu wenig Bewegung.« Er lachte. »Hör mal, das mit dem Sommerurlaub wird dieses Jahr nichts mehr. Könntest *du* Franzi das sagen?« Er sah sie von unten herauf an mit demselben Dackelblick, mit dem er immer versucht hatte, sie zu besänftigen.

»Könntest du das bitte selbst tun?«, sagte Maria nur. »Ihre Telefonnummer hast du ja.«

»Ja klar. Kein Problem.« Seine Mimik verriet das Gegenteil.

Er würde Franzi nicht anrufen und es ihr selbst sagen. Ganz sicher nicht. Aber sie behielt ihre Meinung für sich.

Innerlich kochte sie. Es war pure Berechnung von Andreas gewesen, sie hier abzupassen. Er hatte Franzi angerufen, um sie auszuhorchen, wann und wo er Maria unter für ihn günstigen Bedingungen treffen konnte. Telefonate mit ihr vermied er, denn da standen sie sich zwar nicht gegenüber, aber sie waren allein, sodass Maria ihm dann Dinge an den Kopf werfen konnte, die er nicht hören wollte. Dass sie ihm in der Öffentlichkeit und besonders vor ihren Kollegen keine Szene machen würde, kam ihm da mehr als entgegen. Er ging immer den Weg des geringsten Widerstandes.

Er rieb sich die Hände. »Wie schnell warst du?«

»Wir sind als Staffel gestartet.«

»Ah. Ach so.« Jetzt knetete er einen Daumen.

Obwohl um sie herum jede Menge los war, entstand eine Stille zwischen ihnen, die man förmlich greifen konnte. Selbst Michelle sagte nichts. Jens sah demonstrativ den Läufern zu. Zeilinger hatte die Arme verschränkt und starrte Andreas an, als wolle er ihn durch schiere Willenskraft dazu bringen zu gehen.

»Ja, also, ich bin dann mal weg. Man sieht sich.«

Andreas hob die Hand zum Abschied. Maria erwiderte die Geste nicht.

Als er ein Stück entfernt war, stieß sie die Luft aus. »Irgendwann drehe ich ihm den Hals um.«

»Das haben Sie jetzt aber nicht gehört, Herr Zeilinger«, meinte Michelle.

Er sah zum Himmel. »Mein Name ist Hase.«

»Warum ist er hierhergekommen, um dir das zu sagen?« Michelle hatte sich neben Maria gestellt und beobachtete Andreas, wie er mit einer adretten Schwarzhaarigen von dannen zog.

»Weil er ein Feigling ist.«

Die Schwarzhaarige drehte sich herum und sah genau in ihre Richtung. Mit leicht schief gelegtem Kopf und, ohne dass Andreas es bemerkte, warf sie eine Kusshand herüber – und war mit Andreas hinter einer Menschentraube verschwunden.

»Hallo? Was sollte denn das?« Michelle schüttelte den Kopf. »So eine dumme Kuh.«

Achselzuckend wandte sich Maria zum Gehen. »Ach Michelle, da gab es noch viel Schlimmere. Die Frauen können nichts dafür.«

Zeilinger stellte sich auf Marias andere Seite. »Es gehören immer zwei dazu.«

»Auch wieder wahr«, seufzte Maria.

»Sie haben so etwas nicht verdient.«

Kameradschaftlich klopfte Maria ihm auf den muskulösen Oberarm. »Danke, aber wer hat das schon?«

Er sah Maria an, dann zu der Stelle, an der Andreas verschwunden war. Er gab keine Antwort.

KM 163 – RAD

»So ein Scheiß! Wo ist das Grüne?« Aufgebracht rupfte Franzi den Stapel T-Shirts in ihrem Schrank auseinander.

»In genau diesem Stapel. Es sei denn, du hast es heute früh mit in die Wäsche gegeben.« Mit gerunzelter Stirn betrachtete Maria das Chaos an Kleidung, Badutensilien, Schuhen, Sonnenbrillen, Büchern und diversen Kleinteilen, das auf Franzis Bett und auf dem Fußboden verteilt war. Im Geiste versuchte sie abzuschätzen, ob das alles in den vorgesehenen Koffer passen würde. Vermutlich nicht.

»Das hab ich nicht! Ohne das fahr ich nicht und hier im Schrank ist es nicht.« Franzi stützte die Hände in die Hüften und funkelte Maria an, als sei diese persönlich für die Abwesenheit besagten Kleidungsstücks verantwortlich.

»Schon klar.« In aller Seelenruhe schob Maria ihre Tochter beiseite und förderte nach wenigen Sekunden das Gesuchte zutage.

»Das ist jetzt nicht dein Ernst!« Franzis Augen waren kugelrund. »Das war da gerade nicht. Ehrlich!«

Maria unterdrückte ein Schmunzeln, als sie ihrer Tochter das Shirt reichte. »Ich weiß.«

»Au Mann, Mama! Du bist so …« Anstatt eines deftigen Ausdrucks stieß Franzi nur ein ärgerliches Geräusch aus.

»Diese magischen Fähigkeiten bekommt man automatisch, wenn man Mutter wird.«

Im hohen Bogen landete das T-Shirt bei dem Dutzend anderen auf dem Bett. »Meinst du, ich hab genug dabei? Oder soll ich noch …«

»Schätzchen, du fährst nach Italien auf einen Campingplatz und gehst nicht Extrem-Biwaken in Sibirien. Alles, was nicht in den Koffer passt, bleibt sowieso zu Hause. Du hast gehört, was Annas Eltern gesagt haben. Für mehr ist einfach kein Platz.«

»Oh Gott!« Als sähe Franzi den Koffer zum ersten Mal, begann sie darüber zu lamentieren, dass der in jedem Fall zu klein wäre für all die Sachen, die sie dringend brauchte.

Maria versuchte erst gar nicht, an Franzis Vernunft zu appellieren, die bei der Dreizehnjährigen momentan eher auf Sparflamme funktionierte.

Nach Andreas' fauler Ausrede am Sonntag schienen Franzis Sommerferienpläne vorerst geplatzt. Die Eltern von Franzis Freundin Anna hatten allerdings spontan angeboten, Franzi für zehn Tage mitzunehmen, nachdem sie von dem Urlaubsdesaster oder besser Nichturlaubsdesaster erfahren hatten. Im Grunde, so hatte Annas Mutter Maria anvertraut, waren sie sogar sehr froh, wenn Franzi mitkäme, denn Anna hatte ihrerseits schon herumgenörgelt, wie langweilig es in Italien bestimmt werden würde, wo sie doch keinen dort kenne. Auch, wenn es Maria zunächst unwohl gewesen war bei dem Gedanken, ihre Tochter beinahe Fremden anzuvertrauen, so hatte sie sich überreden lassen. Annas Eltern waren nette Leute – und es gab keine Einträge in der Polizeiakte, wie sie mit einem Anflug schlechten Gewissens noch schnell recherchiert hatte.

Demonstrativ sah Maria auf die Uhr.

»Annas Eltern wollen pünktlich um 18 Uhr losfahren, damit ihr morgen früh da seit. Mit dem Wohnwagen braucht man länger als mit dem Auto. Also, du hast noch 20 Minuten, bevor ich dich nach Möhrendorf bringe – ob mit oder ohne Koffer ist mir völlig gleichgültig. Versuch, so gut wie möglich zu packen, und was nicht mehr hinein passt, lässt du da.« Den Hinweis, dass ihre Tochter ja schon am Vortag hätte packen können, verkniff sie sich.

»Na, toll. Du gehst und ich soll das Problem alleine lösen. Danke auch!« Ebenso demonstrativ wie Maria auf ihre Uhr geschaut hatte, drehte Franzi ihr nun den Rücken zu.

»Du schaffst das schon. Wenn du willst, dann schick ich dir Oma, die hilft dir sicher gern.«

»Bloß nicht, die hält mir wieder einen Vortrag darüber, wie *unpfleglich ich meine Kleidung behandele.*« Die letzten Worte sprach Franzi übertrieben gestelzt.

Unter lautem Gejammer machte sich der Teenager an die Arbeit. Aus Erfahrung wusste Maria, dass es für alle nervenschonender und meistens sogar zeitsparender war, wenn sie Franzi in diesem Zustand einfach in Ruhe ließ. Daher verließ sie das Zimmer ihrer Tochter, das sich neben ihrem eigenen Schlafzimmer im zweiten Stock ihres Elternhauses im Erlanger Stadtteil Dechsendorf befand. Nach ihrer Trennung von Andreas war Maria eigentlich nur als Übergangslösung zu ihren Eltern gezogen. Diese Übergangslösung hatte sich aber nach einer Weile bewährt und bot für Franzi und Maria im Berufsalltag unschätzbare Vorteile, sodass sie geblieben waren und sich als eine Art Generationen-WG gut organisiert hatten. Neben den beiden Schlafzimmern unter dem Dach hatte Maria in der ersten Etage ein eigenes Wohnzimmer und ein Bad. Die Küche im Erdgeschoss teilte sie sich mit ihren Eltern.

Sie ging in ihr Wohnzimmer, wo sie zum ungezählten Male Andreas' Telefonnummer wählte. Erneut vergeblich, denn es ertönte die Mailboxansage. Diesmal entschied sie sich, darauf zu sprechen.

»Maria hier. Du musst dich in den Ferien übrigens gar nicht mehr um Franzi kümmern, sie fährt heute mit einer Freundin für zehn Tage nach Italien. Falls du es vergessen haben solltest: Anfang September habe ich selbst Urlaub. Nicht, dass du dir für den Zeitraum noch *spontan* etwas überlegen wolltest.« Maria gab sich keine Mühe, das Gift aus ihrer Stimme herauszuhalten. Sie schwieg einen Moment. Dann fuhr sie fort. »Kannst du nicht wenigstens mir gegenüber ehrlich sein, Andreas? Warum dieses Theater?« Wieder machte sie ein Pause. Es hatte keinen Sinn, sie würde sowieso keine Antwort bekommen, daher legte sie ohne Abschied auf.

»Idiot«, murmelte sie.

Sie ging jede Wette ein, dass er absichtlich nicht ran ging. Ein paar Mal atmete sie tief durch und lockerte dabei bewusst die Finger der rechten Hand, die sie bei dem Anruf unwillkürlich zur Faust geballt hatte. Es kostete sie zwar viel weniger Energie als früher, den Ärger auf Andreas loszulassen, aber ganz war der Knoten in ihrem Bauch noch nicht verschwunden. Es war sinnlos, sich weiter über sein Verhalten zu ärgern, rief sie sich energisch zur Ordnung. Er würde sich nie ändern. Es ging sie auch nichts mehr an, wann und mit wem er sich traf und eigentlich war die andere Frau gar kein Grund für ihren Ärger. Mit diesem Thema hatte sie längst abgeschlossen. Doch dass er nun auch begann, Franzi hinzuhalten und ihr Märchen zu erzählen, ging in ihren Augen zu weit.

Energisch riss sie sich zusammen und als sie über eine halbe Stunde später Franzi endlich ins Auto gescheucht hatte, war ihre Laune wieder auf ihrem normalen Level angekommen.

»Mama, wir kommen doch nicht zu spät! Anna hat mir gerade geschrieben, dass sie erst um halb sieben fahren wollen.«

»Das wusste ich schon. Aber wenn ich dir von vornherein die richtige Zeit genannt hätte, *wären* wir zu spät gekommen. Jetzt sind wir pünktlich.«

Franzi stöhnte, sagte aber nichts.

In Möhrendorf ging alles ganz schnell. Das Gespann stand schon abfahrbereit, der Koffer wurde in den Wohnwagen gehievt, Franzi schlüpfte nebst Rucksack auf die Rückbank und Maria musste sich ins Auto beugen, um sich zu verabschieden.

Dann waren sie weg.

Während sie zurück nach Dechsendorf fuhr, entschloss sich Maria, direkt weiter zum Gewerbepark Heßdorf an der Autobahnauffahrt zu fahren, um dort in Ruhe einige fällige Einkäufe zu erledigen. Zuerst genehmigte sie sich jedoch einen Kaffee beim Bäcker. Sie erwischte den letzten freien Tisch draußen in dem mit Blumenkübeln abgetrennten Bereich. Zwar herrschte auf dem Gelände ein steter Autoverkehr, doch es war ein seltenes und überaus angenehmes Gefühl, ganz ohne zeitliche Verpflichtungen einfach in der Sonne sitzen zu können. Franzi war gut untergebracht, sie selbst hatte die beiden Wettbewerbe hinter sich und war sehr zufrieden mit sich und ihren Leistungen. Am liebsten hätte sie die Füße hochgelegt.

»Oh Mann, Ammon, das wird zur Gewohnheit«, murmelte sie und streckte stattdessen die Beine weit von sich.

Als sie schließlich im Discounter vor dem Regal mit der Wurst stand, hatte sie urplötzlich Lust, am folgenden Wochenende einfach nach Köln zu fahren, um Perez zu überraschen.

Unwillkürlich musste sie kichern. Eine ältere Dame, die sich anscheinend nicht zwischen den verschiedenen Sorten Schinken entscheiden konnte, wandte den Kopf in ihre Richtung. Unverbindlich lächelnd legte Maria eine Packung Parmaschinken in ihren Einkaufswagen, den sie daraufhin zur Kasse schob.

Warum eigentlich nicht?

Noch während sie die Waren auf das Band legte, meldete sich ihr Handy. Sie warf jedoch nur einen schnellen Blick auf die Nummer, bevor sie den Anruf ablehnte. Erst als sie wieder am Auto war, rief sie zurück.

»Maria?«, meldete sich eine weibliche Stimme am anderen Ende.

»Elfriede, du hast angerufen. Ich stand gerade an der Kasse, da konnte ich nicht rangehen.«

»Hast du Franzi schon weggebracht?«

»Ja, sie sind vor einer Stunde gefahren, warum?« Vorsichtig deponierte Maria die Eier in ihrem Klappkorb, den sie im Kofferraum stehen hatte und schichtete das Obst drum herum.

»Es ist nur …« Elfriede stockte.

Maria unterbrach ihre Einräumaktion. »Ist was passiert?«

Am anderen Ende der Leitung hörte sie einen tiefen Seufzer. »Ich stehe bei dir vor der Haustür. Komm her.«

»Äh. Was? Elfriede, hör mal, was ist …«

Verwirrt starrte Maria den Hörer an, denn Elfriede hatte einfach aufgelegt. Marias Zeigefinger schwebte über der Wahlwiederholung, doch dann entschied sie sich dagegen. Es waren keine fünf Minuten bis zu Hause. Während Maria mit einem mulmigen Gefühl ins Auto stieg, war sie zumindest sicher, dass es nicht um Paul ging, denn dann wäre Elfriede nicht so gefasst gewesen.

Als Maria schließlich in die Einfahrt einbog, stieg Elfriede sofort aus ihrem Golf. Ihr rundes Gesicht war ungewöhnlich ernst.

»Was ist los?«, fragte Maria ohne Begrüßung.

»Andreas ist tot.«

Die Information brauchte einige Sekunden, bis sie in Marias Bewusstsein gesickert war.

»Aber er war doch am Sonntag noch beim Triathlon.« Schon als sie den Satz aussprach, wurde ihr dessen Sinnlosigkeit bewusst. Sie schluckte. »Wie?«

An Elfriedes Gesichtsausdruck erkannte sie, dass die Antwort nicht simpel war. Sie fröstelte im warmen Sommerwind.

»Paul wollte selbst kommen, um es dir zu sagen, aber er … er kann noch nicht. Er wollte auch keinen Kollegen schicken«, begann Elfriede, der anzusehen war, wie unangenehm ihr diese Angelegenheit war, mit der ihr Mann sie betraut hatte. »Andreas, er hat … er wurde von seiner Freundin in seiner Wohnung gefunden.«

Seine Freundin, dachte Maria dumpf und sah das feixende Gesicht der Schwarzhaarigen vor sich. *Geschieht ihr recht.* Gleichzeitig merkte sie, wie gemein dieser Gedanke jetzt war. Laut fragte sie: »Wie ist es passiert?«

Tief holte Elfriede Luft, bevor sie antwortete. »Er hatte eine Plastiktüte über dem Kopf und war mit Handschellen gefesselt … er war nackt und hatte ein … etwas … um du weißt schon … gebunden …« Sie war immer leiser geworden.

Hatte die Nachricht, dass Andreas tot war, Maria kalt erwischt, so lag dies absolut außerhalb ihrer Vorstellungswelt. Sie spürte den völlig absurden Impuls, in Gelächter auszubrechen.

»Sag das noch mal.«

»Maria, ich …« Elfriede war ihre Hilflosigkeit anzumerken. Sie war es nicht gewohnt, derartige Nachrichten zu überbringen – erst recht nicht jemandem, der ihr nahestand.

Maria stieß einen Laut aus. Irgendetwas zwischen Lachen und Schluchzen. Sie konnte sich selbst nicht erklären, woher dieses Geräusch gekommen war. Fassungslos bedeckte sie ihren Mund.

Elfriede tätschelte ihr den Arm. »Psch«, machte Elfriede beruhigend. »Sollen wir nicht lieber hineingehen?«

»Ja. Nein …«

Eigentlich hatte Maria sich für abgeklärt gehalten. Der Tod in all seinen Varianten – und waren sie noch so abartig und furchtbar – bedeutete ihr tägliches Geschäft. Doch jetzt, wo sie selbst als Angehörige betroffen war, schien es ihr, als habe ihr Gehirn sich ein paar Tage frei genommen. Mit geschlossenen Augen atmete sie ein paar Mal tief in den Bauch.

»Okay. Du hast recht. Aber nicht hier, meine Eltern sind da und … lass uns einfach zum Weiher gehen.« Mit dem Handrücken rieb sie sich über ihre brennenden Augen.

Ohne weitere Worte marschierten die beiden Frauen los, an der Feuerwehr vorbei bis zur Naturbadstraße, und folgten dieser bis zum Großen Bischhofsweiher. Erst als sie den erreicht hatten, gewann Maria ihre Fassung wieder, sodass sie Elfriede nach Details fragen konnte.

»Viel weiß ich auch nicht. Eigentlich darf Paul mir doch auch gar nichts dazu sagen«, schränkte sie ein. »Aber er wollte, dass du so bald wie möglich über das alles Bescheid weißt und er wollte, dass es ohne viel Aufsehen passiert, weil er glaubt, dass es dir so lieber ist.«

»Danke, Elfriede.«

Die Ältere lächelte. »Ist schon in Ordnung. Also. Andreas' Freundin sagt, sie hatte heute Frühschicht in der Bäckerei, in der sie arbeitet, und daher schon um fünf das Haus verlassen.«

»Wohnt sie bei ihm?«, fragte Maria, obwohl das eigentlich unerheblich war.

Elfriede zuckte die Schultern. »Jedenfalls ist sie am Nachmittag zurückgekommen und hat ihn so gefunden. Die Arme.«

Ein kleines Lächeln wegen Elfriedes mitfühlender Art huschte über Marias Lippen.

»Paul sagt, sie habe einen Zusammenbruch erlitten und ist nicht vernehmungsfähig. Es gab keine Einbruchsspuren, auch keine Spuren einer Auseinandersetzung, und er meinte, nichts deutet darauf hin, dass Andreas gezwungen wurde. Aber das sei selbstverständlich nur ein erster Eindruck.«

Gedankenvoll nickte Maria. Bei all seinen Eskapaden mit anderen Frauen – Andreas hatte nie sadomasochistische Tendenzen gezeigt. Hatte er es Maria gegenüber stets verheimlicht oder hatte er sich so verändert? Sie verließ den Weg und ging über eine Wiese zum Ufer. Dort blieb sie stehen und sah über das glitzernde Wasser zu den Segelbooten, die auf der anderen Seite in Höhe des Campingplatzes an Stegen vertäut waren.

»Ich muss es Franzi irgendwie beibringen.«

»Sie ist doch schon unterwegs.«

Maria sah Elfriede an. »Meinst du etwa, ich soll es ihr nicht sagen?«

»Nein, natürlich nicht. Sie hat ein Recht darauf, es zu erfahren, Maria, aber … es ist kein gewöhnlicher Tod. Vielleicht ist es besser, wenn du dir erst einmal ein bisschen Zeit für dich nimmst und überlegst, was du ihr sagst. Sie ist erst 13.«

Maria seufzte. »Aber Andreas ist … war immerhin ihr Vater.« Sie rieb sich heftig über die Augen, weil sie spürte, wie Tränen darin brannten. »Ach, verdammt!«

Elfriede zauberte ein Taschentuch hervor. »Sie muss es nicht sofort erfahren. Nicht heute. Sobald du weißt, was du ihr sagen willst, fahre ich mit dir zusammen zu ihr. Vielleicht am Wochenende.«

»Bis in die Toskana?« Heftig schnäuzte Maria ins Taschentuch.

»Natürlich.« Es klang absolut überzeugt. »Außerdem nimmt es dich mehr mit, als du zugeben willst. Ich finde es sinnvoller, nichts zu überstürzen. Sprich vor allem erst mit Paul.«

Maria ging in die Hocke und tauchte eine Hand ins kühle Wasser. Sie kämpfte mit sich. Einerseits fühlte sie sich dazu verpflichtet, Franzi sofort zu informieren. Mit 13 war man eben kein kleines Kind mehr, sondern hatte ein Recht darauf, dass nicht über den Kopf hinweg Entscheidungen getroffen wurden. Andererseits fühlte Maria sich plötzlich leer und müde und war froh, nicht sofort auch noch Franzis Trauer auffangen zu müssen. Vielleicht hatte Elfriede recht. Ein paar Tage. Bis zum Wochenende. Vielleicht konnte sie einfach ihren Urlaub, den sie für Anfang September geplant hatte, vorziehen und zu Franzi in die Toskana fahren. Gemeinsam mit ihr ein paar Tage verbringen und den Schock in der Sommersonne verarbeiten. Andererseits musste vieles organisiert werden.

Andreas' Eltern waren sicher am Boden zerstört und kaum in der Lage, sich allein darum zu kümmern. Seit ihrer Trennung hatte sie nur wenig Kontakt zu ihren Schwiegereltern gehabt, doch sie brächte es nicht übers Herz, die beiden alten Leute damit allein zu lassen.

Maria erhob sich. Geduldig hatte Elfriede die ganze Zeit neben ihr gestanden.

»Lass uns zurückgehen. Wegen Franzi werde ich warten. Zuerst sage ich es meinen Eltern und dann meinen Schwiegereltern – weißt du, ob Paul schon jemanden dorthin geschickt hat?«, fragte sie hoffnungsvoll.

»Tut mir leid, das weiß ich nicht«, sagte Elfriede.

Maria seufzte. »Schon gut, ich … ich muss sowieso zu ihnen.« Sie zuckte mit den Schultern. »Und ich werde Annas Eltern darüber informieren, dass Andreas bei einem … Unfall gestorben ist und wir am Wochenende kommen.«

»Gute Idee«, fand Elfriede. »Dann treffen wir sie nicht völlig unvorbereitet mit der Nachricht.«

Langsam wanderten die Frauen denselben Weg zurück, den sie gekommen waren.

KM 167,4 – RAD

Nachdem sie den ersten Schock über Andreas' Tod verdaut hatte, übernahm Marias Verstand ganz automatisch das Ruder. Zunächst sprach sie mit ihren Eltern, die ebenso erschüttert waren, verschonte sie jedoch mit Details. Die SMS an Annas Eltern mit einer Rückrufbitte ohne Franzis Wissen verschob sie auf den nächsten Tag. Elfriede hatte recht, es eilte nicht, denn weder Annas

Eltern noch die Mädchen würden im Ausland von Andreas' Tod erfahren, und es war weder notwendig noch sinnvoll, alles gleichzeitig in Angriff zu nehmen.

Dann telefonierte sie mit Holzapfel, der ihr ausredete, zu Andreas' Wohnung in der Nürnberger Maximilianstraße zu kommen, in der die Spurensicherung noch beschäftigt war. Zurück blieb ein zwiespältiges Gefühl, als sie schließlich nachgab. Sie hatte schon so viele Tatorte gesehen, dass sie glaubte, eine innere Distanz zu dem Schauplatz aufbauen zu können – zumal sie noch nie in Andreas' Wohnung in der Nürnberger Maximilianstraße gewesen war. Allerdings vertraute sie Holzapfels Intuition, sich das nicht anzutun. Also wartete sie darauf, dass er sie abholte, um mit ihr gemeinsam zu ihren Schwiegereltern zu fahren. Auf der Fahrt nach Fürth brachte er sie auf den Stand der Ermittlungen.

»Keine Spuren eines gewaltsamen Eindringens. Wer auch immer bei ihm gewesen ist, den hat er selbst hereingelassen.«

»Also war er nicht allein?«, fragte Maria sofort.

Holzapfel wiegte seinen Kopf hin und her. »Nein, er war nicht allein. Wir haben Kondome gefunden, die … benutzt worden waren.«

»Was sagt seine Freundin dazu?«

»Wir konnten sie noch nicht vernehmen.«

Maria lachte bitter. »Ist wohl auch egal. Als ob die weiß, was er alles getrieben hat.«

»Ja, also … richtig.« Holzapfel räusperte sich.

»Wie sieht sie aus?«

»Wer?«

»Seine Freundin.«

Holzapfel warf ihr einen Blick zu, als versuche er, ihren Geisteszustand einzuschätzen. »Rothaarig. Sehr kurvig …«

»Dann hatte er noch eine andere«, beschied Maria. »Am Sonntag war er nämlich mit einer Schwarzhaarigen auf dem Triathlon.«

»Weißt du, wer sie war?«

Maria warf ihm einen langen Blick zu. »Nein. Woher?«

»Routinefrage, tut mir leid. Danke für den Hinweis.«

»Bitte.« Maria raufte sich die Haare. »Allmächd! Ich hab ihm damals wirklich die Pest an den Hals gewünscht.«

»Ich weiß«, sagte Holzapfel schlicht. »Aber wünschen bringt keinen um.«

Als er schließlich vor der Tür von Andreas' Eltern hielt, fragte Maria: »Sie wissen noch nichts, oder?«

Kopfschüttelnd tätschelte er ihr Knie. »Bringen wir es hinter uns.«

Gemeinsam unterrichteten sie die alten Leuten von der furchtbaren Neuigkeit, und der Morgen dämmerte schon, als Paul Maria endlich vor ihrer Haustür absetzte.

»Ich verstehe das immer noch nicht.« Nach all den Emotionen, die sie in den vergangenen Stunden miterlebt und selbst durchlitten hatte, fühlte sie sich leer und ausgebrannt.

Vergeblich versuchte Holzapfel ein Gähnen zu unterdrücken. Sein Hemd war genauso zerknittert wie sein Gesicht. Nur die Glatze war glatt wie eh und je. »Lass uns morgen darüber sprechen, ja. Vielleicht hat die Spusi dann schon was Neues. Außerdem wird die Obduktion bestimmt nicht lange dauern. Ich habe in der Gerichtsmedizin extra drum gebeten. Sie kennen dich schließlich.« Er renkte sich fast den Kiefer aus, als ihn ein neuer Gähnimpuls überkam.

»Hm.« Maria legte ihre Hand auf den Türgriff. »Diese Handschellen …«

»Gibt's in jedem einschlägigen Onlineshop«, unterbrach Paul. »Man kann sie sich auch ganz leicht selbst anlegen.« Er klang jetzt leicht ungeduldig.

»Ja, ich weiß, aber darauf will ich nicht hinaus.«

»Sondern?«

»Den Schlüssel dazu in einem Eiswürfel zu deponieren …«

»Gehört zu gängigen Praktiken in der Szene. Eine Sicherheit schaffen, die aber nicht sofort erreichbar ist, sodass man gezwungen ist, eine gewisse Zeit in einer dieser unsäglichen Positionen auszuharren. Oder jemanden ausharren zu lassen«, leierte Paul herunter. »Hör mal, Madli …« Mit einer Hand rieb er sich von oben nach unten über das Gesicht.

»Schon gut, Paul«, sagte Maria leise. ›Madli‹ nannte Paul sie eigentlich nie. Er musste ziemlich fertig sein. »Willst du nicht lieber hierbleiben, anstatt noch nach Hause zu fahren? Du kannst auch mein Bett nehmen, ich kann sowieso nicht schlafen.«

Sein Bass dröhnte nicht ganz so laut wie gewöhnlich, als er lachte. »Es würde mir schon genügen, wenn du jetzt Ruhe gibst. Versuch' a weng zu schlafen. Ich verspreche hoch und heilig, dich morgen anzurufen.«

»Ist gut.«

Bevor sie ausstieg, drückte Maria Paul einen Kuss auf die Wange. Auch etwas, das sie gewöhnlich nicht tat. Er quittierte es mit einem Brummen.

Möglichst leise betrat sie das Haus. Wie ferngesteuert kochte sie sich in der Küche einen Kaffee, setzte sich an den Tisch und starrte mit der Tasse in der Hand in den Garten. Allmählich wurde es immer heller draußen. Durch das gekippte Fenster hörte sie Vogelstimmen. Bis auf das gelegentliche Geräusch eines Automotors aus der Ferne war das Gezwitscher das Einzige, das die morgendliche Stille durchbrach. Alles war so friedlich. Die unterschiedlichen Farben der Rosen im Garten, die von ihrer Mutter mit Hingabe gepflegt wurden, schälten sich aus der Morgendämmerung. Rot, Gelb, Rosa, Weiß. Zwischen den Rosenstöcken wucherte Lavendel und Frauenmantel.

Sie lebte gern hier, doch sie hatte überhaupt keinen Sinn für Gartenarbeit. Im Gegensatz zu Andreas hatte sie sich nie nach einem Haus mit Garten gesehnt. Sie war zufrieden gewesen mit ihrer Altbauwohnung, die sie damals zusammen mit Andreas im Nürnberger Stadtteil St. Jobst bewohnt hatte, wenige Gehminuten entfernt von Wöhrder See entfernt. Es kam ihr wie eine Ironie des Schicksals vor, dass ausgerechnet sie in einem Haus mit Garten lebte und Andreas nach ihrer Trennung nicht aus Nürnberg weggezogen war.

Sie lehnte sich auf dem Stuhl zurück, stellte einen Fuß auf den Sitz und schlürfte ihren Kaffee. Dieser Schlüssel im Eiswürfel. Es mochte ja so sein, wie Paul sagte, aber wer außerhalb der Szene wusste so etwas?

Musste es doch bedeuten, dass entweder Andreas sich neuerdings gut mit BDSM-Praktiken ausgekannt hatte oder jemand bei ihm gewesen war. Letzteres würde zu Holzapfels Überlegung passen, die auch Maria für wahrscheinlicher hielt. Dieser jemand – die Schwarzhaarige, nach Marias Meinung konnte es eigentlich gar nicht anders sein – war also vertraut mit S/M, was bedeutete, dass sie die Dinge mitgebracht hatte, die sie mit Andreas ausprobieren wollte. Niemand, der ein Neuling in der Szene war, würde gleich mit dem Fortgeschrittenenprogramm beginnen – und genau so kam Maria die Auffindesituation von Andreas vor. Nichts, das man bei seiner allerersten Berührung mit BDSM ausprobierte. Was wiederum bedeutete, dass Andreas bereits vorher Kontakt zu diesem Personenkreis gehabt haben musste. Allerdings – so ungern Maria darüber nachdachte, beinhaltete es doch Erinnerungen an ihr Intimleben mit ihm – konnte sie sich Andreas auch überhaupt nicht als den devoten Part vorstellen. Sie sollte Paul das sagen. Auch, wenn es ihr peinlich war, mit ihm über dieses Thema zu sprechen. Es war wichtig … wichtig … Andreas war … nicht … niemals …

Es klirrte.

Maria schreckte hoch. Ohne es zu bemerken, war sie auf dem Stuhl eingenickt. Die Kaffeetasse, die ihr aus der Hand gerutscht war, war auf dem Fußboden zersprungen. Wenigstens war sie leer gewesen. Nachdem sie einen Moment reglos auf dem Stuhl sitzen geblieben war und auf die Scherben gestarrt hatte, rappelte sie sich auf. Einen weiteren Moment stand sie orientierungslos herum, bis ihr Vater, der wohl von dem Geräusch wach geworden war, die Küche betrat. Wortlos holte er die Kehrschaufel und den Handfeger und machte sich an die Arbeit.

Maria seufzte. »Danke, Papa.«

»Geh a weng duschen. Ich mach a Frühstück.«

Maria hatte schon den Mund geöffnet, um zu sagen, dass sie nicht frühstücken wollte, doch sie schloss ihn wieder und trollte sich ins Bad.

Als sie wiederkam, goss Herrmann Ammon gerade Kaffee ein. Auf zwei Tellern lag je eine Scheibe Vollkornbrot, dick mit selbst gemachter Erdbeermarmelade bestrichen. Apfel- und Pfirsichschnitze, Honigmelone und zwei Gläser Orangensaft vervollständigten das Bild. Der Eierkocher piepste.

»Setz dich«, brummte Hermann, während er die Eier abschreckte. »Mama schläft noch.«

Wortlos begannen die beiden zu frühstücken. Auch wenn Maria eigentlich keinen Hunger gehabt hatte, so merkte sie doch, dass es ihr schmeckte. Ein gutes Zeichen.

»Am Wochenende fahre ich zu Franzi«, sagte Maria.

»Hmpf«, machte Hermann.

Sie frühstückten weiter. Erst als Maria aufstand, um Tasse und Teller in die Spülmaschine zu räumen, ergriff Hermann noch einmal das Wort.

»Des passt ned z'amm.«

Maria atmete lange aus. »Ja.«

Dann verabschiedete sie sich, um ins Büro zu fahren.

Sie war die Erste dort und fühlte sich seltsam fehl am Platze. Sie wusste nicht, ob und was sie ihren Kollegen sagen sollte. Herumsprechen würde es sich in jedem Fall, das stand außer Frage. Solche Dinge, sprachen sich immer herum.

Wie jeden Morgen platzte zunächst Michelle mit unverwüstlich guter Laune ins Büro, doch nach einem Blick auf Maria fragte sie: »Weltuntergang?«

Nach Marias knapper Schilderung fehlten selbst Michelle die Worte und so stand sie nur auf, um Maria in ihre Arme zu schließen.

Erst nach einem Moment fragte sie: »Wissen es die anderen schon?«

Maria schüttelte den Kopf und setzte sich wieder. »Später. Im Moment muss ich mich ablenken.«

Die Ablenkung bestand in ihrem Fall allerdings darin, sich mit dem Selbstmord einer Rentnerin zu befassen, die zwei Tage zuvor in ihrer Wohnung gefunden worden war, wo sie mehr als eine Woche unentdeckt gelegen hatte. Immer wieder kehrten ihre Gedanken zu Andreas zurück, doch sie widerstand der Versuchung, sich mit den Kollegen in Verbindung zu setzen, die außer Holzapfel damit betraut waren. Natürlich wollte sie wissen, was passiert war, aber sie kannte die Problematik eines neuen Falls. Es gab unzählige Fakten und Thesen, über die man sich einen Überblick verschaffen musste, bevor man konkrete Vermutungen oder Beweise fand. Maria traute ihren eigenen Fähigkeiten, aus dem bisher Vorhandenen Schlüsse zu ziehen, doch sie wusste auch, dass es leichter sein würde, erst die Kollegen ihre Arbeit machen zu lassen.

Gegen Mittag meldete sich Annas Mutter, der Maria in der Früh eine SMS geschickt hatte und die nun eine extrem entschärfte Version der Ereignisse zu hören bekam. Zu Marias Erleichterung nahm sie die Angelegenheit gefasst auf, was vielleicht einfach daran lag, dass sie Andreas gar nicht gekannt hatte. Sofort stimmte sie Marias Plan zu, Franzi noch nichts am Telefon zu sagen, sondern am Wochenende selbst vorbei zu kommen.

»Sind Sie denn sicher, dass das in Ordnung geht und ich nicht sofort kommen soll?«, fragte Maria.

»Natürlich«, beruhigte Annas Mutter sie. »Machen Sie sich um Franzi keine Sorgen. Sie ahnt ja nichts und ich werde ihr nur sagen, dass ich mit Ihnen gesprochen habe, um zu sagen, dass wir gut angekommen sind. Bitte regeln Sie erst alles, was notwendig ist. Lassen Sie sich ruhig Zeit. Wir werden Franzi nichts merken lassen.« Sie seufzte. »Es tut mir wirklich so leid.«

»Danke. Wie … wie geht es Franzi denn?«

»Oh, wunderbar. Sie und Anna sind gerade am Strand. Wir waren ja schon oft hier, und Anna kennt sich gut aus.«

Am Ende ihres Gesprächs war Maria froh, Franzi in Obhut von Annas Eltern zu wissen. Wenigstens diese Baustelle konnte sie noch eine Weile aufschieben. Eins nach dem anderen. Sie hielt ihren Kopf in den Nacken und bedeckte ihr Gesicht mit den Händen. Tief atmete sie ein.

»Du schaust aus, als würde dir nicht mal Kaffee helfen«, bemerkte Michelle kritisch.

»Der hilft immer.« Marias Stimme klang dumpf hinter ihren Händen.

»Ich hol dir einen.«

Maria blinzelte zwischen den Fingern hindurch. »Manchmal bist du wirklich ein Engel.«

»Immer«, behauptete Michelle, während sie hinausging. Demonstrativ sah sie über ihre Schulter auf ihren Rücken. »Ich hab heute nur meine Fl … hoppla!«

Sie war gegen Zeilinger geprallt, der gerade auf dem Weg hinein gewesen war. »Was haben wir heute?«, erkundigte er sich freundlich.

»Meine Flügel zu Hause gelassen«, sagte Michelle, ohne rot zu werden.

»Ah. Klar.« Er tippte sich mit der Hand gegen die Stirn. »Meine behindern mich auch ständig bei der Arbeit.«

Jetzt musste sogar Maria lachen. Grinsend verschwand Michelle in Richtung Küche, während Zeilinger ganz hinein kam und sich mit dem Hintern an Marias Schreibtisch lehnte.

»Ich hab es eben gehört. Es tut mir leid.«

»Oh«, sagte Maria. »Wer hat es Ihnen gesagt?«

»Herr Specht. Ich weiß nicht, von wem er es hat.«

Maria seufzte tief. »Ist ja auch egal.« Sie hatte keine Ahnung, was sie sonst dazu sagen sollte. Es war ihr wirklich egal, wer es woher wusste. Eigentlich war es ihr sogar lieber, wenn es sich so herumsprach, als dieselbe Geschichte noch gefühlte hundert Mal erzählen zu müssen.

»Mein Gott, vor vier Tagen war er noch beim Triathlon und jetzt …« Sie rieb sich die Stirn.

»Machen Sie ein paar Tage frei.«

Maria schluckte. »Ich … Nein, ich brauche die Ablenkung.«

»Ablenkung?« Der Tonfall, in dem Zeilinger dieses eine Wort sagte, ließ deutlich erkennen, dass er die Beschäftigung mit einem aktuellen Mordfall nicht unbedingt für eine gelungene Alternative hielt.

»Ich würde gern nächste Woche … Montag und Dienstag, vielleicht frei nehmen … weil ich meine Tochter … sie ist gerade mit einer Freundin in … in … Italien und ich fahre am Wochenende hin, um es … sie weiß es noch nicht …«

Plötzlich hatte sie einen trockenen Hals. Völlig unvermittelt schossen ihr die Tränen in die Augen. Bis jetzt hatte sie erfolgreich verdrängt, dass sie es Franzi irgendwie beibringen musste. Wie sollte sie einer Dreizehnjährigen erklären, dass sich ihr Vater bei einem autoerotischen Spiel versehentlich stranguliert hatte? Wie sollte sie es nicht tun?

Franzi war kein Kind mehr. Sie musste ihr die Wahrheit erzählen.

Aber was war eigentlich die Wahrheit?

Peinlich berührt stellte Maria fest, dass ihr nun Tränen über die Wangen liefen. Sie presste die Augen zusammen, hielt ihre Hand unter die Nase und versuchte krampfhaft, ein Schluchzen zu unterdrücken. Es gelang ihr nicht.

Mit einem Mal fühlte sie Arme um sich, ihr Kopf lag an einer Schulter, eine Hand an ihrem Hinterkopf. Sie wurde sanft hin und her gewiegt wie ein Kind. Ein beschwichtigender Singsang, deren Sinn sie nicht erfasste, drang an ihr Ohr. Sie bebte und konnte es nicht stoppen. Bis jetzt war sie stark gewesen, hatte ihrerseits Trost gespendet und würde weiterhin stark sein müssen, vor allem Franzi und Andreas' Eltern gegenüber. Sie konnte es, natürlich konnte sie es, und sie würde es auch schaffen. Trotzdem spürte sie, wie gut ihr dieser unerwartete Trost tat. Einen Moment lang entspannte sie sich. Schließlich holte sie noch einmal tief Luft und rückte ein Stück von Zeilinger ab.

»Verzeihung.« Verlegen kramte sie in ihrer Schreibtischschublade nach einem Taschentuch.

Zeilinger, der im Gegensatz zu ihr gar nicht befangen wirkte, hockte immer noch vor ihr, eine Hand auf der Armlehne ihres Schreibtischstuhls. »Sie müssen sich nicht entschuldigen.« Seine Augen, der Ausdruck in seinem Gesicht, seine ganze Haltung drückten tiefstes Mitgefühl aus. »Wir haben so häufig mit dem Tod zu tun, dass wir von uns selbst glauben, wir seien abgehärtet. Aber es ist etwas anderes, wenn es einen selbst trifft, nicht wahr?«

Maria nickte nur.

»Wenn ich irgendetwas für Sie tun kann, Maria, dann sagen Sie es mir.«

Wieder nickte sie nur.

Er stand auf. »Sie können jederzeit gehen. Nehmen Sie sich Urlaub.« An der Tür drehte er sich noch einmal um. Er schien noch etwas sagen zu wollen, überlegte es sich aber anders und verschwand.

Mit dem zusammengeknüllten Taschentuch in der Hand starrte Maria vor sich hin, als Michelle mit dem Kaffee zurückkam und die Tasse vor ihr auf dem Schreibtisch abstellte.

Ohne hinzusehen griff Maria nach dem Kaffee. »Ich gehe nach Hause.«

»Gute Idee«, stimmte Michelle zu. Dann, nach einem Moment. »Willst du darüber reden?«

»Worüber?«

»Darüber, was dir gerade durch den Kopf geht. Du hattest deine Probleme mit Andreas, trotzdem hast du ihn immer noch gern gehabt – mehr, als du zugeben wolltest, sonst würde es dich nicht so mitnehmen. Bis dahin ist mir das alles klar, aber …« Sie hob einen Zeigefinger. »Da ist noch was, das dich beschäftigt.«

Nachdenklich starrte Maria in die schwarze Flüssigkeit in ihrer Tasse. »Andreas stand nicht auf BDSM.« Sie sah Michelle an, die ihre Brauen erhoben hatte. »Ich weiß, was du sagen willst. Er kann sich verändert haben in den letzten Jahren. Ich kannte ihn quasi gar nicht mehr. Aber weißt du, ich war über zehn Jahre mit ihm zusammen und es gibt Dinge, die kann man sich bei jemandem vorstellen. Und es gibt Dinge, die gehen einfach nicht zusammen. Gar nicht. So wie bei Dirk Gottwald.«

Ziemlich lange schauten sich die beiden in die Augen. Keine von ihnen sagte etwas.

Michelle brach das Schweigen. »Sprich mit Paul darüber.«

»Das mach ich.«

KM 169 – RAD

Die Klimaanlage des roten Opel Corsa funktionierte perfekt. Obwohl es bereits später Nachmittag war, knallte draußen die Sommersonne mit über 30 Grad, doch im Innenraum war es angenehm kühl. Während der ganzen

Fahrt war zwischen den drei Insassen kein Wort gefallen, und erst, als sie in Roth von der B2 in Richtung Eckersmühlen abbogen, versuchte Maria ein Gespräch zu beginnen.

»Danke, dass Sie mitgekommen sind.«

»Das ist selbstverständlich«, bemerkte Jacky Gottwald. »Wir hatten schon die Hoffnung aufgegeben, dass Sie uns glauben.«

Maria lächelte unverbindlich. Als sie Jacky angerufen hatte, hatte sie nicht erwähnt, woher ihr plötzlicher Sinneswandel kam.

»Heißt das jetzt, dass Sie den Fall übernommen haben?« Im Rückspiegel war zu sehen, wie Rorbeck an einem Daumennagel herumknabberte.

»Nein, das habe ich nicht. Zuständig ist immer noch die Kripo Schwabach.«

»Oh.« Rorbeck hörte auf zu knabbern. »Dann ist das hier also nur inoffiziell?«

»So ist es«, antwortete Maria knapp. Was sollte sie auch sonst sagen?

Alle drei versanken wieder in Wortlosigkeit.

Vor der Mehrzweckhalle in Eckersmühlen suchte Maria sich einen schattigen Parkplatz. Im Gegensatz zu der emsigen Betriebsamkeit des Triathlonwochenendes wirkte das gesamte Areal wie ausgestorben. Als sie die Tür des Corsa öffnete, schlug ihr die feuchtwarme Hitze entgegen.

»Wir sind ein bisschen zu früh«, meinte sie zu den anderen, die ebenfalls ausgestiegen waren.

»Dann warten wir.« Jacky schaute sich um, als suche sie etwas.

Rorbeck sagte nichts, war allerdings sehr blass und bewegte die Schultern, als hätte ihm jemand Juckpulver ins T-Shirt gestreut.

Plötzlich war sich Maria nicht mehr sicher, ob es eine gute Idee gewesen war, Jacky und Rorbeck mit hierher zu nehmen. Als sie auf dem Nachhauseweg gewesen war, hatte sie überlegt, sich noch einmal an den Schauplatz zu begeben. Manchmal kamen ihr dann neue Ideen. Die Telefonnummer des Hausmeisters hatte sie schnell herausbekommen und er hatte zugestimmt ihr aufzuschließen. Danach hatte sie Jacky angerufen und um ein baldiges Gespräch gebeten. Überraschend hatte Jacky ihr angeboten, auf der Stelle vorbei zu kommen und als Maria erwähnte, was sie vorhatte, bat sie mitkommen zu dürfen. In Herzogenaurach angekommen, um Jacky abzuholen, waren – was Maria nicht weiter erstaunte – auch Rorbeck und Gottwald senior mit von der Partie. Rorbeck hatte den Wunsch geäußert, sich ebenfalls den Ort des Geschehens ansehen zu wollen. Gottwald schien hin und her gerissen, blieb aber auf anraten seiner Frau lieber daheim.

Bald erschien der Hausmeister und Maria bedankte sich herzlich, als er sie in die Halle ließ.

»Passt scho«, sagte der Mann gutmütig. »Kann man verstehen, wenn man noch mal hin will, da wo's passiert ist.« Er zog die Nase hoch. »Da auf der Straß' nach Roth steht ein Marterl, da wo sich mal ein Junge auf seinem Moped totgefahr'n hat. Da seh ich manchmal sei' Mutter stehen. Gehen's einfach nunder und rufen's, wenn's fertig sind. Ich bin dann hier oben irgendwo. Ach, Moment, warten's, ich mach ihnen a weng a Licht.«

Als sie die Treppe hinunterstiegen, kam Maria die Atmosphäre in dem Gebäude unwirklich vor. Es war ruhig, völlig anders, als am Tag des Wettbewerbs. Die Ereignisse schienen so weit entfernt, als hätten sie in einer Parallelwelt stattgefunden.

Jacky und Rorbeck waren womöglich noch stiller als zuvor im Auto. Sie hielten sich bei den Händen. Im Türrahmen der Herrentoilette blieb Jacky stehen.

»Ich glaube, ich möchte doch nicht dort hinein.« Ihre Stimme war nur ein Hauch.

»Wollen Sie lieber zum Auto zurück?«, erkundigte sich Maria besorgt.

»Nein. Ich bleibe einfach hier stehen.«

»In Ordnung. Aber sobald Sie sich unwohl fühlen, rufen Sie!«

Wortlos nickte Jacky. Sie sah Rorbeck an, der ebenfalls nickte und dann ihre Hand losließ. Er holte tief Luft, als würde er sich vor einem Sprung in kaltes Wasser wappnen, bevor er Maria folgte. Nachdem sie Licht gemacht hatte, blieb sie stehen. Rorbeck hielt sich sehr aufrecht.

»Wo?«, fragte er leise.

»Zweite Kabine«, antwortete Maria ebenso.

Sie ließ ihn allein dorthin gehen und nahm sich Zeit, den Raum zu betrachten. Er war genau so, wie sie ihn in Erinnerung hatte: Altmodisches Design, verhältnismäßig niedrige Deckenhöhe, drei Waschbecken, vier Pissoirs und sechs Toilettenkabinen. Der schale Geruch nach Keller und öffentlichen Toiletten biss in ihrer Nase. Sie ging durch den Raum, sah in jede Ecke, inspizierte jede einzelne Kabine, bevor sie sich derjenigen zuwandte, in der Dirk gestorben war.

Rorbeck hatte die Tür geöffnet und stand in einem Meter Abstand reglos davor. Seine Hände hatte er wie zum Gebet verschränkt, seinen Blick hielt er gesenkt.

Vorsichtig, weil sie ihn nicht stören wollte, schob sich Maria an ihm vorbei, um in die Kabine hineinsehen zu können. Es war eine Kabine von vielen, die keine Besonderheiten aufwies. Lediglich die Schmierereien an der Innenwand der Kabine, an die sie sich noch erinnerte, waren verschwunden, aber auch die anderen Wände waren ohne Graffiti, denn offenbar hatte man den gesamten Bereich einer gründlichen Reinigung unterzogen. Trotz der niedrigen Decke war es jedem halbwegs schlanken Erwachsenen möglich, über die Abtrennungswände von dieser in eine andere Kabine zu gelangen.

Es lag also absolut im Bereich des Möglichen, dass Dirk nicht allein gewesen war. Das hatte sie natürlich schon gewusst, bevor sie hergekommen war, denn die Spurenlagen sprach weder dafür noch dagegen.

»Das bringt mich richtig weiter«, murmelte sie.

»Haben Sie was gesagt?«, fragte Rorbeck.

»Nein, schon gut.«

Maria tippte sich auf die Nase. Es war mehr ein Gefühl im kleinen Finger, so wie es Perez damals genannt hatte, als er sie mitten in der Nacht weckte. Diesmal sagte ihr Gefühl, dass etwas Eigentümliches an den Todesumständen von Dirk Gottwald und Andreas war. Etwas, das außerhalb des Offensichtlichen lag.

Sie schloss die Augen, um sich die Situation des Abends vor dem Wettkampf noch einmal in Erinnerung zu rufen. Alles war sehr schnell gegangen, sie hatte keine Zeit gehabt sich umzusehen, sondern hatte nur gehandelt. Sie war vorher für Stunden nicht einmal in der Nähe der Waschräume gewesen, hatte die Gottwalds nicht auf dem Platz gesehen.

Maria überließ Rorbeck sich selbst und ging hinaus in den Flur, wo Jacky blass und in sich zusammengesunken an der Wand lehnte.

»Es tut mir leid.« Jacky richtete sich auf und zupfte an den Ärmeln ihres Shirts herum. »Ich weiß ehrlich gesagt nicht, warum ich mit hierher gekommen bin, wo ich jetzt doch nur hier herumstehe.«

»Ist Ihnen irgendetwas aufgefallen, als sie damals hier herunter kamen?«, wollte Maria wissen, ohne auf Jackys Entschuldigung einzugehen. Dass sie hierhergekommen waren, war für Maria schließlich nicht der wichtigste Grund gewesen.

Die normalerweise kaum sichtbare Falte zwischen Jackys Augenbrauen vertiefte sich. »Was meinen Sie denn?«

Beinahe hätte Maria geantwortet: *Wenn ich das wüsste, würde ich nicht fragen.*

Für gewöhnlich ging sie mit Geduld zu Werke und erkundigte sich bei Befragungen ganz gezielt, um der Erinnerung der Menschen damit auf die Sprünge zu helfen. Dadurch lenkte sie den Strom der Erinnerung sanft, doch jetzt war sie derart damit beschäftigt, ihre eigene Ungeduld zu zügeln, dass sie mit der Tür ins Haus gefallen war wie ein Anfänger.

Mit Daumen und Zeigefinger rieb sie sich über die Nasenwurzel. »Entschuldigung. Fangen wir lieber vorn an. Sie waren an Ihrem Stellplatz. Wo war der?«

»Hinten links auf der Wiese am Zaun. Ziemlich weit weg von den anderen. Dort war es ruhiger«, fügte sie hinzu, als bedürfe es einer Entschuldigung dafür. »Dirk und ich schliefen im Wohnmobil, die Staffelstarter hatten zwei Zelte.«

»Was taten Sie, bevor Sie anfingen, sich Sorgen um Dirk zu machen?«

»Nach dem Telefonat mit Marko sagte Dirk, er müsse etwas erledigen. Ich ging spazieren. Manchmal brauche ich eine kleine Auszeit für mich. Es ist alles ziemlich anstrengend … das Geschäft. Helmuts Erkrankung,« Sie rieb sich die Stirn. »Als ich zurückkehrte, war Dirk immer noch nicht wieder da. Ich habe versucht, ihn anzurufen, aber sein Handy vibrierte auf dem Regal, im Wohnmobil, wo er es immer deponierte. Dann habe ich Marko angerufen. Er war irgendwo unterwegs und weil ich ihn nicht beunruhigen wollte, sagte ich, ich hätte mich nur verwählt. Wir plauderten kurz und er erzählte mir, dass er mit Dirk gesprochen habe und kommen würde. Er schien sehr glücklich.«

Maria knetete ihre Unterlippe. »Wohin gingen sie dann?«

Hilflos zuckte Jacky mit den Schultern. »Ich weiß nicht. Ich war überall auf dem Gelände und in den Nebenstraßen. Ich kann gar nicht genau sagen, wo ich zuerst gewesen bin oder wie lange ich unterwegs war. Ich habe ein paar Leute angesprochen und ihn beschrieben, weil ich hoffte, irgendwer hätte ihn gesehen. Aber nichts.«

»Und dann dachten Sie, er sei vielleicht hier?«

»Nachdem ich alles abgesucht und niemand ihn gesehen hatte, bin ich noch mal zurück zum Wohnmobil, weil ich wissen wollte, ob er zwischenzeitlich hier gewesen war. Aber das war er nicht. Dann fiel mir ein, dass ich noch gar nicht in der Halle nachgesehen hatte. Und so kam ich hierher.«

»Als Sie die Halle oben betraten, waren viele Leute dort?«

»Ja, natürlich. Sie wissen doch, was an dem Abend los war.«

»Gab es jemanden, der Ihnen speziell aufgefallen ist, als Sie hinuntergingen?«

Jack schüttelte den Kopf.

»Und Sie sind direkt in den Männerwaschraum gegangen?«

»Nein, ich … ich habe einen Moment davor gestanden, weil ich nicht wusste, was ich tun sollte. Ich wollte nicht einfach so hineinplatzen …«

Maria nickte. »Aber dann sind Sie doch hineingegangen.«

»Als ein Mann herauskam, habe ich die Hose von Dirk unter der Tür auf dem Boden liegen sehen. Es war eine Spezialanfertigung für unser Team, deswegen war eine Verwechslung ausgeschlossen. Ich bin einfach hineingelaufen und dann … dann waren Sie plötzlich da.« Sie atmete tief durch. »Den Rest wissen Sie ja.«

Den Rest wusste Maria in der Tat. »Haben Sie eine Ahnung, was er erledigen wollte, als er weggegangen ist?«

»Das hat er nicht gesagt.«

Eine Sackgasse. Sie wusste nun etwas detaillierter Bescheid, aber es war nichts wesentlich Neues dabei.

Rorbeck war inzwischen zu ihnen gekommen und hatte dem letzten Teil ihres Gesprächs aufmerksam gefolgt. Seine helle Haut wirkte fahl und grau, seine Augen waren rot und in seiner Hand hielt er ein zerknülltes Taschentuch. Er wirkte wie ein verschrecktes Reh, das jeden Moment flüchten wollte.

»Kommen Sie, lassen Sie uns zum Auto gehen«, forderte Maria die beiden schroffer auf als beabsichtigt.

Oben vor der Tür angekommen atmete Maria tief durch. Jacky lehnte sich an die Hauswand und holte eine Wasserflasche aus ihrer Tasche, woraus sie in tiefen Zügen trank.

»Um wie viel Uhr haben Sie zuletzt mit Ihrem Lebensgefährten telefoniert, Herr Rorbeck?«

Auch Rorbeck tat die Wärme und die frische Luft sichtlich gut. »So gegen 16:30 Uhr, glaube ich. Ganz genau weiß ich es nicht mehr.«

»Und wann bekamen Sie die SMS?«

»Eine Stunde später.«

»Sie hatten also vor, am nächsten Morgen beim Start dabei zu sein.«

»Ja, das sagte ich bereits.« Geräuschvoll putzte Rorbeck sich nun die Nase und wischte sich über die Augen.

»Wo wollten Sie sich treffen?«

Stirnrunzelnd sah Rorbeck Maria an. »Ist das wichtig?«

»Ich weiß es nicht«, antwortete Maria sachlich. »Ich habe keinen Zugang zu den Akten, daher kann ich Ihnen nur helfen, wenn Sie mir auch helfen.«

Rorbeck zupfte sich am Ohrläppchen. »Hier. Also, am Wohnmobil. Wir wollten gemeinsam zum Start fahren.«

Maria nickte. »Und wo waren Sie, als Ihre Stiefmutter Sie zum ersten Mal anrief?«

»Als … ach so. Ich war daheim.«

Maria sah Jacky an. »Frau Gottwald sagte, Sie seien unterwegs gew…«

»Herrgott noch mal!«, fuhr Rorbeck auf. »Vielleicht war ich auf dem Nachhauseweg, was weiß ich. Glauben Sie, wenn ich am nächsten Morgen in aller Herrgottsfrühe hierher kommen wollte, würde ich abends noch ausgehen?«

Sekundenlang herrschte eine bedrückende Stille. Dann sagte Maria: »Es tut mir leid, ich glaube, so kommen wir nicht weiter. Lassen Sie uns zurückfahren.« Sie informierte den Hausmeister darüber, bevor sie wieder ins Auto stiegen. Als sie den Motor startete, zögerte sie, doch dann legte sie energisch den Rückwärtsgang ein, um aus der Parklücke zu fahren.

»Ich muss Ihnen noch etwas erzählen«, begann sie. »Aber das muss unter uns bleiben.«

Jacky und Rorbeck wechselten einen Blick.

»Dann wissen Sie also doch etwas, das wir noch nicht wissen?«, erkundigte sich Rorbeck unterkühlt.

»Nein.« Maria sprach über Andreas' merkwürdige Todesumstände. »Es ist so, dass ich … ich weiß nicht, wie ich es sagen soll … es gibt vermutlich keinen Zusammenhang. Es *kann* eigentlich keinen Zusammenhang geben. Es ist einfach zu absurd. Aber ich hätte Stein und Bein geschworen, dass mein Ex-Mann niemals etwas mit S/M zu tun hatte.«

Rorbeck lächelte bitter. »Sehen Sie. So geht es mir die ganze Zeit.«

Jacky wirkte angesichts dieser unerwarteten Wendung etwas aus der Fassung gebracht. »Es tut mir leid, das zu hören, Frau Ammon.«

»Danke«, sagte Maria und wunderte sich, dass ihr das Mitgefühl tatsächlich etwas bedeutete.

»Untersuchen Sie den Tod Ihres Ex-Mannes?«, wollte Rorbeck wissen.

»Nein.« Und mit Blick in den Rückspiegel in Rorbecks Richtung fuhr sie fort: »Als ich meinen Kollegen darauf hinwies, wie merkwürdig ich die Tatsache fand, dass er auf S/M stehen sollte, sagte er, man sehe es nicht unbedingt jedem an der Nasenspitze an.«

»Hört, hört«, sagte Rorbeck.

Jacky sah stur geradeaus.

Während sie in Roth wieder die Bundesstraße und anschließend die Autobahn in Richtung Nürnberg nahmen, schwiegen alle. Erst nach einer Weile fragte Jacky: »Und nun?«

»Ich weiß es nicht.« Es war ein grimmiges Lächeln, das über Marias Gesicht huschte. »Das Problem ist, dass es zwischen meinem Ex-Mann und Ihrem Stiefsohn leider nicht die geringsten Gemeinsamkeiten gibt, abgesehen davon, dass sowohl Sie als auch ich behaupten, das jeweilige Opfer sei nicht aus der S/M-Szene.« Sie hieb auf das Lenkrad. »Und das ist verdammt wenig!«

Jacky zuckte leicht zusammen.

»Dann glauben Sie uns also endlich?«, wollte Rorbeck wissen.

»Ich weiß nicht, was ich glauben soll«, erwiderte Maria

Dann verfielen alle drei wieder in Schweigen.

KM 169,3 – RAD

Maria war nicht sicher, ob ihre nächste Idee brauchbar war, aber es war immerhin besser als Nichtstun. Sie hatte zunächst Paul angerufen, damit er ihr von den neuesten Ermittlungsergebnissen berichtete, doch er war nicht im Büro gewesen und hatte sein Handy nicht abgenommen. Vielleicht täuschte sie sich, doch sie hatte den Eindruck, als wolle er sie momentan von den Ermittlungen fernhalten. Kurz hatte sie darüber nachgedacht, in die Schornbaumstraße zu fahren, und sich über den Computer neue Erkenntnisse zu holen, doch sie verwarf den Gedanken wieder.

Paul hatte seine Gründe.

Er hatte immer den richtigen Riecher gehabt.

Perez, dem sie gern ihr Herz ausgeschüttet hätte, hatte sie nicht erreicht. Er hätte ein offenes Ohr für ihre Gedanken und Gefühle gehabt, sie ernst genommen und ihr kluge Fragen gestellt. Doch sein Handy war ausgeschaltet und nicht einmal der Anrufbeantworter angesprungen.

Sie wollte sich auch nicht mit Andreas Eltern treffen und anfangen, sich um all die Dinge zu kümmern, die in der nächsten Zeit geregelt werden mussten. Notwendiger Papierkram, die Organisation der Beerdigung, die Auflösung der Wohnung.

Gott, es war ein wahrer Wust an Arbeit, der da auf sie zu kam.

Sie hatte sich noch niemals Gedanken darüber gemacht, wer sich im Falle eines Falles um all die Formalitäten würde kümmern müssen, aber Trennung hin oder her, Fakt war nun mal, dass es niemanden außer ihr gab, der die Dinge in die Hand nehmen würde.

Sie seufzte.

Das musste bis nächste Woche warten. Andreas war schließlich noch keine 36 Stunden tot, seine Leiche lag in der Rechtsmedizin und bevor die nicht freigegeben war, konnte sowieso keine Beerdigung stattfinden. Und auch nicht, bevor sie mit Franzi …

Diesen Gedankengang brach sie ab. Sie würde am sehr frühen Sonntagmorgen zusammen mit Elfriede nach Italien fahren und sich vorher nicht auch noch mit dem Gedanken belasten, wie sie es Franzi beibringen sollte.

Sie setzte den Blinker nach rechts. Von Herzogenaurach aus, wo sie Jacky und Rorbeck vor dem Haus der Gottwalds abgeliefert hatte, war sie der Staatsstraße entlang der Aurach bis kurz vor Emskirchen gefolgt, hatte dort die B8 genommen und bog jetzt am Chausseehaus ab. Über den Höhenrücken fuhr sie nun in Richtung Neustadt. Der Parkplatz auf der rechten Seite beim Jugendtreff Lazarett kurz vor dem Nürnberger Tor war nicht zu übersehen. Der Mann, der dort auf sie wartete, ebenfalls nicht.

Nachdem sie angehalten hatte, war Zeilinger neben das Auto getreten, um ihr die Tür zu öffnen. Er hatte den Kopf leicht schief gelegt.

»*Yuh aright, dondonnet?*«

Anstatt auszusteigen, lehnte Maria ihren Kopf an. Mit einem Mal kam sie sich ziemlich albern vor. »Nein«, sagte sie. »Und es tut mir leid, wenn ich Sie so überfalle, aber …« Sie brach ab. Aber was?

»Aber ich wäre dankbar dafür, wenn wir jetzt hinunter in die Stadt gingen, etwas essen und Sie mir dabei erzählen, was Sie auf dem Herzen haben«, fuhr Zeilinger beinahe nahtlos fort. »Ich bin noch nicht lange daheim und habe einen Bärenhunger. Jeden Tag die Strecke nach Erlangen und zurück ist anstrengender, als ich dachte. Und als Sie anriefen, wollte ich mir eigentlich gerade etwas zu essen machen.«

»Oh, das tut mir leid.«

Er winkte ab. »Mir nicht. Meine Kochkünste halten sich in Grenzen und Sie geben mir die perfekt Ausrede, essen zu gehen.«

Lachend stieg Maria aus. Schwungvoll schloss er die Tür, wartete, bis sie abgeschlossen hatte und deutete dann in Richtung Nürnberger Tor. »Einfach geradeaus den Berg hinunter bis zum Marktplatz. Da können wir draußen sitzen.«

Immer noch unschlüssig, ob es richtig gewesen war, setzte Maria sich mit ihm zusammen in Bewegung. Jetzt konnte sie nicht mehr zurück und schaden würde es sicher nicht, wenn sie ihren Chef nach seiner Meinung fragte. Etwas Unerlaubtes hatte sie nicht getan, indem sie sich Gedanken machte, und schließlich war Zeilinger an besagtem Abend ebenfalls in Eckersmühlen gewesen. Er war Polizist, genau wie sie, und möglicherweise war ihm irgendetwas aufgefallen, was ihr in der Hektik entgangen war. Während sie auf dem abschüssigen Kopfsteinpflaster bergab liefen, überlegte sie, wie sie beginnen sollte. Schließlich warf sie alle Pläne über Bord und fing einfach an.

»Herr Zeilinger, es geht um …«

»Stopp!«, unterbrach er mit erhobenem Zeigefinger. »Bitte, können wir die Formalitäten endlich weglassen? Ich bin Josef.« Mit ausgestreckter Hand blieb er stehen.

Automatisch ergriff Maria sie. »Maria.«

Wie so oft, zeigte er seine Zähne beim Lächeln. »Und ich habe schon befürchtet, das wird nie etwas.«

»Wieso?«

»Wer spricht wen wie an? Wem darf man wann das du anbieten? Hier in Deutschland ist es so kompliziert.« Demonstrativ schüttelte er sich. »Ich hatte das total vergessen.«

»Dann waren Sie … warst du länger im Ausland?«

»Ich war ständig unterwegs in den letzten zehn Jahren und habe von der Polizeiarbeit hier in Deutschland so gut wie nichts mitbekommen. Karibik und die Südstaaten, Zentral- und Südamerika. Kein Wunder, dass mich alle wie einen Exoten behandeln.«

Amüsiert zog Maria die Nase kraus. »Stimmt.«

Er zwinkerte. »Okay, vielleicht entspreche ich auch äußerlich nicht ganz dem Bild, das alle erwartet haben. Aber ich bin hier in Neustadt aufgewachsen.«

»Leben deine Eltern noch hier?«

»Nur meine Mutter. Sie hat mit ihrer Schwester zusammen gewohnt. Aber die ist im Frühjahr gestorben und meine Mutter wird leider zunehmend vergesslich. Allein zu leben ist für sie … nun ja, schwierig, also habe ich meine Beziehungen spielen lassen und dann genommen, was ich kriegen konnte, und das war die Stelle in Erlangen. Wenn ich arbeite, ist sie momentan allein, aber das ist leider keine Dauerlösung, daher bin ich auf der Suche nach jemandem, der tagsüber nach ihr sieht oder ein paar Stunden bei ihr ist.« Er verdrehte die Augen. »Ihr beizubringen, dass das notwendig ist, ist das Schwierigste an der Sache. Ich habe keine Ahnung, wie sie es anstellt, dass ich mich dabei fühle wie ein Fünfjähriger, der etwas haben will, was Mama für unvernünftig und damit völlig indiskutabel hält.«

Maria lachte. »Das kenne ich. Ich wohne auch bei meinen Eltern.«

Überrascht hob Zeilinger die Brauen. »Wirklich?«

»Geboren und aufgewachsen in Erlangen. Nach meiner Ausbildung habe ich ein paar Jahre in Nürnberg gewohnt und war beim Kriminaldauerdienst, daher kenne ich Paul Holzapfel ziemlich gut. Vor vier Jahren bin ich dann zum KK1 und wohne seitdem mit meiner Tochter wieder in Dechsendorf bei meinen Eltern.«

Maria erwähnte es nicht, aber es war Zeilinger anzusehen, dass er den richtigen Schluss zog, nämlich dass der Grund für ihren Umzug die Trennung von Andreas gewesen war. Er war taktvoll genug, es nicht anzusprechen. Während sie über die Schwierigkeiten plauderten, als Erwachsener wieder mit den Eltern zusammenzuleben, erreichten sie den Marktplatz.

»Manchmal habe ich das Gefühl, ich bin immer noch der Teenager, der sich wegen jeder Kleinigkeit mit den Eltern anlegt. Mit dem einzigen Unterschied, dass ich das heute dann doch nicht tue, sondern lieber Kompromisse eingehe. Zumindest meistens«, schränkte Maria ein.

Zeilinger lachte. »Kluge Entscheidung.«

»Eher Selbstschutz, denn noch einen Nebenkriegsschauplatz brauche ich nicht. Meine Tochter ist 13 und pubertiert, was das Zeug hält. Hast du Kinder?«

Er schüttelte den Kopf und deutete auf den Marktplatz, den sie gerade erreichten. »Wohin sollen wir gehen?«

Mehrere Restaurants sowie ein Eiscafé und ein Bistro verfügten hier über eine Außengastronomie. Um den Brunnen herum spielten Kinder fangen und über das Kopfsteinpflaster flanierten Spaziergänger. Auf den Stufen des Rathauses saß eine Horde Jugendlicher, die Eis schleckten.

»Ist mir gleich, wohin. Ich kenne keines der Lokale.« Sie blieb stehen. »Der Marktplatz hat ein bisschen was von einer italienischen Piazza.«

»Stimmt. Aber das Bier ist besser. Komm, beim ›Scharfen Eck‹ ist ein Tisch frei.«

Mit großen Schritten überquerte er den Marktplatz, bis zu dem hellblau gestrichenen fränkischen Wirtshaus, und rückte Maria einen Stuhl an dem kleinen Runden Tisch zurecht.

»Danke.«

Da Maria noch fahren musste, bestellte sie eine Apfelschorle, wohingegen Zeilinger sich ein großes Bier gönnte. Nachdem sie Essen ausgesucht hatten und auf die Bedienung warteten, ergriff Zeilinger das Wort.

»Ist deine Tochter mit einer Jugendgruppe unterwegs?«

»Nein, mit ihrer Freundin und deren Eltern auf einem Campingplatz in der Toskana. Es hat sich spontan ergeben.«

»Die Toskana muss wunderschön sein. Ich war noch nie dort, aber ich will nächstes Jahr vielleicht hin. Florenz, Pisa, aber in jedem Fall auch ans Meer. Am liebsten mit dem Rucksack und einem Zelt und bleiben, wo man mag. Du musst mir unbedingt erzählen, wie es deiner Tochter gefallen hat.«

Maria lachte. »Ich glaube, außer Strand und Meer wird sie nichts zu sehen bekommen.«

Schwungvoll kam die Kellnerin herangerauscht, stellte ihre Getränke ab und nahm ihre Bestellung entgegen.

»Wo ist sie denn überhaupt?«, fragte Zeilinger, als die Kellnerin wieder verschwunden war.

»Punta Ala heißt der Ort. Auf den Fotos sieht es jedenfalls toll dort aus.«

Da sie lange auf ihr Essen warten mussten, plauderten sie noch eine Weile über Urlaubsziele in Europa, bis das Gespräch an ein wenig ins Stocken geriet.

Zeilinger trank einen Schluck Bier. »Und jetzt erzähl mir, warum du mich so dringend sprechen wolltest.«

Eigentlich hatte Maria damit gerechnet, dass es ihr schwer fallen würde, Zeilinger gegenüber offen zu sein, denn schließlich kannte sie ihn doch erst seit Kurzem. Doch seine Ungezwungenheit, die wohl eher seinem Naturell entsprach als die aufgesetzte Förmlichkeit, die er als neuer Leiter an den Tag gelegt hatte, machten es ihr leicht.

Sie begann mit dem Tod von Dirk Gottwald, rekapitulierte, was sie von den Gottwalds und Marko Rorbeck erfahren hatte, erzählte von Andreas und schloss mit den Worten: »… und da du an dem Abend auch dort warst, dachte ich, dir sei vielleicht irgendetwas aufgefallen.«

Zeilinger, der die ganze Zeit aufmerksam zugehört hatte, rieb sich die Nase. Dann schob er seine Gabel zurecht, die nicht ganz parallel zum Messer gelegen hatte. Schließlich platzierte er seine Ellbogen auf dem Tisch und legte die Hände ineinander.

»Du glaubst also, dass zwischen diesen beiden Fällen ein Zusammenhang besteht.«

»Ich glaube gar nichts«, wiegelte Maria ab, »sondern ich wundere mich nur laut darüber, dass innerhalb so kurzer Zeit in unserem Gebiet zwei Männer an einer Asphyxie sterben, wo es doch in ganz Deutschland pro Jahr höchstens 60 bis 80 Fälle gibt. Und es sind zwei Männer, bei denen die nächsten Angehörigen ausgerechnet *das* niemals vermutet hätten. Ja, ich weiß ...« Abwehrend hob sie die Hände. »BDSM-Neigungen werden von den Leuten ihren Angehörigen gegenüber oft geheim gehalten.« Sie zögerte, aber dann sprach sie es aus. »Ich war über zehn Jahre mit Andreas zusammen, daher glaube ich, das beurteilen zu können. Er war jemand, der nichts anbrennen ließ.« Sie machte eine Pause, während der Zeilinger die Brauen hob. Sie musste nicht deutlicher werden, außerdem hatte Zeilinger am Sonntag selbst die Frau gesehen, mit der Andreas gegangen war. »Aber er hat nie sadomasochistische Tendenzen gehabt. Es gibt Menschen, zu denen passt das einfach nicht.«

»Und was genau willst du jetzt von mir?« Zeilingers Tonfall war neutral. Er schien nicht konsterniert darüber zu sein, dass sie sich an ihn wandte, aber auch nicht sonderlich begeistert.

»Wissen, ob du etwas bemerkt hast. Ich verwette meine linke Hand, dass Dirk Gottwald nicht allein war.«

»Wenn meine Beobachtungsgabe nicht ganz daneben

liegt, bist du Rechtshänder«, bemerkte Zeilinger mit ironischem Unterton.

Maria lächelte. »Eine Restunsicherheit bleibt. Auf dem Boden in der Kabine lag ein Stück bemaltes Klopapier. Es ist leider abhanden gekommen, aber darauf waren Zeichen …«

»Zeichen?«, unterbrach Zeilinger sie. »Was für Zeichen?«

»Ich weiß nicht, das eine sah aus wie ein ›m‹, was das zweite war, weiß ich leider nicht. Es sah so aus.« Mit der Fingerspitze malte sie es auf den Tisch. »Und das dritte war das Zeichen für männlich.« Sie deutete einen Kreis mit einem schräg rechts nach oben gerichteten Pfeil an. »Und dann noch ein Herz, das von drei Pfeilen durchbohrt wird.«

»Liebeskummer?«, fragte Zeilinger mit einem Anflug von Lächeln.

»Ja, hatte er«, gab Maria zu. »Aber eigentlich schien der ausgeräumt, deswegen passt das nicht so ganz. Also hast du etwas gesehen an dem Abend? Oder gehört, während du nebenan warst?«

Mit verschränkten Armen lehnte Zeilinger sich zurück. »Wenn ich das hätte, und der Meinung wäre, dass es wichtig ist, glaubst du nicht, ich hätte mich nicht gleich oder spätestens nach der Challenge bei den Kollegen in Schwabach gemeldet?«

Maria öffnete den Mund, dann klappte sie ihn wieder zu, ohne etwas gesagt zu haben.

Er beobachtete sie. »Du hast recht: Es ist ein merkwürdiger Zufall. Aber ich habe in meinem Berufsleben schon Dinge erlebt, die würde kein Schriftsteller in seinem Buch verarbeiten, weil niemand sie glauben würde. Du etwa nicht?«

»Ja, doch«, gab sie zu.

Das Essen kam und befreite Maria von der Verpflichtung, eine längere Antwort zu geben. Es war ihr peinlich, dass er sie auf das Offensichtliche hatte aufmerksam machen müssen. Schließlich war er Polizist und kannte genau wie sie seine Pflicht. Während sie eine Gabel voll Käsespätzle nahm und darauf pustete, dachte sie an Zeilingers Frage, was sie eigentlich von ihm wollte. Hatte sie tatsächlich gehofft, dass er eine plausible Erklärung für alles aus dem Hut zauberte? Ein völlig absurder Gedanke.

»Tut mir leid, wenn ich dir deinen Feierabend durcheinandergebracht habe.« Anstatt sie in den Mund zu stecken, legte Maria die Gabel wieder ab. »Andreas' Tod hat mich wohl mehr mitgenommen, als ich dachte.«

»Das glaube ich dir aufs Wort«, sagte Zeilinger, während er sein Schäuferla sezierte. »Bis jetzt hast du auf mich eigentlich nicht den Eindruck gemacht, als würdest du dich leicht in abwegige Theorien versteigen. Aber Tragödien, die einen persönlich betreffen, trüben manchmal den Blick.«

Beruhigt, dass er es ihr nicht übel nahm, begann sie zu essen. Die Käsespätzle schmeckten ihr – und das, obwohl sie eigentlich kaum Appetit gehabt hatte. Die Gabel Zeilingers, der sich mit wahrem Heißhunger über sein Schäuferla hergemacht hatte, blieb mit einem Mal mitten in der Luft hängen. Er starrte auf einen Punkt hinter Maria, irgendwo in Richtung Wilhelmstraße.

»*Wah di raas ...*«

»Wie bitte?«

Ohne Maria zu antworten, legte er seine Gabel hin und seufzte. Maria drehte sich herum und sah, was er sah. Eine Frau kam auf sie zu. Ihr sehr langes graues Haar umrahmte zottelig ihr Gesicht. Sie trug einen weiten bodenlangen Rock und darüber eine Tunika – möglicherweise war das Kleidungsstück auch ein ausgefallenes Kleid – deren kunterbunte, gemusterte Stoffbahnen um ihren großen, schlanken Körper wallten. Das Gestell ihrer Sonnenbrille war riesig. Als ihr Blick auf Zeilinger traf, strahlte sie und winkte überschwänglich.

»Sammy-Jo! Da bist du ja. Ich habe dich schon überall gesucht!«

Es schien ihr vollkommen gleichgültig zu sein, dass sie mit ihrer Lautstärke die Aufmerksamkeit des halben Marktplatzes auf sich zog. Schicksalsergeben war Zeilinger aufgestanden, um bei den Nachbarn nach einem leeren Stuhl zu fragen und diesen an den Tisch zu stellen. Die Frau kam herangeweht und ließ sich darauf plumpsen.

»Hallo!«, sagte sie zu Maria. Durch die hohe Tonlage wirkte ihre Stimme jung, wenn auch ein bisschen rau. »Ich bin die Christel. Und du?«

»Maria«, sagte Maria, die ahnte, wen sie da vor sich hatte.

Christel nahm ihre Brille ab. Ihre Augen waren haselnussbraun. »Maria.« Sie lachte. Zuerst leise, dann immer lauter. »Du hättest mir ruhig sagen können, dass du deine Freundin ausführst, Josef.« Sie drohte ihm mit ihrem Zeigefinger.

Zeilinger bemühte sich ernst zu bleiben. »Maria ist auch bei der Kripo, Mama. Sie ist eine Kollegin. Ich hab dir doch erklärt, dass ich jetzt in Erlangen arbeite.«

»Ach so.« Das Lächeln erlosch wie eine Kerze unter Sauerstoffabschluss. »Schade.«

So unauffällig wie möglich ließ Maria ihren Blick zwischen Mutter und Sohn hin und her gleiten. Trotz der unterschiedlichen Haut- und Haarfarbe war die Ähnlichkeit kaum zu übersehen. Sie hatten die gleichen Augen, sowohl in Form, als auch in Farbe, und auch die Gesichtszüge unterschieden sich beinahe nur im geschlechtsspezifischen Aspekt. Mit der gleichen Kopfbewegung wie Zeilinger warf auch Christel ihre Haare zurück.

»Hach«, sagte Christel mit verzücktem Lächeln. »Ist das nicht ein schöner Abend. Ich will ein Bier.«

Prompt winkte Zeilinger der Bedienung, um eins zu bestellen.

»Möchtest du auch etwas essen, *Mooma*?«

»Nein, nein.«

Christel schien sich sehr für das Geschehen auf dem Marktplatz zu interessieren, daher nutzte Zeilinger die Möglichkeit, um in Marias Richtung eine Pantomime zu machen, die wohl als Entschuldigung gemeint sein sollte. Maria signalisierte zurück, dass es in Ordnung sei. Die Anwesenheit von Zeilingers Mutter entband sie in jedem Fall davon, sich über die Arbeit zu unterhalten. Nachdem Christel ihr Bier bekommen hatte, prostete sie ihnen zu. Maria tat es ihr gleich.

»Die Spätzle sind sehr gut«, bemerkte sie, um Konversation zu betreiben.

»Du musst *GramMas* Jerk chicken probieren.« Genießerisch leckte sich Christel die Lippen. »Du wirst nie wieder etwas anderes essen. Wenn ich sie das nächste Mal sehe, werde ich ihr sagen, sie soll dir eins zubereiten.«

»*GramMa* Abigail ist schon sehr lange tot, *Mooma*«, sagte Josef geduldig.

Christel tippte sich mit ihrem Finger an die Nase. »Ach ja. Richtig. Schade.« Sie wandte sich dem Geschehen auf dem Marktplatz zu und begann zu summen. Obwohl es von leichtem Husten unterbrochen wurde, erkannte Maria *I shot the Sheriff*.

»Sie ist ein großer Fan von Bob Marley«, raunte Zeilinger ihr zu, um die Aufmerksamkeit seiner Mutter nicht auf sich zu ziehen.

Hinter vorgehaltener Hand lachte Maria. »Wo haben sich deine Eltern eigentlich kennengelernt?«

Zeilinger beugte sich näher und senkte die Stimme noch weiter: »Woodstock.«

Maria hielt sich die Hand vor den Mund, um ihr Lachen zu unterdrücken. »Ernsthaft?«

»Zum Entsetzen ihrer Eltern hat meine Mutter ihre Ausbildung als Sekretärin hingeworfen und ist Mitte der 60er nach San Franzisko gegangen. Ich hab keine Ahnung, was sie da gemacht hat oder ob sie wirklich die ganze Zeit nur dort war. Nach dem Festival ging sie dann mit meinem Vater nach Jamaika.«

Inzwischen intonierte Christel abwechselnd *All you need is love* und *If you're going to San Franzisco* und andere Songs dieser Ära.

Jetzt zügelte Maria ihre Neugier nicht mehr. »Und dann sind sie hierher nach Neustadt gezogen?« Bei jemandem, der wie Christel Zeilinger selbst im Alter noch der Hippiekultur frönte, fand sie das einen erstaunlichen Schritt.

Wie erwartet schüttelte Zeilinger den Kopf. Mit gesenkter Stimme erzählte er: »Ich bin in Montego Bay geboren. Wir sind erst nach Neustadt gekommen, als ich in die Schule kam, weil …«

Sehr unvermittelt wandte sich Christel jetzt an Maria. »Sie war eine weise Frau.«

»Entschuldigung, wer?«

»*GramMa* Abigail. Sie war eine Zauberin.« Christel hielt Maria aufgefächerte Karten hin, die sie aus den Untiefen ihrer Kleidung hervorgezaubert hatte. »Du musst eine ziehen. Das ist deine Tageskarte.«

»Nein, *Mooma.* Ich glaube, Maria möchte das jetzt nicht.«

»Ist schon in Ordnung.«

Wahllos griff Maria zu. Als sie die Karte umdrehte, gefror ihr Lächeln. Es waren keine gewöhnlichen Spielkarten, sondern Tarotkarten. Auf der Karte, die Maria in der Hand hielt, schwebte über einer kahlen Berglandschaft eine einzelne Hand, die aus einer Wolke hervorkam. Aufrecht hielt sie ein Schwert, um deren Spitze eine von Laub umkränzte Krone schwebte. Einige Blätter fielen hinunter. *As der Schwerter* stand darunter.

»Ohhhhh!« Christels Augen wurden kugelrund. »Ohoooooo!« Mit der Fingerspitze deutete sie auf Maria. »Das Schwert steht für das Element Luft. Für einen scharfen Verstand, und eine plötzliche Erkenntnis. Lass deinen Verstand sprechen, ohne auf dein Herz zu hören.« Ihre Stimme war nicht mehr dünn und mädchenhaft, sondern klar und präzise.

Mit einer Hand bedeckte Zeilinger seine Augen. »*Mooma*. Bitte. Nicht.« Er lugte durch die Finger.

Maria spürte, wie ihr eine Gänsehaut über den Rücken lief. Eine plötzliche Erkenntnis? Derweil fuhr Christel fort. »In der Einsamkeit gelangt der suchende Geist zu einem klaren Bewusstsein. Es ist kein leichter Weg, aber ein ehrlicher.«

Maria starrte immer noch auf das Schwert. Sie hatte Zeilinger noch nichts von den Zeichnungen des Ritters und des Schwertkämpfers erzählt, und gerade jetzt, wo seine Mutter dabei war, wollte sie das auch nicht tun. Sie glaubte nicht an Voraussagen, aber die letzten beiden Sätze hallten in Maria nach.

KM 171,8 – RAD

Eine Nacht ohne Schlaf war für Maria kein großes Problem – sofern sie in der darauffolgenden Nacht genügend bekam. Doch eine zweite Nacht in Folge nicht schlafen zu können, nahm Marias Körper ihr definitiv krumm. Als wären ihre Knochen mit Blei ausgegossen, fühlte sie sich völlig gerädert und wälzte sich vom Bauch auf den Rücken und wieder zurück. Ihr Geist kam einfach nicht zur Ruhe. Immer wieder sah sie Christel Zeilinger vor sich, wie sie das *As der Schwerter* in ihrer Hand hielt.

Zeilinger hatte seine Mutter sanft, aber bestimmt davon überzeugt, die Karten wieder einzustecken. Während sie zu Ende aßen, waren sie zu allgemeinen Themen aus dem Alltag der Polizeiinspektion übergegangen. Zeilinger hatte Maria zu vielen Dingen befragt, über die er noch nicht oder nur oberflächlich Bescheid wusste. Christel beteiligte sich mit mehr oder weniger sinnvollen Einwürfen am Gespräch. Am Ende bestand Zeilinger darauf, die Rechnung zu begleichen und begleitete Maria zu ihrem Auto. Seine Mutter, die gern den einen oder anderen Umweg genommen hätte, fest untergehakt.

Schließlich musste Maria doch eingeschlafen sein, denn vor lauter Schreck fuhr sie hoch, weil sich ihre Schlafzimmertür leise öffnete. Das wiederum bekam ihrem Kreislauf nicht besonders und sie musste sich mit beiden Händen rechts und links auf der Matratze abstützen, weil sie das Gefühl hatte, jeden Moment umzufallen – obwohl das in Anbetracht ihrer sitzenden Position im Bett keine ernsthaften Konsequenzen gehabt hätte.

Sie blinzelte. Eine Männergestalt stand neben dem Bett. Sie öffnete den Mund, um zu schreien, wollte gleichzeitig aus dem Bett springen, doch eine große Hand erstickte ihren erschrockenen Ausruf. Die andere hielt sie mit einiger Kraft fest, weil sie reflexartig begonnen hatte, um sich zu schlagen.

»Willst du deine Eltern aufwecken?«

Als würde die Luft aus einem Ballon entweichen, sank Maria in sich zusammen. Empört schob sie die Hand weg. »Hast du sie noch alle? Wie kommst du überhaupt hier rein?«

»Ich freue mich auch, dich zu sehen«, sagte Perez munter, während er die Nachttischlampe anmachte.

Maria stöhnte in Anbetracht der plötzlichen Helligkeit. Perez legte Autoschlüssel und Handy auf den Nachttisch, stellte seinen Rucksack auf dem Boden ab und zog die Schuhe aus.

»Ihr solltet dringend die Verriegelung eurer Kellerfenster austauschen. Oder sie nicht auf Kipp stehen lassen.«

»Du bist hier eingebrochen?« Maria schnappte nach Luft.

»Morgens um halb vier zu Klingeln fand ich unhöflich, und du bist nicht ans Handy gegangen. Aber den Rest der Nacht im Auto verbringen, wollte ich auch nicht.« Er streifte sein T-Shirt über den Kopf und machte Anstalten seine Hose aufzuknöpfen.

»Moment!« Abwehrend hob Maria die Hand.

Unbeeindruckt schlüpfte Perez aus seiner Jeans. »Rutscht du ein Stück? Dreieinhalb Stunden mit Bleifuß auf der Autobahn waren ziemlich anstrengend, und ich würde ganz gern ein paar Stunden schlaf…«

»Was! Machst! Du! Hier?«

Er sah sie an, als liege die Antwort auf der Hand. »Dir geht es ziemlich beschissen nach der Sache mit Andreas.«

»Woher weißt du davon?«

»Michelle hat mich angerufen.« Immer noch stand er neben dem Bett.

»Wie das denn? Ich hab nämlich auch versucht dich zu erreichen.« Sie klang vorwurfsvoller als beabsichtigt.

Er fixierte sie mit seinem eigentümlichen Silberblick. Dann zuckte er mit den Schultern. »Na ja, ich bin im Moment an einem neuen Fall dran. Tut mir leid.«

»Und wie konnte Michelle dich dann erreichen?«

»Sie hat Abba angerufen. Der weiß, wie er mir eine dringende Nachricht zukommen lassen kann. Ich habe mich gewundert, dass Michelle mich sprechen will und gleich geahnt, dass es etwas Dringendes ist. Sie hat mir erzählt, was mit deinem Ex-Mann passiert ist und sie meinte, ich soll dich gar nicht erst anrufen, weil du es herunterspielen würdest, sondern mich am besten auf den Weg machen, damit ich am Wochenende mit dir zu Franzi fahren kann. Also, da bin ich.« Wie ein Priester zum Segen breitete er die Hände aus.

Maria schnaubte. »Das darf doch nicht wahr sein! Michelle ist …«

»Deine Freundin.«

Mit einer Hand bedeckte Maria Mund und Nase. Ihre Kehle wurde eng. Es war nur ein einzelner Schluchzer, der sich aufwärts drängte, aber der genügte, um Perez in Bewegung zu setzen. Ohne weitere Umstände legte er sich neben Maria, die unwillkürlich beiseite rutschte. Er küsste sie sanft auf den Mund.

»He!« Halb lachend, halb schluchzend zog sie sich zurück.

»Zu mehr langt's eh nicht nach dem Tag.« Er strich ihr ein paar Haare aus dem Gesicht. »Möchtest du jetzt reden oder später?«

Sie seufzte tief. »Später.« Mit einer Fingerspitze zeichnete sie seinen Wangenknochen nach. Ihr Kuss dauerte etwas länger als seiner. Aber nicht viel. »Bilde dir bloß nichts ein.«

»Wie käme ich dazu?«

Sie löschte die Nachttischlampe und drehte sich herum, um sich mit dem Rücken an ihn zu schmiegen. Seine Hand fand ihre und sie spürte seinen Atem in ihrem Nacken. Mit jedem Atemzug fiel etwas Spannung von ihr ab, bis sie in einen traumlosen Schlaf glitt.

KM 173 – RAD

Ein Handy vibrierte.

Dann war es still. Ein paar Sekunden später begann das penetrante Geräusch erneut. Schlaftrunken richtete sich Maria auf und kramte in ihrem Gedächtnis nach dem Grund, warum Perez neben ihr lag. Irgendwo in ihrem Hirn dämmerte die Erklärung herauf, erst dann bemerkte sie, dass das Brummen immer noch anhielt und sie geweckt hatte. Wahrscheinlich war auch das Klingeln ihres Festnetzanschlusses kurz zuvor gar nicht Teil eines Traums gewesen. Quer über Perez, der ein ganz ähnliches Brummen von sich gab wie das Handy, angelte sie nach dem Apparat.

»Ammon.«

Eine Sekunde es still. Dann: »Guten Morgen.«

»Ah … Michelle.« Maria rieb sich über das Gesicht. »Was gibt's so früh?«

»Es ist halb zehn«, informierte Michelle sie.

»Schon?«

»War wohl spät gestern?« Das unterdrückte Lachen war der Stimme der jungen Frau anzuhören.

Maria war nicht nach Scherzen zumute, daher ging sie nicht darauf ein. »Also?«

»Paul hat angerufen. Er will dich sprechen.«

Mit einem Mal war Maria hellwach. »Wegen Andreas?«

»Nehme ich an. Frag ihn selbst.«

»Ja, mach ich.« Maria wollte sich schon verabschieden, als ihr etwas einfiel. »Warum hat er mich denn nicht direkt angerufen? Ich habe ihm gestern eine SMS geschickt, dass ich mir frei nehme.«

»Nachdem er dich weder zu Hause noch auf dem Handy erreicht hat, hat er hier im Büro angerufen, weil er dachte, du seiest vielleicht doch hier.«

»Wieso hat er mich nicht erreicht?«, fragte Maria verständnislos. »Das hast du doch auch.«

»Grüß Perez von mir. Schön, dass er gut angekommen ist«, flötete Michelle und legte auf.

»Was?«

Verdutzt starrte Maria auf das Handy in ihrer Hand. Erst auf den zweiten Blick erkannte sie, dass es sich zwar um dasselbe Modell wie ihres handelte, es aber ganz offensichtlich nicht war. Ihres hing im Wohnzimmer am Ladegerät. Stöhnend ließ sie sich vornüber sinken.

Perez unter ihr hatte sich inzwischen auf den Rücken gedreht und gähnte.

»Hm?« Er tätschelte ihr den Hintern.

Maria gab ihm erst einen Klaps auf die Finger, schob dann das Handy zurück auf den Nachttisch und setzte sich dann mit angezogenen Beinen neben ihn. »Viele Grüße von Michelle. Sie freut sich, dass du gut angekommen bist.« Ihre Stimme triefte vor Sarkasmus.

Er sah erst sie an, dann folgte er ihrem Blick zu seinem Handy und brach in schallendes Gelächter aus.

»Maria?« Die Stimme ihrer Mutter kam von der Etage darunter. »Bist du wach? Weißt du, wem das Auto mit dem Kölner Kennzeichen in der Einfahrt gehört?«

Krampfhaft unterdrückte Maria ihr Lachen, sodass sie mit halbwegs ernstem Gesicht öffnen konnte, um ihrer Mutter mitzuteilen, dass Perez da sei, sie gleich runterkämen und pro forma zu fragen, ob das Auto denn im Weg stünde. Natürlich tat es das nicht.

Als sie die Tür wieder geschlossen hatte, lag Perez mit hinter dem Kopf verschränkten Armen immer noch im Bett. »Wie Gerüchte entstehen!«

»Ein Schnellkurs mit Perez Leibl.« Sie verdrehte die Augen. »Du kannst nach mir ins Bad, ich mache Frühstück und rufe Paul an.« Beinahe hätte sie sich das Nachthemd über den Kopf gezogen, doch im letzten Moment hielt sie inne und nahm sich stattdessen etwas zum Anziehen aus dem Schrank.

Perez, der sie beobachtet hatte, war aufgestanden und kam zu ihr. Er schob ihre Haare aus dem Nacken und vergrub seine Nase schnüffelnd wie ein Hund in ihrer Halsbeuge.

»Du riechst gut.«

Sie trat einen Schritt vor. »Ich leg dir Handtücher raus. Das Bad ist eine Etage tiefer.«

»Ich weiß«, sagte er.

Kurz darauf wurde Maria von ihrer Mutter in der Küche abgepasst. Sie kam sich vor wie vor 20 Jahren, als sie das erste Mal heimlich ihren Freund bei sich hatte übernachten lassen und ihre Mutter mit dem untrüglichen Instinkt einer solchen morgens ins Zimmer geplatzt war. Ihr fiel das Gespräch mit Zeilinger ein und sie unterdrückte den Impuls, sich zu rechtfertigen, sondern informierte ihre Mutter nur, dass Perez erst spät in der Nacht angekommen sei und mit ihr am Wochenende zu Franzi fahren würde.

»Ach so«, sagte Martha Ammon, wirkte allerdings wenig begeistert.

Nach den Geschehnissen auf der Bergkirchweih war sie immer noch unschlüssig, ob sie Perez Leibl eigentlich mochte oder nicht. Dass er mit ihrer Tochter anbandelte, war ihr offenbar gar nicht recht. Martha tat Maria allerdings den Gefallen und ließ sie allein in der Küche, sodass sie endlich Holzapfel anrufen konnte.

Nachdem zum zweiten Mal der Anrufbeantworter angesprungen war, schickte sie ihm eine SMS mit einer Rückrufbitte und legte das Telefon griffbereit auf den Tisch.

Dann erschien auch Perez. Obwohl sich ihre Eltern im Garten aufhielten, hatte Maria das Frühstück auf die Terrasse gebracht. Mit angestelltem Fuß machte es sich Maria auf dem Gartenstuhl bequem und schlürfte ihren Kaffee.

»Konntest du ein bisschen schlafen?«, erkundigte sich Perez, der sich mit gesundem Appetit über das Krustenbrot hermachte, nachdem er Martha und Hermann begrüßt hatte.

»Hm«, machte Maria. »Schön, dass du da bist.«

Er hatte gerade abbeißen wollen, hielt inne und blickte sie an. Er lächelte nur, dann aß er weiter.

Während nun auch Maria zu frühstücken begann, erzählte sie ihm alles. Wirklich alles, ohne irgendwelche Auslassungen.

»Also du glaubst an einen Zusammenhang zwischen all diesen Fällen«, fasste Perez Marias Gedankengang zusammen.

»Vielleicht nicht zwischen allen«, schränkte Maria ein. »Aber du kennst doch dieses Gefühl.« Sie hob ihren kleinen Finger. »Es ist einer von diesen Eisberg-Fällen, bei denen lauter kleine Eisberge an der Oberfläche herumtreiben. Man sieht gar nicht, dass sie unter Wasser alle zu ein und demselben großen Eisberg gehören.«

»Ja, die kenne ich auch«, erwiderte Perez lakonisch.

»Aber ich hab das Gefühl, einen Knoten im Hirn zu haben.«

»Dann müssen wir den zuerst zerschlagen«, riet Perez. »Schwerter eignen sich für so etwas doch ganz gut. Also fangen wir mit denen an. Such doch mal nach dieser Tarotkarte.«

Maria holte ihr Tablet. Nach kurzer Zeit reichte sie es Perez. »Bingo!«

Mit den Begriffen ›Tarot‹ und ›As der Schwerter‹ hatte sie eine Website gefunden, auf der alle Tarot-Karten aufgezeigt waren. Sie fand sogar noch weitere passende Abbildungen.

»Drei der Schwerter – das Herz, das von drei Schwertern durchbohrt wird.« Sie deutete auf die Abbildung der entsprechenden Karte. »Das war auf das Klopapier gezeichnet, das neben Dirk Gottwald lag. Es waren keine Pfeile. Und da, Ritter der Schwerter und Bube der Schwerter. Die eine habe ich als Zeichnung am Kalvarienberg gesehen, an dem der Radfahrer gestürzt ist, und die andere lag unter dem Verpflegungstisch an der Lände.«

»Aber es existiert keine mehr von diesen Zeichnungen?«

»Nein.« Maria hieb sich mit der Faust in die Handfläche. »Ich habe Eisenbeiß aus Schwabach davon erzählt, gleich nach der Challenge, aber soviel ich weiß, ist nichts dabei rausgekommen.«

Perez tippte auf dem Tablett herum. »Im alten Testament wird erstmals ein Schwert nach der Vertreibung aus dem Paradies erwähnt«, las er vor. »Es wird von zwei Engeln bewacht und verschließt für die Vertriebenen den Eingang zum Paradies. Das As der Schwerter symbolisiert im Tarot einen scharfen Verstand, einen starken Willen und ein unaufhaltsames Schicksal. Es ist die wichtigste Offensivwaffe. Der Bube der Schwerter wirbelt mit seinem Schwert durch die Luft und ergreift die Initiative. Den Ritter der Schwerter kann nichts aufhalten, seine Rüstung schützt ihn, sein roter Umhang betont seine Stärke und Macht. Nichts kann ihn von seiner Mission ablenken. Wer nicht für ihn ist, ist gegen ihn.« Perez stieß die Luft aus. »Da hat wer zum Angriff geblasen.«

»Schaut ganz danach aus.« Sie nahm das Tablet und speicherte die entsprechende Seite offline ab.

Das Telefon klingelte. Es war Holzapfel, der sich kaum mit der Begrüßung aufhielt. »Wir treffen uns in einer halben Stunde in der Maximilianstraße.«

Marias Herz setzte einen Schlag aus. »In Ordnung.« Sie legte auf.

»Das ging aber schnell«, wunderte sich Perez.

»Ich treffe Paul in einer halben Stunde in Andreas Wohnung. Kommst du mit?«

»Musst du das wirklich noch fragen?«

KM 175,2 – RAD

»Sehr heimelige Gegend«, fand Perez, als Maria direkt gegenüber vor dem U-Bahnhof Maximilianstraße auf den Bürgersteig fuhr.

»Es gibt schlimmere.«

Das Haus lag direkt an der Kreuzung zweier vierspuriger Straßen, der Lärm der vorbeifahrenden Autos erfüllte die Luft ebenso wie die Abgase. Es gab Maria einen Stich, wenn sie an ihre schöne Altbauwohnung in St. Jobst dachte, die Andreas nach ihrem Auszug nicht hatte halten können. Dies hier war kein Vergleich und Lichtjahre von dem entfernt, was er sich immer gewünscht hatte.

Vor der Haustür blieb Maria stehen und sah die Fassade hinauf. Perez legte den Arm um ihre Schultern und drückte einen Kuss auf ihren roten Schopf.

»Komm«, sagte er nur.

Gemeinsam stiegen sie hinauf in die vierte Etage, wo Holzapfel bereits in der Diele auf sie wartete. Die Eingangstür hatte er nur angelehnt. Er und Perez reichten sich die Hand.

»Schön, dass du kommen konntest, Perez.«

»Ich frage jetzt nicht, warum du davon wusstest, ich aber nicht«, bemerkte Maria sarkastisch.

Diese Wohnung von Andreas hatte sie noch nie betreten. Seit ihrer Trennung war er mehrmals umgezogen und seit geraumer Zeit hatte sie Franzi entweder nur noch vor der Tür abgesetzt oder sie fuhr gleich allein mit öffentlichen Verkehrsmitteln, wenn sie ihren Vater besuchen wollte – was zunehmend seltener vorgekommen war.

Andreas' Wohnung war weder besonders unordentlich noch besonders aufgeräumt. Den Großteils seines Mobiliars hatte er vermutlich gebraucht gekauft, denn es wirkte zusammengewürfelt. Es gab keine Pflanzen, wenig Dekoration; insgesamt verströmte die Wohnung den Charme einer Studentenbude. Ein Domizil, aber kein echtes Heim.

Wortlos sah sich Maria um. Von der Diele zweigten drei Räume ab. Die Küche war klein und schien wenig benutzt. Im winzigen Bad gab es eine Badewanne, in der ein Erwachsener nicht mal die Beine ausstrecken konnte. Im Wohnzimmer nahm ein großer Eckschreibtisch den meisten Platz ein. Darüber an der Wand hing eine dick mit Zetteln, Bildern und anderem Aufbewahrenswerten tapezierte Pinnwand. Langsam ging sie an den Regalen vorbei, die eine ganze Wand bedeckten. Bücher, Ordner, Zeitschriften stapelten sich mehr oder weniger systematisch darauf. Auf dem Sofa lagen eine Wolldecke und mehrere Kissen. Es roch schwach nach kaltem Zigarettenrauch. Ein Aschenbecher stand auf dem Fenstersims. Seit wann hatte Andreas geraucht?

Unvermittelt hielt sie inne. Auf dem Regal, sodass es nicht gleich ins Auge fiel, stand ein Bild. Das letzte Familienbild vor ihrer Trennung, dass sie bei einem Fotografen hatten anfertigen lassen, um es den Großeltern zu schenken. Maria besaß auch eins, aber das klebte in irgendeinem Album. Dieses hier war gerahmt. Daneben lagen ein paar alte Zeichnungen von Franzi, sorgsam datiert und beschriftet von Andreas. Maria nahm das gerahmte Foto vom Regal. Auf der Rückseite klebte mit breitem Tesafilm befestigt Andreas' Ehering.

Maria schniefte. Holzapfel wartete im Türrahmen, doch Perez war ihr gefolgt, sodass sie sich an seine Schulter lehnen konnte.

»Scheiße«, sagte sie leise.

Er sagte nichts, sondern hielt sie fest, bis sie sich wieder gefangen hatte.

Schließlich atmete sie tief durch. »Er wurde im Schlafzimmer gefunden, oder?«

Mit einer wegweisenden Geste deutete Holzapfel auf die Tür, die vom Wohnzimmer aus dorthin führte.

Im Schlafzimmer gab es nichts, außer einem breiten Bett, dessen Bezüge sich vermutlich in der KTU befanden, einem Schiebetürenschrank, dessen mittlere Tür aus einem großen Spiegel bestand, und einem Nachttisch. Maria trat an das Bett. Die bräunlich roten Flecken auf der blanken Matratze hätten alles Mögliche sein können, doch sie hatte schon viel zu oft Blutspuren auf Stoff gesehen, um sie nicht zu erkennen.

Sie fuhr zu Paul herum, der in einer abwehrenden Geste die Hände erhoben hatte. »Ja, ist es. Aber daran ist er nicht gestorben.«

»Dafür ist es auch viel zu wenig«, antwortete sie bissig. »Warum hast du mir das nicht erzählt?«

»Weil es einige Ungereimtheiten gibt. Aber ich wollte dich nicht zusätzlich damit belasten, bis ich nicht wenigstens ein paar gesicherte Ergebnisse habe.«

Maria gab einen ungeduldigen Laut von sich. Sie war Holzapfel nicht ernsthaft böse, konnte ihn sogar verstehen, aber jetzt war es an der Zeit für die Wahrheit. »Also?«

»Seine Hände waren mit Handschellen auf dem Rücken gefesselt, er hatte eine Plastiktüte über dem Kopf, die mit Klebeband an seinem Hals befestigt war und ein winziges Loch an seinem Mund aufwies. Willst du die Bilder sehen?«

Einen Moment lang hatte sie das Bedürfnis zuzustimmen, doch dann schüttelte sie den Kopf. Ihre Fantasie reichte aus, sich das vorzustellen. Später, wenn er nach der Obduktion vom Bestatter hergerichtet und aufgebahrt war, würde sie zusammen mit Franzi, ihren und seinen Eltern von ihm Abschied nehmen.

Paul, der sie beobachtet hatte, nickte. »Weil er auf dem Bauch lag, haben wir es zuerst nicht gesehen, aber auf seiner Brust waren eine Reihe Schnitte. In der S/M-

Szene gibt es diese Praktik, sich von dem dominanten Part schneiden zu lassen. Die Schnitte wurden ihm in jedem Fall vor seinem Tod zugefügt.«

In einem langen Atemzug stieß Maria die Luft aus. »Und weiter?«

»Wer auch immer das war, hat sich viel Mühe gegeben, keine Spuren zu hinterlassen. Er muss mindestens Handschuhe getragen haben oder sogar einen Anz…«

»Er?«, hakte Perez sofort ein.

»Er«, bestätigte Paul und sah Maria fest in die Augen. »Das Kondom haben wir in seinem … Na ja, er hatte Analverkehr. Das sagt auch der Gerichtsmediziner, denn es gab Spuren von Sperma.«

»Von … wie bitte?« Entgeistert schaute Maria Holzapfel an, dann brach sie in zynisches Gelächter aus. Es war surreal. Alles war surreal. Abrupt drehte sie sich herum, verließ den Raum, trat an das Fenster im Wohnzimmer und öffnete es.

Schwülwarme Luft und Verkehrslärm schlug ihr entgegen. Der Himmel war nicht mehr so blau wie am Morgen und der Wetterbericht schien recht zu behalten, denn die Atmosphäre war aufgeladen mit den angekündigten Gewittern. Oder lag es an ihr selbst?

»Wurde er vergewaltigt?«, fragte Perez gerade sachlich.

»Soviel wir anhand der Spurenlage und der Obduktionsergebnisse beurteilen können, nein. Inwiefern es einvernehmlich war, ist allerdings nicht zu sagen. Vielleicht wurde er bedroht und hat sich einfach nicht gewehrt.«

Obwohl die anderen es nicht sehen konnten, nickte Maria. Mit Blick auf den Aschenbecher sagte sie laut:

»Paul, Andreas hat sich verändert und ich glaube viel, aber weder, dass Andreas Sex mit einem *Mann* hatte, noch *freiwillig* der devote Teil eines BDSM-Spielchen gewesen sein soll.«

»Ich weiß«, sagte Holzapfel. »Maria, sieh dir bitte diese Fotos an.«

Auf dem Schreibtisch hatte er welche ausgebreitet, als Maria mit verschränkten Armen herantrat. »Wer ist das?« Sie deutete auf das Foto einer nicht mehr ganz jungen, rothaarigen Frau, die freundlich in die Kamera lächelte.

»Seine Freundin.«

»Das ist nicht die Frau von Sonntag.«

Sie wandte ihre Aufmerksamkeit zu dem Foto, das nur den Ausschnitt von einer Brust zeigte. Andreas' Brust. Sie schluckte und versuchte diese Tatsache auszublenden, um sich auf das Wesentliche zu konzentrieren. Die Schnitte, die darauf zu sehen waren.

Ihr stockte der Atem. »Das habe ich schon mal gesehen!«

Mit den Fingerspitzen zog sie vorsichtig die Linien nach. Auf der einen Seite der Brust ein m in Schreibschrift, ein Kringel sowie das Zeichen für männlich. Alles akkurat und mit offenbar sehr scharfer Klinge in die Haut geritzt. Dazwischen die Umrisse eines aufrecht stehenden Schwertes. Um die Schwertklinge zu verdeutlichen, war die Haut dort oberflächlich entfernt worden.

»Wo?«

Sie hob die Hand. »Habt ihr irgendwo eine Tarotkarte gefunden?«

»Eine Tarotkarte?« Verständnislos blickte Holzapfel sie an.

»Oder eine Zeichnung mit einem oder mehreren Schwertern darauf?«

Holzapfel rieb sich die Glatze. »Nein.«

»Hm …« Maria scannte rasche die Pinnwand, den Schreibtisch, zögerte kurz, doch dann nahm sie den Stapel mit Franzis Zeichnungen vom Regal. Es waren eine Menge Blätter, 20 mindestens. Eins nach dem anderen sah sie durch, bis sie fündig wurde. Sie hielt es so, dass die Männer es sehen konnten.

»*Kuss emek!*«, entfuhr es Perez.

»Was ist das?«, fragte Paul.

»Nichts, das Franzi gezeichnet hat.« Sie drehte das Blatt herum, doch im Gegensatz zu den anderen fand sich nirgendwo Andreas' Handschrift mit dem Datum.

Die Zeichnung war mit Buntstiften gezeichnet und unterschied sich daher auf den ersten Blick kaum von den anderen. Leicht zu übersehen, wenn man nicht danach suchte. Ein mit wenigen Strichen skizzierter Mensch lag auf der braunen Erde, dahinter etwas, das man als ungenau gezeichneten Gartenzaun ansehen konnte, das jedoch bei näherem Hinsehen auch als zehn Schwerter durchging. Der Mensch lag jedoch nicht davor, wie man glauben konnte, sondern wurde von allen zehn Waffen durchbohrt. Im Hintergrund waren eine karge Berglandschaft zu sehen, der Himmel war dunkel und bedrohlich, nur am Horizont war ein Lichtstreifen.

Perez hatte derweil sein Handy gezückt und zeigte es Maria und Paul. »Treffer! Die Zehn der Schwerter.«

Paul nahm das Handy und kniff die Augen zusammen, um das Bild darauf aus dem richtigen Abstand betrachten zu können. Maria zeigte ihm auch die Abbildung der anderen Tarotkarten.

»Leider existiert keine von den drei Zeichnungen mehr. Auf einer von ihnen standen die Zahlen 3, 4 und 5, und ein J.« Sie rieb sich die Nasenwurzel, um sich zu erinnern. »In der Toilettenkabine, in der Dirk Gottwald gefunden wurde, lag Klopapier, auf dem die Zeichen standen, die auch auf Andreas' Brust eingeritzt wurden. Es war noch etwas auf das Papier gemalt, aber das war schon unleserlich.«

»Ja da leckt's mi doch am Oarsch!« Holzapfel ließ sich auf das Sofa sinken. »Eine Serie?«

»Eine ohne brauchbare Beweismittel.« Perez setzte sich neben Holzapfel.

Marias Gehirn lief auf Hochtouren. Vom Regal ging sie zur Tür, blieb stehen, drehte sich herum, marschierte zum Fenster und wieder zur Tür. Das Wohnzimmer bot nicht viel Platz, doch sie konnte am besten denken, wenn sie sich bewegte.

»M«, murmelte sie. »M wie … Marko. Marko Rohrbeck. Könnte das ein ›R‹ sein?« Sie warf einen Blick auf das Foto. »Schwer zu sagen.«

»Schön blöd, seine Initialen auf dem Opfer zu hinterlassen«, meinte Perez.

»Und warum ausgerechnet Andreas?«, warf Holzapfel ein. »Das steht in keinem Zusammenhang.«

»Rorbeck.« Maria schloss die Augen, um ihn sich besser vorstellen zu können.

Der blonde Mann, mit den femininen Gesichtszügen. Ihr fiel ein, dass er ihr bekannt vorgekommen war. Da sie mit vielen Menschen zu tun hatte, hatte sie dieses Phänomen häufiger und meist stellte es sich als Trugschluss heraus, weil jemand einer anderen Person einfach nur ähnlich sah. Meistens.

Sie öffnete die Lider. »Als ich Dirk Gottwald gefunden habe, könnte er im Waschraum gewesen sein!«

»Wer?«

»Rorbeck. Dirk Gottwalds Lebensgefährte. Und möglicherweise auch am Kalvarienberg – obwohl …« Sie versuchte sich den Mann ins Gedächtnis zu rufen. »Ich weiß es nicht. Aber wenn es so wäre, hätte Rorbeck gelogen und wäre schon am Abend nach Eckersmühlen gekommen. Aber warum soll er seinen Freund umgebracht haben? Sie waren dabei sich zu versöhnen und wollten heiraten.«

»Vielleicht hat er dabei auch gelogen«, meinte Perez. »Oder sie haben doch BDSM praktiziert, sie hatten Versöhnungssex mit Extra-Kick an einem öffentlichen Ort – es soll ja vorkommen, dass Leute auf so etwas stehen – und dabei hat er Gottwald versehentlich getötet.«

Langsam begann Maria wieder ihre Runden durch das Wohnzimmer zu ziehen. »Richtig.«

»Oder Rorbeck hat seinen Freund im Affekt getötet, weil er …« Perez überlegte kurz, »… weil er zum Beispiel wütend war. Sie könnten sich gestritten haben.«

»Wäre dann der Streit nicht gehört worden?«, warf Holzapfel ein.

»Wahrscheinlich«, sagte Maria. »Aber vergiss nicht, was an dem Abend dort los war. Er könnte also wütend gewesen sein und stranguliert seinen Freund etwas zu fest bei ihrem Spiel – absichtlich oder nicht, es passiert.

Die Sportler am nächsten Tag waren dann vielleicht nur zufällig ausgewählt – als Racheakt am Sport, der seinen Geliebten umgebracht hat. Einen Radfahrer am Kalvarienberg zu Fall zu bringen ist nicht weiter schwierig. Und der Läufer wurde mit Eisenhut vergiftet. Rorbeck kennt sich mit Pflanzen aus, denn er hat eine Gärtnerei.«

»Aber warum dann Andreas?«, warf Holzapfel ein.

Eine Weile starrten alle nur wortlos vor sich hin. Auf der Straße hörte man einen Einsatzwagen mit Martinshorn vorbeifahren. Der Sound eines Motorrads röhrte. In der Ferne grollte der erste Donner.

»Das ergibt doch keinen Sinn«, sagte Maria. »Wenn er selbst Dirk umgebracht hat, wieso streitet er dann ab, dass Dirk BDSM praktiziert hat? Er hätte sagen können, dass Dirk diese Neigung hatte, er sie aber ablehnte und sie sich deswegen oft stritten. Niemand außer Dirk wusste anscheinend, dass Rorbeck nach Eckersmühlen gekommen ist. Ein perfektes Alibi. Warum sollte Rorbeck dann darauf bestehen, dass ich den Mörder finde? Er hätte froh sein sollen, dass Eisenbeiß die Mordtheorie nicht weiter verfolgt hat.«

»Vielleicht hat er einfach nicht so weit gedacht? Viele Täter sind nicht so gewieft, wie sie glauben zu sein«, meinte Paul. »Auch, wenn ich dir recht gebe.«

»Also haben wir vielleicht zwei Täter«, stellte Perez fest. »Rorbeck, der Dirk aus Versehen umgebracht hat, und einen anderen, der Andreas auf dem Gewissen hat.«

»Und immer noch keine Beweise, sondern nur Spekulationen.« Holzapfel schlug sich auf die Oberschenkel. »Sapperlot!«

Maria hatte ihre Wanderung aufgegeben und sah aus dem Fenster. Blitze zuckten über den Himmel, dessen dunkle Wolken bedrohlich aussahen.

»Lass uns zu Rorbeck fahren«, sagte Perez. »Ich bin ein Schwabacher Kollege und habe ein paar Fragen an ihn.«

Holzapfel stand auf. »Aber schreckt ihn nicht unnötig auf. Und bringt mir eine DNA-Probe mit. Es ist mir egal, wie ihr das anstellt, notfalls müssen wir später eben noch eine offizielle von ihm nehmen.«

Mit erhobenen Brauen sah Maria zuerst Holzapfel, dann Perez an. »Du färbst ab.«

»Ich? Warum?«

»Illegale Ermittlungen außerhalb unserer Zuständigkeit.«

»... machen viel mehr Spaß.« Perez rieb sich die Hände.

Marias Blick fiel in Richtung Schlafzimmer. »Wie man's nimmt. Aber etwas Besseres fällt mir auch nicht ein.«

KM 181,4 – RAD

Maria hatte das Bild der ›Zehn der Schwerter‹ mit ihrem Handy fotografiert und Paul hatte es in einen Beweismittelbeutel gesteckt. Während Perez fuhr, betrachtete Maria das Foto Stück für Stück in der Vergrößerung.

»Hier steht was.« Stirnrunzelnd legte sie erst den Kopf

schief, veränderte dann den Winkel des Handys, vergrößerte und verkleinerte.

»Teilst du mir gelegentlich auch mit, was da steht?«, erkundigte sich Perez, als Maria nicht weiterredete.

»Hm.« Sie blinzelte. »A, R, … dann weiß ich's nicht. Dann vielleicht ein N oder M … und noch mal … hm … ein A ….«

»Ein Name?«

»Wahrscheinlich …« Schon hatte sie Holzapfels Nummer gewählt. »Paul? Auf dem Bild steht ein Name … ja, schau mal in die Schwertknäufen nach, da sind Buchstaben. Man sieht sie kaum, weil sie mit derselben Farbe gemalt sind. Kannst du das sehen?« Sie schwieg eine Weile, in der Holzapfel anscheinend versuchte, das zu entziffern. »A,R,O … N. Aron, ja, das könnte sein und dann? M, A … ja, so weit war ich auch schon … bis später.« Sie stieß die Luft aus. »Er versucht herauszufinden, ob Andreas einen Aron Irgendwas gekannt hat. Mir sagt der Name nichts.«

Maria starrte aus dem Fenster. Schließlich tippte sie noch einmal auf ihrem Handy herum und hielt es sich schließlich ans Ohr. »Michelle? Hast du viel zu tun?« Sie lauschte. »Das ist die gerechte Strafe! Du sollst dich nicht in anderer Leute Leben einmischen! Hör zu, ich hab dir gerade ein Bild auf dein Handy geschickt. Darauf sind unter anderem zehn Schwerter. Schau bitte, ob du die Buchstaben in den Knäufen entziffern kannst und ob sie einen sinnvollen Namen ergeben. … ja, dann schick ihn mir … nein, dir den Grund zu erzählen ist zu lang für's Telefon … ja, ich versprech's dir … gut, bis später.« Sie legte auf. »Sechs Augen sehen mehr als zwei.«

»Sie wird dir fehlen, oder?«, fragte Perez. »Wenn sie weg ist.«

»Ja, sehr.«

Er langte rüber, um Marias Wange zu streicheln. Dann musste er schalten, weil sie auf die Autobahn auffuhren.

Von der Umgehungsstraße fuhren sie nach Herzogenaurach hinein und bogen kurz vor der Altstadt nach rechts in die Goethestraße. Unmittelbar vor der Gärtnerei war ein Parkplatz frei. Schon als sie ausstiegen, sahen sie Rorbeck an einem Tisch im ersten Gewächshaus junge Pflanzen pikieren. Sie gingen hinein.

»Hallo, Herr Rorbeck!«

Rorbeck reagierte nicht. Maria tippte ihm leicht auf die Schulter. Erschrocken fuhr er zusammen, erst da sah Maria, dass er Ohrstöpsel trug.

Er zog sie heraus. »Frau Ammon!«

»Verzeihung, ich wollte Sie nicht erschrecken«, sagte Maria.

Rorbeck fasste in seine Schürzentasche, in der das Kabel des Kopfhörers verschwand. »Das passiert mir andauernd. Wenn ich hier mit den Pflanzen arbeite und Musik höre, dann kann ich am besten abschalten.« Fragend sah er Perez an.

»Ähm … das ist mein Kollege …«

»Georg Wiesinger. Von der Kripo Schwabach.« Perez streckte Rorbeck die Hand entgegen.

Die Lüge ging ihm gewohnheitsmäßig glatt von den Lippen, außerdem war Georg Wiesinger einer der Decknamen, die Perez regelmäßig benutzte, wenn er seinen eigenen nicht nennen wollte.

»Kripo Schwabach?« Rorbecks Augen verengten sich, als er Perez' Händedruck erwiderte. »Ich glaube, wir hatten noch nicht das Vergnügen, Herr Wiesinger. Bis jetzt hatte ich meistens mit Herrn Eisenbeiß zu tun.«

»Oh ja, das stimmt. Herr Eisenbeiß ist mein Vorgesetzter und momentan in Urlaub«, erklärte Perez, wobei er ein vielsagendes Lächeln aufsetzte.

Zwei Sekunden lang musterte Rorbeck Perez von Kopf bis Fuß, dann breitete sich ein Lächeln auf seinem Gesicht aus. Was auch immer Rorbeck sich bei dieser Bemerkung gedacht hatte, es schien genau das Richtige zu sein, denn er schien sehr zufrieden mit der Tatsache, dass es nicht Eisenbeiß war, den Maria angeschleppt hatte. »Also, Herr Wiesinger. Was kann ich für Sie tun?«

»Nun, für Ihre Mord-Theorie fehlen uns leider schlüssige Beweise.« Perez machte ein unglückliches Gesicht. »Ich versuche, mir einen Überblick zu verschaffen, daher würde ich Ihnen gern ein paar Fragen stellen.«

»Sind Sie denn nicht mit dem Fall vertraut?« Rorbeck sah skeptisch drein.

»Doch, natürlich«, beruhigte ihn Perez. »Aber durch einen weiteren Mordfall haben sich ganz neue Aspekte ergeben.«

»Welche neuen Aspekte?«

»Wir wissen, dass wir nach einem blonden, mittelgroßen Mann um die 30 suchen«, erklärte Perez und beschrieb damit im groben Rorbeck selbst. »Er ist schlank, vermutlich homosexuell und eine deutliche Neigung zu BDSM.«

»Oh Gott!« Rorbeck schlug sich mit der Hand vor den Mund. »Sind Sie sicher?«

»So gut wie«, behauptete Perez ernst.

»Ich wusste es. Ich *wusste* es!«

»Was denn?«, fragte Maria freundlich.

»Dirk. Er hatte nie – wirklich *nie* – irgendwelche derartigen Neigungen. Es muss jemand sein, der ihn … den er …« Er brach ab. Schluckte. »Er hatte einen anderen«, presste Rorbeck schließlich mit Tränen erstickter Stimme hervor. Er hielt seinen Handrücken unter die Nase. »Ich wollte es nicht glauben. Wochenlang habe ich die Augen davor verschlossen, aber es war so!«

»Woher wussten sie das?«

Er schniefte. Hilfsbereit reichte Perez ihm ein Taschentuch. »Würden Sie es nicht spüren, wenn Ihr Lebensgefährte nicht mehr mit dem Herzen bei Ihnen ist?« Er putzte sich die Nase.

Maria hätte gern widersprochen, denn Andreas hatte sie jahrelang betrogen, ohne dass sie es bemerkt hatte. Aber sie unterließ es.

»Seit ein paar Wochen war er verändert. Er wirkte … wie frisch verliebt. Ich bin sicher, es war jemand, der seine *Leidenschaft* für den Sport teilte.« Als sei es etwas Verwerfliches, spuckte Rorbeck das Wort geradezu aus.

»Wissen Sie, wer es war?«, erkundigte sich Maria.

Kopfschüttelnd feuerte er das Taschentuch in einen Abfalleimer, der unter dem Tisch stand. »Nein, aber ich hätte es herausgefunden. Beinahe. Aber ich … es war zu spät.« Diesmal kniff er die Augenlider fest zusammen, um die Tränen zurückzudrängen, was ihm auch gelang.

»Sie waren in Eckersmühlen an dem Abend, als Dirk starb«, sagte Perez. »Sie sind gesehen worden!«

Ein Ausdruck der Angst huschte über Rorbecks Miene. Dann hatte er sich wieder im Griff. »Das müssen Sie mir beweisen!« Er klang trotzig.

»Herr Rorbeck«, beschwichtigte Maria. »Wir wollen herausfinden, was an diesem Abend wirklich passiert ist. Wahrscheinlich gibt es einen Täter, der häufiger auf diese Art mordet, aber das können wir nur herausfinden, wenn wir sicher sein können, dass *Sie* es nicht waren.«

Verzweifelt rang Rorbeck die Hände. »Ja, ich … ich war dort. Ich wollte wissen, ob es stimmt. Ich wollte wissen, ob er … ob er jemand anderen hat.«

Erwartungsvoll sah Maria ihn an. Nach einer Weile seufzte Rorbeck. »Ich bin herumgelaufen und habe ihn gesucht. Ich wollte nicht, dass Jacky mich sieht, damit sie ihm nicht erzählt, dass ich ihm nachspioniere. Ich habe ihn nicht gesehen, weder allein noch mit jemand anderem. Schließlich bin ich ein letztes Mal in die Waschräume gegangen, anschließend wollte ich zum Wohnmobil gehen und ihn zur Rede stellen. Ich weiß, er wäre böse gewesen, weil ich ihm den Wettbewerb verdorben hätte, aber ich konnte einfach nicht mehr warten. Ich wollte es wissen! Können Sie das verstehen?«

»Natürlich«, sagte Maria. »Also waren Sie tatsächlich im Waschraum, als wir ihn gefunden haben?«

Rorbecks Unterlippe zitterte. Er brachte nur ein knappes Nicken zustande. »Ich war da, aber er war schon längst … längst …« Er schlug die Hände vor das Gesicht und rannte fluchtartig davon.

Perez bückte sich, um das Taschentuch aus dem Abfall zu angeln. Mit spitzen Fingern steckte er es in die Plastikverpackung, aus der er zuvor die anderen entfernt und lose in seine Tasche gesteckt hatte. Maria holte ihr Handy aus der Tasche, das schon seit geraumer Zeit immer wieder hartnäckig gebrummt hatte.

»Endlich gehst du ran«, sagte Michelle vorwurfsvoll, als Maria ihn entgegennahm. »Ich hab schon ganz oft versucht.«

»Tut mir leid, wir … ich war gerade beschäftigt.«

»Ist Perez bei dir?«

Der bedeutete Maria gerade, dass er Rorbeck folgen wollte. Maria nickte zustimmend.

»Jaha«, sagte Maria gedehnt. »Und wir sind gerade in einer Gärtnerei, falls du es genau wissen willst.«

Michelle kicherte. »Will ich. Immer. Aber jetzt mal im Ernst, ich hab den Namen.«

»Wirklich? Wie heißt er?«

»Aron Mayer – mit ay und …«

»Du bist ein Schatz. Danke! Bis spä…«

»Ich bin noch nicht fertig!«, beschwerte sich Michelle. »Weil du nicht rangegangen bist, hab ich Paul angerufen und ihm den Namen auch schon mitgeteilt.«

Maria stutzte. »Wie bist du darauf gekommen?«

»Weil du bei solchen Angelegenheiten immer mit Paul sprichst und siehe da, er kannte die Zeichnung und hat sich sehr gefreut, weil er noch keine Zeit dazu gehabt hat. Aber bevor du dich jetzt wieder bedankst und auflegen willst, noch etwas.«

»Was?«

»Paul hat mich gebeten, nach dem Namen zu recherchieren und Gott sei Dank ist das kein besonders gängiger

Name. Ich habe niemanden in Nürnberg und Umgebung gefunden, der wirklich so heißt. Im Moment zumindest. Unser Computer hat allerdings jemanden ausgespuckt, der so *hieß*.«

»Ich verleihe dir den Titel goldene Spürnase!« Maria grinste. »Spann mich nicht auf die Folter!«

»Leider existiert nur ein knapper Eintrag im System«, dämpfte Michelle ihre Erwartungen, »weil der Fall schon über 20 Jahre zurückliegt. Die Akten sind bei der Kripo Ansbach gelagert, daher kann ich dir nicht viel sagen: Ein Jugendlicher ist damals spurlos verschwunden. Er war knapp 18, hieß Aron Mayer und wohnte in Neustadt an der Aisch. Man ging damals von einem Mordfall aus, weil seine Kleidung in der Aisch gefunden wurde. Er ist nie wieder aufgetaucht.«

»Aus Neustadt«, murmelte Maria. »Ich glaube, da klingelt was bei mir. Das hat doch ganz groß in den Zeitungen gestanden.«

»Wahrscheinlich. Ich dachte, ich frag einfach mal Zeilinger, weil er doch ungefähr in deinem Alter ist und dir erzählt hat, dass er in Neustadt aufgewachsen ist. Aber er ist ins Präsidium gefahren. Ich weiß nicht, ob er heute noch mal reinkommt.«

»Horch zu, Spürnase, ich hätte da noch was für dich.«

»Schieß los!«

»Erinnerst du dich an diese Zeichnung, die ich am Kalvarienberg gefunden habe?«

»Dunkel. Was ist damit?«

»Diese Zeichnung gehört zu einem Tarotkartensatz und nennt sich der Ritter der Schwerter. Auf der Zeichnung stand etwas. Ein J und Zahlen, 345, glaube ich. Könntest du versuchen herauszufinden, was es damit auf sich hat?«

»Erzählst du mir auch warum?«

Einen Moment lang schwieg Maria, doch dann sagte sie. »Es gibt Zusammenhänge zwischen den Toten bei der Challenge und Andreas. Ein möglicher Beweis wären diese Zeichnungen gewesen, aber die existieren nicht mehr und wir versuchen jetzt ... Na ja, das Ganze etwas anders anzugehen.«

»Okay«, antwortete Michelle gedehnt. Ihr war anzuhören, dass sie gern weiter nachgebohrt hätte, doch sie hielt sich zurück, also verabschiedeten sie sich.

Während des Gesprächs hatte Maria die Gärtnerei verlassen und wartete nun auf der Straße, bis Perez zu ihr stieß. Es dauerte nicht lange.

»Rorbeck ist völlig aufgelöst«, erzählte Perez. »Ich habe ihm gesagt, wir würden uns wieder bei ihm melden.«

»Glaubst du, er war's?«

»Ich weiß es nicht. Wenn ja, ist er ein genialer Schauspieler. In jedem Fall solltest du Eisenbeiß drauf ansetzen. Und wir haben eine Probe von ihm.«

Mehr blieb nicht zu tun, daher erzählte Maria ihm von den Neuigkeiten, die Michelle herausgefunden hatte. »Erinnerst du dich an den Fall?«

Perez schüttelte den Kopf. »Überhaupt nicht. Vielleicht war ich damals gerade in Tel Aviv. Ich bin dort ein Jahr zur Schule gegangen.«

»Einzelheiten weiß ich leider nicht mehr ... so ein Mist. Zeilinger ist aus Neustadt, aber der ist im Präsidium.

Wir könnten in Ansbach Akteneinsicht nehmen, aber das schaffen wir heute nicht mehr.«

»Was hältst du davon, Zeilingers Mutter zu befragen? Vielleicht erinnert sie sich noch daran«

»Das dürfte schwierig werden, Perez. Sie ist dement.«

»Leute mit Demenz oder Alzheimer vergessen das, was in der Gegenwart passiert, aber häufig können sie sich noch gut an Dinge erinnern, die viele Jahre zurückliegen. Versuchen wir es. Viel mehr Möglichkeiten haben wir momentan nicht.«

KM 182,3 – RAD

Es regnete in Strömen, als sie auf demselben Parkplatz am Jugendtreff Lazarett parkten, auf dem Maria bereits am Vorabend ihr Auto abgestellt hatte. Maria war froh über den Regenschirm, den sie immer im Kofferraum liegen hatte, denn die Straße »Bei der Freiung«, in dem Christel und Josef Zeilinger wohnten, lag ein paar Dutzend Meter rechts hinter dem Nürnberger Tor. Die Häuser erweckten den Anschein eines zusammengewürfelten Haufens bunter Steine. Die meisten waren sehr alt, doch einige hatten neuere Anbauten. Nach 30 Metern beschrieb das schmale Sträßchen, auf dem keine zwei Autos nebeneinander passten, einen 90° Winkel. Das Haus der Zeilingers war ein Fachwerkhaus, das eingebettet zwischen den umstehenden Häusern wirkte, als würde es ohne deren Stütze jeden Moment umfallen.

»Vielleicht hätten wir besser anrufen sollen«, meinte Maria, als sie gemeinsam unter dem Regenschirm davor standen.

»Und dann?«, erwiderte Perez. »Falls sie nicht da ist, fahren wir in die Dienststelle der örtlichen Polizei und fragen die Kollegen nach diesem Aron Mayer. Ganz direkt und simpel. Manchmal ist das das Allerbeste.«

»Wenn du das sagst.« Maria streckte die Hand nach dem Klingelknopf aus und betätigte ihn. Drinnen ertönte ein Läuten.

»Momeheeent!«

Kurz darauf öffnete sich die Tür einen Spalt. »Ja, bitte?«

Maria stellte sich so, dass Christel Zeilinger sie gut sehen konnte. »Hallo, Christel. Erinnern Sie sich noch an mich? Gestern Abend habe ich mit Ihrem Sohn zusammen auf dem Marktplatz gegessen.«

Christel riss die Tür auf. »Maria! *Das As der Schwerter!*« Diesmal trug sie eine mit Blumen bedruckte Schlaghose in kanariengelb und darüber eine weite, giftgrüne Tunika. Ihre Haare hatte sie zu einem lockeren Dutt aufgesteckt.

»Ähm … ja. Genau.« Maria lächelte. »Ich möchte Sie gern etwas fragen. Dürfen wir vielleicht reinkommen? Das ist übrigens …«

»Georg Wiesinger.« Perez streckte der alten Dame ihre Hand entgegen. »Ich bin Marias Freund.«

Mit hochgezogenen Brauen warf Maria ihm einen Blick zu. Er zwinkerte zurück.

Christel schüttelte die dargebotene Hand. »Georg, wie schön, dich kennenzulernen! Kommt herein.«

Maria ließ den Regenschirm im Hausflur stehen, als Christel sie in die Küche unweit des Eingangs führte. Auf der gegenüberliegenden Seite des Hausflurs war eine weitere Tür, im Hintergrund führte eine steile Holztreppe in die erste Etage. Der Flur selbst war schmal. An einer Garderobe gleich hinter dem Eingang hingen verschiedene Herrenjacken und Damenmäntel sowie ein Handtuch.

»Möchtet ihr Tee?«, erkundigte sich Christel. »Ich habe gerade welchen aufgebrüht.«

»Nein, danke.« Maria war stehen geblieben und sah sich um.

Der Raum war nicht sehr groß und von demselben kunterbunten, altmodischem Charme, den Christel selbst versprühte. Es herrschte eine Unordnung, die in gewisser Weise System zu haben schien.

»Für mich auch nicht, danke sehr.« Perez winkte ebenfalls freundlich ab.

Auf dem Küchentisch stand ein Aschenbecher, in dem die Reste einer selbst gedrehten Zigarette qualmten. Ein süßlicher, durchdringender Geruch lag in der Luft. Mit erhobenen Brauen sah Perez Maria an, die sich ein Lachen verkneifen musste. Das also war der wahre Grund, warum Zeilingers Mutter so wunderlich war.

»Setzt euch doch!« Christel deutete auf die alten Küchenstühle mit den platt gesessenen Kissen. Sie selbst nahm auf der Eckbank Platz. Ihr Blick war verschleiert, ihr Lächeln ein wenig verträumt, während sie in ihrer Teetasse rührte.

Maria hatte nicht viel Hoffnung, dass ihr Besuch etwas bringen würde. In Christels berauschtem Zustand war es in jedem Fall sinnlos, erst belanglose Konversation zu machen. »Christel, erinnern Sie sich noch an Aron Mayer?«

Es dauerte anscheinend einige Sekunden, bis die Information Christels von Drogen umnebeltes Gehirn erreicht hatte. Doch dann sagte sie: »Ronnie? Ja, natürlich. Ronnie. Sammy-Jo und er sind unzertrennlich.«

Da sie in der Gegenwart von ihm sprach, ging Maria darauf ein. »Wissen Sie, wo Ronnie jetzt ist?«

»Ronnie? Hm. Ja … ich weiß nicht. Ist wohl von Diespeck weggezogen?«

Maria und Perez wechselten einen Blick. »Ronnie ist verschwunden«, sagte Perez. »Vor über 20 Jahren.«

»Vor über 20 Jahren? Aber so alt ist er doch noch gar nicht! Nein, er ist bestimmt nur umgezogen. Irgend jemand hat mir das erzählt. Dass er jetzt woanders wohnt. Wenn ich nur wüsste wo …« Während ihr Blick unstet umherwanderte, tippte sie sich mit dem Zeigefinger auf den Mund.

Maria zupfte Perez am Ärmel. »Wir fahren besser nach Ansbach und sehen, ob wir Akteneinsicht bekommen. Ich rufe Peter Dörfler an, mit ihm habe ich schon einmal zusammengearbeitet. Bestimmt kann er uns weiterhelfen.«

Als fiele Christel ihr Besuch erst jetzt wieder ein, fragte sie erneut: »Wollt ihr Tee?«

»Nein, danke, wir müssen jetzt gehen.«

Maria wollte schon aufstehen, als sie von draußen klappernde Schritte hörte, dann öffnete sich die Haustür.

»Ich bin's!«

»Sammy-Jo?«

»Wer denn sonst?«, rief Zeilinger zurück. »So ein Mistwetter. Ich bin völlig durchgeweicht, ich brauche wirklich dringend ein Auto.« Zuletzt klang seine Stimme leicht gedämpft. Erst der eine, dann der zweite Schuh prallte auf dem Boden auf. Dann hörte man, wie er schnüffelnd die Luft einsog und in ärgerlichem Tonfall sagt: »*Mooma,* hatten wir nicht vereinbart, dass du aufhörst zu kif…« Überrascht brach er ab.

Er war zur Küche gekommen, während er sich mit dem Handtuch abtrocknete, das an der Garderobe gehangen hatte. Schuhe, Jacke und Shirt hatte er offenbar bereits am Eingang ausgezogen, denn er war barfuß und sein Oberkörper nackt.

Es war, als hätte man einen Film angehalten. Erst nach einem Moment zwang Maria sich, den Blick von Zeilingers Brust abzuwenden, die er im selben Moment mit seinem Handtuch abschirmte. Seine normalerweise freundlichen braunen Augen waren wie schwarze Löcher. Hart und stechend waren sie auf Maria gerichtet.

Das Cutting auf seiner Brust unterschied sich deutlich von denen auf seinen Oberarmen und Schultern. Es waren dieselben drei Zeichen, die Maria auf dem Klopapier neben Dirk Gottwalds Leiche und auf Andreas' Brust gesehen hatte. Rechts und links davon prangte ein nach oben weisendes Schwert. Die Umrisse akkurat und deutlich erkennbar in Zeilingers dunkle Haut geschnitten, im Inneren der Zeichen musste die oberster Hautschicht entfernt worden sein, sodass sich ein breites, gleichmäßiges Narbengewebe gebildet hatte.

»Schau nur, wir haben Besuch. Maria und ihr Freund haben nach Ronnie gefragt. Ist er nicht kürzlich umgezogen?«

Zeilinger schluckte. »Nein.«

Sein Blick huschte zwischen Maria und Perez hin und her. Zeilinger versuchte wohl abzuschätzen, wer Perez war. Die beiden Männer waren sich noch nie begegnet, doch es war seiner Körperhaltung anzusehen, dass er auf der Hut war. Instinktiv schien er zu ahnen, dass er jemanden vor sich hatte, den er nicht unterschätzen durfte. Aus dem Augenwinkel sah Maria, dass Perez seine rechte Hand wie zufällig auf seinen Oberschenkel sinken ließ, ganz in die Nähe seiner Pistole, die er wie immer im Hosenbund trug. Auch er hatte wohl beim Anblick der Narben seine Schlüsse gezogen. Maria wusste, dass Perez fast nie ohne seine Waffe das Haus verließ, weil er – wie er sagte – durch seinen Job auf der roten Liste so manch unangenehmer Zeitgenossen stand. In diesem Moment war diese Umsicht ein unschätzbarer Vorteil.

Die Spannung war greifbar. Lediglich Christel war sich dessen nicht bewusst, denn sie goss sich eine weitere Tasse Tee ein, als sei nichts passiert.

»Möchtest du auch einen Tee, Sammy-Jo?«

»Nein.«

»Vielleicht gehst du erst duschen, sonst erkältest du dich noch.«

Zeilinger reagierte nicht.

Bei fast allen Zwischenfällen war er in der Nähe gewesen: bei Dirk Gottwald und am Kalvarienberg. Auf der Laufstrecke war er Maria begegnet, als sie am Ortsausgang von Roth in Richtung Lände abgebogen war. Als sie an dem Punkt ankam, an dem Zeilinger kurz zuvor gewesen sein musste, kämpften die Sanitäter gerade vergeblich um das Leben des Läufers. Dann der Massensturz beim Erlangen-Triathlon – Michelle hatte ihn nach dem Unglück am Rand der Strecke gesehen. Die Ursache dieses Sturzes war genau wie die am Kalvarienberg völlig im Dunkeln geblieben, denn zu beiden hatte es, wie oft bei Ereignissen während einer großen Veranstaltung, widersprüchliche Aussagen der Beteiligten und Zeugen gegeben. Außerdem hatte Zeilinger am Sonntag neben Maria gestanden, als Andreas gekommen war. Für Zeilinger wäre es nicht schwierig gewesen herauszufinden, wo er wohnte. Und am Mittwoch war er kommentarlos erst mittags im Büro erschienen.

Er hätte es tun können.

Jede einzelne Tat.

Diese klare Übersicht der Ereignisse durchzuckte Maria im Bruchteil einer Sekunde. Beinahe hätte sie gelacht. Das As der Schwerter bedeutete eine plötzliche Erkenntnis. Sie hatte noch nie an Vorhersagen geglaubt, doch in diesem Fall stimmte es tatsächlich.

»Jetzt weiß ich's wieder! Er wohnt in Schornweisach!«, meldete sich Christel da zu Wort.

Mit einem beinahe amüsierten Geräusch stieß Zeilinger in diesem Moment die Luft durch die Nase aus und ließ das Handtuch sinken. Er versuchte nicht mehr, etwas zu verbergen. Locker stand er da, etwas breitbeinig, sein Gewicht gleichmäßig verteilt, bereit, sich dem zu stellen, was kam. Einige seiner Rastalocken fielen ihm ins Gesicht. Mit einer ungeduldigen Kopfbewegung warf er sie zurück.

»Wie kommst du auf Schornweisach, *Mooma*?«

»Das hat mir die Lili gesagt«, antwortete seine Mutter. »Er wohnt jetzt neben dem Badeweiher im Sumpf. Aber warum wohnt jemand im Sumpf?« Verständnislos schüttelte sie den Kopf.

Zeilinger hob eine Braue. »Nein, das stimmt nicht, *Mooma.*«

»Doch, natürlich. Die Lili war nämlich hier.«

Zeilinger kaute auf seiner Unterlippe herum. Sein Blick traf Maria. »*Mi nuh like it, but ah suh it set, dondonnet!*«

Einen Wimpernschlag später hatte Maria das Handtuch im Gesicht. Während sie es herunterriss, sprang Perez auf und zog dabei seine Waffe, doch das Überraschungsmoment war eindeutig auf Zeilingers Seite. Mit einem gezielten Fußtritt kickte er Perez die Waffe aus der Hand und versuchte einen Hieb in seinem Solarplexus zu landen. Doch auch Perez war schnell. Er drehte sich gerade so weit, dass der Schlag nur seine Bauchmuskeln traf. Bevor Maria eingreifen konnte, hatte Zeilinger Perez' Pistole im Anschlag und zielte auf ihn. Sowohl Perez als auch Maria erstarrten in der Bewegung.

Christel kreischte. »Was machst du da, Sammy-Jo! Hör sofort auf damit!«

Er beachtete sie nicht. Mit einer entschiedenen Bewegung schob Perez Maria hinter sich.

»*Yu dutty gyal! You weed head, Christel!*«, herrschte Zeilinger unvermittelt seine Mutter an. Abrupt verstummte sie. »*Hush yuh mouth o put Obeah pon you!*«

Am ganzen Leib begann sie zu zittern, doch sie presste ihre Lippen fest aufeinander, um ja keinen Laut mehr von sich zu geben.

Er wedelte mit der Pistole. »Setzen!«

Maria und Perez gehorchten.

Schritt für Schritt zog sich Zeilinger aus der Küche zurück, bis in den Flur. Als sie ihn nicht mehr sehen konnten, hörten sie Kleidung rascheln.

»Er flieht«, bedeutete Maria Perez tonlos.

Perez hob die Hand, um ihr zu bedeuten, dass sie nichts unternehmen sollte. Reglos lauschend verharrten sie. Dann öffnete sich die Haustür – und fiel ins Schloss. Die eine Hand immer noch erhoben, zählte Perez mit der anderen.

Eins.

Zwei.

Drei.

Gleichzeitig sprangen sie auf. Perez hielt Maria zurück, um als Erster in den Flur zu sehen. Dann winkte er sie weiter zur Haustür. An die Wand gedrückt öffnete Perez sie vorsichtig, während Maria es auf der anderen Seite ihm gleich tat.

»Da ist er!«

Zeilinger hatte sich eine schwarze Lederjacke übergeworfen, doch für mehr hatte es nicht gereicht. Barfuß sprintete er über das Kopfsteinpflaster in Richtung der Nürnberger Straße. Perez zögerte nicht, sondern setzte ihm nach. Schon nach wenigen Metern merkte Maria, dass sie keine Chance gegen die beiden Männer hatte, obwohl sie alles aus sich herausholte. Ein Auto bog in die Straße ›Bei der Freiung‹ ein, dem Zeilinger ausweichen musste. Perez konnte so ein paar Meter Boden gut machen und erreichte die Ecke zur Nürnberger Straße nur knapp hinter Zeilinger. Der hatte sich bergauf gewandt, auf das Nürnberger Tor zu. Als Maria einige Sekunden nach Perez die Ecke erreichte, erblickte sie Zeilinger, wie er die schmale Durchfahrt ansteuerte, Perez dicht dahinter auf seinen Fersen.

Zeilinger mochte die größere Ausdauer haben, aber gegen Perez' Sprinterqualitäten, die selbst bergauf beachtlich waren, hatte er keine Chance. Perez streckt bereits die Hand aus, um ihn festzuhalten, doch es reichte noch nicht ganz.

Maria sah das Auto als Erste. Von der anderen Seite des Nürnberger Tors fuhr es in Richtung Stadt. Sein Tempo war viel zu hoch für die einspurige Fahrbahn. Zeilinger musste es auch sehen, doch er konnte nicht mehr ausweichen, ohne Gefahr zu laufen, von Perez erwischt zu werden. Unverändert hielt er auf die Durchfahrt zu.

»Perez!«, schrie Maria. »Das Auto!«

Gleichzeitig mit dem Auto erreichte Zeilinger die Durchfahrt. Wie ein Hase wich er zur Seite aus und schaffte es nur haarscharf, dem Wagen zu entgehen. Maria sah die schreckgeweiteten Augen des Fahrers, der den Kopf in Richtung Zeilinger drehte – und Perez übersah. Im Gegensatz zu Zeilinger verschätzte Perez sich bei seinem Ausweichmanöver.

Es gab ein hässliches, klatschendes Geräusch, als er zuerst auf der Motorhaube, dann auf dem Kopfsteinpflaster aufprallte. Der Fahrer riss am Lenkrad und verhinderte im letzten Moment, dass er Perez überrollte.

Als Maria neben Perez auf die Knie sank, nahm sie wie durch einen Schleier das Blut wahr, das aus einer Platzwunde an Perez' Kopf sickerte. Es vermischte sich mit dem Regenwasser zu einer Spur, die spitz zulief, wie die Klinge eines Schwertes.

Tote bluten nicht, dachte sie.

Als sie aufblickte sah sie Zeilinger, der kurz innegehalten hatte. Dann verschwand er bergab die Straße an der Bastei hinunter in Richtung Wald.

WECHSELZONE 2 – KM 183,8

Nicht immer läuft alles nach Plan.

Manchmal muss ich meine Vorhaben den tatsächlichen Gegebenheiten anpassen und diesmal ist es schwieriger, als ich erwartet hatte.

Sie ist nämlich klug. Sehr klug sogar, aber gerade kluge Menschen haben Schwächen und oft bestehen diese in einer emotionalen Bindung. Ob diese Bindung positiv oder negativ ist, spielt keine Rolle, nur intensiv muss sie sein. Der Verlust eines geliebten Menschen stürzt jemanden in ein tiefes Loch. Er wird handlungsunfähig und es dauert möglicherweise lange, bis er in der Lage ist, an etwas anderes zu denken. Der Verlust eines Menschen, zu dem man ambivalente Gefühle hat, war in diesem Fall vorteilhafter. Auf die Krise, die daraus entstand, reagierte sie genau so, wie ich es beabsichtigt hatte.

Andreas war die perfekte Wahl.

Er war illoyal, unzuverlässig, wortbrüchig und gehörte zu den Männern, für die ihre Sucht nach Selbstbestätigung stärker war, als die Sehnsucht nach echter Liebe.

Sie hat ihn einmal geliebt. Er liebte sie immer noch.

Ihn ausfindig zu machen war nicht weiter schwer.

Ihn einzulullen ebenso wenig.

Es ist leicht, Menschen dazu zu bringen, mich zu mögen. Ich weiß, was sie brauchen, was sie wollen. Ich kann es spüren. Ich habe ihm gegeben, was er wollte, bis der Zeitpunkt gekommen war. Er hielt es für ein anregendes Spiel, und als er begriffen hat, dass es keines ist, war er schon beinahe bewusstlos.

Es war ein gnädiger Tod.

Sie wird nun tun, was ich von ihr will.

Sie hat keine andere Wahl.

Bald.

Bald wird es heißen:

Die Edlen Edoms leben nicht mehr. Man ruft dort keinen König mehr aus, mit all seinen Fürsten hat es ein Ende.

Denn ich.

Ich bin.

Ich bin SAMAEL.

KM 184 – LAUFEN

Es regnete immer noch.

Die schmale Landstraße führte aus dem kleinen Ort Schornweisach am Rande des Steigerwaldes hinaus an der Weisach entlang. Links und rechts lagen die spätsommerlichen Felder, auf denen das meiste Getreide bereits abgeerntet war. Nach einem knappen Kilometer zog sich hinter einem großen Karpfenweiher auf der linken Seite der Weisachsee hin. Auf der rechten Seite der Straße befand sich die Einfahrt zum Dekanatsjugendzeltplatz, auf dem sich eine Jugendgruppe tummelte.

Am Ende des Sees bog Maria links in einen Weg ein, der zu einem Wanderparkplatz führte, der kaum für die Menge an Fahrzeugen ausreichte. Einige waren daher auch am Rand des Wegs abgestellt worden. Rot-weißes Absperrband hinderte Schaulustige daran, näher zu kommen.

Ein Polizeibeamter bedeutete Maria umzukehren, doch nachdem sie ihm ihren Ausweis gezeigt hatte, ließ er sie passieren. Auf der Wiese neben einem Streifenwagen stellte Maria ihren Corsa ab. Sie lehnte den Kopf an und rieb sich mit den Handballen kräftig die Augen. Schon wieder hatte sie nicht viel Schlaf bekommen und fühlte sich, als sei sie von einem galoppierenden Pferd gefallen. Sie war die ganze Nacht bei Perez im Neustädter Krankenhaus gewesen und hatte gewartet, bis alle Untersuchungen abgeschlossen waren und sie zumindest so weit beruhigt sein konnte, das er nicht in Lebensgefahr schwebte. Kopfschmerzen und Übelkeit hatten seinen Zustand immer wieder beeinträchtigt. Er hatte Glück gehabt. Eine Platzwunde am Kopf, jede Menge Prellungen und Schürfwunden sowie eine Gehirnerschütterung waren alles. Er hatte keine Erinnerung mehr daran, wie es zu dem Unfall gekommen war, und nur eine vage Vorstellung davon, was sich zuvor abgespielt hatte. Wenigstens hatte sich seine verwaschene Sprechweise, die an einen Betrunkenen erinnerte, bald wieder gelegt.

Christel Zeilinger hatte kein Wort mehr herausgebracht. Sie war festgenommen und aufgrund ihres verwirrten

Zustandes anstatt ins Gefängnis in die forensische Psychiatrie nach Ansbach gebracht worden.

Als sie in den frühen Morgenstunden nach Hause gekommen war, hatte Maria sich mit einer Tasse Schlaf- und Nerventee versorgt, bevor sie sich hinlegte, der ihr aber, anstatt ihr zu ein paar Stunden ruhigen Schlaf zu verhelfen, das Gefühl vermittelte, Watte im Hirn zu haben. Es war inzwischen Nachmittag. Trotz eingeleiteter Fahndung und seines nicht gerade unauffälligen Erscheinungsbildes war Zeilinger seit den Ereignissen am Vortag wie vom Erdboden verschluckt.

Sie schüttelte sich wie ein Hund, gähnte und verließ das Auto.

»Frau Ammon! Da sind Sie ja schon!« Wie eh und je hüpfte der Schnurrbart auf der Oberlippe des Sprechers, der sich aus einer Gruppe löste.

»Grüß Gott, Herr Dörfler!«

»Heute ohne Ihre Begleiterin? Wie hat die Kleine von damals eigentlich ihre erste Leiche verkraftet?«

»Oh gut. Sie ist auf dem besten Weg, sich daran zu gewöhnen.«

Einige Monate zuvor war in einem Bierkeller im Landkreis Neustadt eine Leiche gefunden worden, die sie zusammen mit Michelle als Opfer ihres damaligen Falls identifiziert hatte.

Gutmütig lachte Dörfler. »Als ob wir das jemals könnten.«

Maria lächelte höflich. Heute war sie nicht in der Stimmung für kollegialen Smalltalk. »Ich war überrascht, dass Sie so schnell Erfolg hatten.«

»Das waren wir auch, wir hatten wohl Fortuna auf unserer Seite. Außerdem ist der Fall 20 Jahre alt, aber … Na ja, ich habe nicht lange herumreden müssen und wir konnten gleich nach Sonnenaufgang anfangen.«

Schließlich war der flüchtige Hauptverdächtige ein Kollege, was in Polizeikreisen immer für besondere Aufregung sorgte, dachte Maria. Sie selbst verspürte nicht nur wegen Andreas eine außergewöhnliche Wut auf Zeilinger, stärker als auf andere Täter, zu denen sie sich meist distanzieren konnte.

»Das sumpfige Gebiet, das dafür infrage kommt, ist außerdem recht überschaubar und wir haben an dem Ende angefangen zu suchen, das am unzugänglichsten ist und sich naturgemäß am ehesten dazu eignet, eine Leiche zu verstecken. Trotzdem hatte ich eigentlich auch damit gerechnet, dass es länger dauern würde.«

»Danke, dass Sie mich gleich informiert haben.«

»Keine Ursache. Ich kann Ihr persönliches Interesse an dem Fall wirklich gut nachvollziehen.« Dörfler war im Krankenhaus gewesen, um sich das Wichtigste von Maria berichten zu lassen. Er war erschüttert gewesen, als sie den möglichen Zusammenhang zum Tod ihres Ex-Mannes erwähnte. »Kommen Sie, ich zeig's Ihnen.«

Am Wanderparkplatz verzweigte sich der Weg. Dörfler führte sie durch den Wald nach links, die Weisach entlang, die unweit davon in den Badesee mündete. Auf dem matschigen Weg standen viele Pfützen, um die Maria vergeblich einen Bogen zu machen versuchte. Sie war froh, ihre robusten Schuhe angezogen zu haben. Schon nach sehr kurzer Strecke blieb Dörfler stehen.

»Sehen Sie.« Er deutete in den Wald zu ihrer rechten, in dem sich keine 50 Meter entfernt Beamte der Spurensicherung befanden. »Dort drüber liegt er und hier gehen seit 20 Jahren jeden Tag Leute entlang.«

»Dann sind Sie also sicher, dass es sich um Aron Mayer handelt?« Sie lupfte die Brauen. Es erschien ihr ungewöhnlich, dass man das bei einer so alten Leiche gleich so sicher sagen konnte.

Dörfler kniff ihr ein Auge zu. »Ziemlich. Sie werden gleich sehen, warum.«

Das sumpfige Areal glich einer halbkreisförmigen Senke, durch die sich ein Bach schlängelte, der auf der anderen Seite des Waldwegs in die Weisach mündete. Im Gegensatz zum Rest des Waldes, der zum großen Teil aus Nadelholz bestand, wuchsen hier ausschließlich hohe Laubbäume, sodass der Boden mit einer dicken Laubschicht bedeckt war. Bei jedem Schritt musste man aufpassen, dass man nicht im Morast versank. Es gab Unmengen an Totholz, abgerissene Äste jeder Größe, sowie mehrere dicke Bäume, entwurzelt von den Stürmen der letzten Jahre. Es war unmöglich, den geraden Weg zum Fundort zu nehmen, sodass sie große Bögen schlagen mussten.

»Wird dieses Stück hier nicht bewirtschaftet?« Maria wich einem tief hängenden Ast aus. Schmatzend verschwand ihr Fuß bis weit über die Knöchel im Boden. »Ja leckt's mi doch am Oarsch.« Während sie versuchte, sich zu befreien, sank auch der andere Fuß immer tiefer ein.

Dörfler reichte ihr seine Hand, um ihr herauszuhelfen. »Wer immer ihn hier vergraben hat, der wusste, dass kaum jemand einen Fuß in dieses Stück Wald setzt. Außerdem liegt der Weisachsee völlig abseits von dem Gebiet, in dem damals gesucht wurde.« Dörfler zuckte mit den Schultern. »Im Prinzip das perfekte Verbrechen. Geht's wieder, Frau Ammon?«

Sie stand wieder auf halbwegs festem Untergrund, doch der kalte Matsch war in beide Schuhe gedrungen. »Passt schon.«

Den Rest des Wegs war Maria beim Gehen weniger vorsichtig, denn nass war sie jetzt sowieso. Den Rückweg im Auto würde sie am Besten barfuß fahren.

Halb unter den in die Luft ragenden Wurzeln eines Baums, der seines morschen Aussehens nach zu urteilen schon vor mehr als 20 Jahren umgestürzt war, war die Erde so tief ausgehoben worden, dass man Teile eines Körpers sehen konnte. Maria streifte sich Gummihandschuhe über, die Dörfler ihr reichte, und ging in die Hocke. Der, wenn auch nicht vollständig, so doch zu großen Teilen erstaunlich gut erhaltene Körper des jungen Mannes war unbekleidet. Reste von Kleidung waren nirgendwo zu entdecken. Das Gesicht des Toten war eingefallen, die noch vorhandene Haut bräunlich und ledrig, die Züge nur schwer zu erkennen. Jedoch stimmten Haarfarbe, Frisur und Körpergröße recht gut mit den Fotos des gesuchten Aron Mayer überein, sodass auch für Maria wenig Zweifel bestanden, wen sie da vor sich hatten.

»Letzte Sicherheit gibt uns natürlich erst die forensische Untersuchung, aber die Bodenbeschaffenheit hat den Zersetzungsprozess verzögert und es uns leichter gemacht«, sagte Dörfler. »Wenig Sauerstoff, wenig Verwesung, kaum Geruch. Wie bei den Moorleichen. Bei dem da braucht's auch keinen Rechtsmediziner, um zu sagen, woran er gestorben ist.«

»Allmächd«, murmelte Maria, doch es bezog sich weniger auf die durchtrennte Kehle des Opfers. Auf der Brust des jungen Mannes waren drei Zeichen geritzt, die zwar nicht mehr vollständig erhalten, aber dennoch gut zu erkennen waren, vor allem, weil Maria sie schon mehr als einmal zu Gesicht bekommen hatte. Links und rechts daneben die Umrisse eines aufrecht stehenden Schwertes. Es handelte sich um das gleiche Motiv, das auch Zeilinger auf der Brust trug.

»Aron Mayer war achtzehn, als er verschwand. Er ist damals bei der Neustädter Polizei kein Unbekannter gewesen – meist wegen übermäßigem Alkoholgenusses und Schlägereien. Mehrmals stand er im Verdacht, Drogen zu besitzen, aber man konnte ihm nie etwas nachweisen. Er war damals Wortführer einer Clique, die sich nach seinem Verschwinden bald in alle Winde zerstreute.«

»Ist man gleich zu Anfang von einem Verbrechen ausgegangen?«

Dörfler schüttelte den Kopf. »Für seine Eltern war es nichts Ungewöhnliches, dass er für zwei, drei Tage einfach abhaute, daher haben sie ihn nicht gleich als vermisst gemeldet. Erst nach einer Woche gaben sie eine Vermisstenanzeige auf. Sein Fahrrad wurde schließlich am Bahnhof in Emskirchen gefunden, daher glaubte man, er sei mit dem Zug Richtung Nürnberg und dann vielleicht weiter gefahren. Es war zwar merkwürdig, dass er nicht in Neustadt in den Zug gestiegen war, aber es hieß, möglicherweise wollte er einfach verheimlichen, wohin er fuhr. Es war die Zeit kurz nach dem Mauerfall und bei seiner Geschichte war anzunehmen, dass er irgendwo Drogen besorgen wollte.« Unbestimmt zuckte Dörfler mit den Schultern. »Aber er kam nicht zurück und drei Monate nach seinem Verschwinden fischte ein Angler Teile seiner Kleidung aus der Aisch zwischen Mailach und Lonnerstadt. Das ist über 15 Kilometer flussabwärts. Wochenlang wurde die Aisch und die Umgebung abgesucht, aber ohne Erfolg.« Er deutete auf den Toten. »Wie zum Teufel kommt der hierher?«

»Gab es keine Verdachtsmomente damals?«

»Bei den Vernehmungen stellte sich heraus, dass es in der Clique Streit gegeben hatte, und zwar zwischen Aron Mayer und seinem angeblich besten Freund.« Dörfler sah Maria an. »Josef Zeilinger.«

Maria stand auf. Etwas mühsam unterdrückte sie ihre Wut auf Zeilingers Heuchelei. Als Mörder Leiter der Mordkommission zu sein war, als wolle man den Teufel mit dem Beelzebub austreiben. »Warum wurde das nicht weiter verfolgt?«

Dörfler erhob sich ebenfalls. »Angeblich handelte es sich nur um eine kleine Streiterei, das Übliche halt: Wer in der Clique die dickste Hose an hat. Zumindest behaupteten das alle. Für die Nacht, in der Mayer verschwand, hatte Zeilinger ein Alibi: Seine Mutter schwor Stein und Bein, er sei mit einer Magenverstimmung zu Hause gewesen, obwohl ein Mädchen ihn Spätabends auf seinem Fahrrad gesehen haben wollte. Er soll die Bamberger Straße in Richtung Diespeck gefahren sein, wo Mayer wohnte. Zeilinger stritt das natürlich ab, das Mädchen war die einzige Zeugin, die sich bei ihren Aussagen in Widersprüche verwickelte. Erst stimmte die Uhrzeit nicht, einmal war er Fahrrad gefahren, dann zu Fuß gegangen. Dann hatte er einen Rucksack dabei, schließlich eine Umhängetasche. Ihr Bruder behauptete schließlich, er habe Zeilinger abends zu Hause besucht. Sie habe das erfunden, weil sie in ihn verliebt gewesen sei, doch er habe sie abblitzen lassen, weil er in Wahrheit schwul sei und was mit Aron gelaufen sein soll.« Dörfler verzog das Gesicht. »Wer von beiden gelogen hat, war nicht herauszufinden, und der Fall verschwand schließlich in der Versenkung.«

»Das bedeutet wohl, dass das Mädchen recht hatte und außerdem Zeilingers Mutter die ganze Zeit Bescheid gewusst haben muss.« Die Gewissheit, dass ihr Sohn ein Mörder ist, wäre auch ein plausibler Grund für Christels Drogensucht, ergänzte Maria im Geiste. Sie verschränkte die Arme. »Sonst hätte sie kaum sagen können, wo wir die Leiche finden.«

»Richtig. Jetzt haben wir zwar die Leiche, aber leider immer noch keinen handfesten Beweis, dass es wirklich Zeilinger war. Seine Mutter wird kaum gegen ihn aussagen.«

»Sie hat gesagt, eine Frau namens Lili wäre bei ihr gewesen. Können Sie mit dem Namen etwas anfangen?«

Dörfler dachte nach. »Ich habe die Akte durchgesehen, und dieser Name ist mir zumindest nicht in Erinnerung geblieben. Aber das heißt nichts, vielleicht habe ich es in der Eile überlesen.«

»In jedem Fall haben wir ein Indiz, das auf Zeilinger hinweist.« Mit einem Nicken deutete Maria in Richtung der Leiche. »Diese eingeritzten Zeichen auf seiner Brust: Zeilinger hat das gleiche Cutting auf seiner Brust.«

Dörfler stieß einen Pfiff aus. »Das ist interessant.«

»Vielleicht finden wir noch brauchbare DNA-Spuren an der Leiche. Und selbst wenn Zeilinger der Mord an Aron Mayer nicht mehr nachzuweisen ist, könnte es uns helfen, ihn als Täter bei den anderen zu identifizieren.«

Dörflers Brauen flogen in die Höhe. »*Die* anderen? Mehrzahl?«

Sie berichtete ihm in groben Zügen auch von den Unglücken bei den Triathlonveranstaltungen.

Als sie fertig war, stieß er lange die Luft aus. »Das ist ja schlimmer, als ich dachte. Was hat er nur für ein Motiv? Ich meine, diese Sache hier könnte im Affekt geschehen sein – ein Streit, der ausgeartet ist. Dann der Mord an ihrem Ex-Mann …« Er machte eine beredete Pause.

»Ich kenne Zeilinger erst seit zwei Wochen«, sagte Maria kühl. »Er ist mein Vorgesetzter. *War* mein Vorgesetzter, sonst nichts.«

Versöhnlich hob Dörfler eine Hand. »Tut mir leid, ich wollte Ihnen nichts unterstellen.«

»Schon in Ordnung«, lenkte Maria ein. »Ich überlege selbst schon die ganze Zeit, warum ausgerechnet Andreas. Die anderen Opfer ergeben allerdings genauso viel oder wenig Sinn.« Sie seufzte. »Aber das ist bei einem Serientäter ja nichts Ungewöhnliches. Außerdem ändert er zwar seinen Modus Operandi, hinterlässt aber im Gegenzug etwas, das auf ihn hindeutet. Der ultimative Nervenkitzel, vor allem wenn er selbst die Ermittlungen aus nächster Nähe beobachten kann. Vielleicht hat er ja auch in den Jahren dazwischen Menschen umgebracht. Er war lange Zeit für das BKA im Ausland.«

Dörfler, der sein Kinn in eine Hand gestützt hatte und mit der anderen den Ellbogen stützte, brummte. Schließlich tippte er sich gegen seine Wange. »Dann bleibt der Fall nicht bei uns.«

Maria nickte. »Ich werde Paul Holzapfel vom KDD anrufen. Er wird alles weitere veranlassen.«

Sie blieben noch einen Moment neben der Leiche von Aron Mayer stehen, bevor sie sich, wie auf einen stillen Befehl hin, gleichzeitig in Richtung Weg in Bewegung setzten.

»Was ist eigentlich mit Zeilingers Vater? Lebt er noch?«, fragte Maria, als sie den Weg erreicht hatten.

Bevor er antwortete, holte Dörfler eine Zigarettenschachtel aus der Jackentasche und bot Maria eine an. Dankend lehnte sie ab.

Er paffte ein paar Mal. »Keine Ahnung. Wie kommen Sie jetzt auf den?«

»Er wurde bis jetzt noch nie erwähnt. Zeilinger hat mir erzählt, dass sein Vater aus Jamaika stammt, er selbst in Montego Bay geboren sei und erst zur Einschulung nach Neustadt gezogen ist. In den Siebzigern war es noch üblich, dass die Frau bei der Hochzeit den Namen des Mannes annimmt, also gehe ich davon aus, dass Zeilingers Eltern nicht verheiratet waren, und ich frage mich, wo sein Vater damals war, als der Mord passierte.«

Dörfler zupfte sich am Ohrläppchen. »Ich habe nicht alle Details aus der Akte im Kopf. Tut mir leid.«

»Haben Sie eigentlich etwas dagegen, wenn ich mir die Akte ansehe, bevor das BKA seine Finger drauf hat?«

Er klopfte ihr auf die Schulter. »Ganz und gar nicht. Ich an Ihrer Stelle würde das genauso machen. Fahren Sie nach Ansbach. Ich rufe an und gebe Bescheid, dass Sie kommen.«

KM 190 – LAUFEN

Anstatt in einen schönen Sommerabend sah Maria durch das Fenster des Neustädter Krankenhauses nur ein ödes Grau in Grau am Himmel. Die Luft hatte sich noch weiter abgekühlt und sie fröstelte selbst mit der Fleecejacke. Sie drehte sich herum und schritt langsam hinüber zur Tür. Dort machte sie kehrt. Dann wieder zur Tür. Und zurück.

»Du machst mich ganz nervös.« Eigentlich sah Michelle alles andere als nervös aus, so wie sie sich auf den Besucherstuhl gefläzt hatte, die Beine hochgelegt auf einen zweiten.

Anstatt zu antworten, ließ sich Maria am Fußende des Bettes nieder. Sie starrte vor sich hin. Perez, der die

Rückenlehne aufrecht gestellt hatte und seinen bandagierten Kopf möglichst still hielt, musterte sie. Auf seiner rechten Wange schillerte in Rot- und Blautönen ein Bluterguss mit Abschürfungen, der Bereich um das Auge war geschwollen. Sein typischer Silberblick erschien noch ausgeprägter als sonst, hin und wieder schloss er einfach die Augen.

»Kannst du mir diese Zeichen aufmalen, Maria?«

Bevor Maria in ihrer Handtasche kramen konnte, reichte ihr Michelle bereits Zettel und Stift. Stirnrunzelnd betrachtete sie anschließend Marias Werk. Während Michelle sich mit der Zeichnung sowie ihrem Handy beschäftigte, streckte Perez die Hand nach Maria aus. Sie rutschte näher und nahm seine Hand in ihre.

»Du sollst nicht immer den Helden spielen«, sagte sie vorwurfsvoll. »Warum bist du hinter ihm durch das Tor gelaufen?«

»Ich hätte ihn fast gehabt! Wäre es dir etwa lieber gewesen, wenn ich ihn erschossen hätte?«

»Ohne Pistole war das kaum möglich«, bemerkte Maria trocken. »Du hättest ihn zum Beispiel auch laufen lassen können. Hätte dir eine Menge Kopfschmerzen erspart.«

»Laufen lassen?« Perez schüttelte den Kopf, bereute es offenbar sofort, denn er verzog das Gesicht.

»Macho!«

»Kleine Sünden bestraft der liebe Gott sofort«, warf Michelle ein.

»Lohnenswert sind eigentlich auch nur die großen.« Perez blinzelte mehrmals.

»Übrigens viele Grüße von Nina und Jens.« Michelle grinste ihn an.

Diesmal begnügte er sich mit einem Augenrollen.

»Die Akten über den Fall Aron Mayer geben in Bezug auf Zeilinger nicht viel her«, meinte Maria nun. »Angeblich ist er in der Nacht, in der Aron Mayer verschwunden ist, auf dem Fahrrad in Diespeck gesehen worden, doch zu beweisen war das nicht. Der Name ›Lili‹ taucht nirgendwo auf, aber möglicherweise sind auch nicht alle aus der Clique befragt worden. Über ein paar Ecken hat Paul mir noch Daten aus seinem Lebenslauf besorgt. Er ist ein halbes Jahr nach Arons Verschwinden zu seinem Vater Samuel Fournier nach Jamaika gegangen. Seine Eltern waren tatsächlich nicht verheiratet. Seine Mutter blieb in Neustadt bei ihrer Schwester wohnen. Nachdem Zeilinger in Jamaika die Schule beendet hat, kam er wieder zurück, begann ein Psychologiestudium, bewarb sich später bei der FHB, die er mit Bestnoten abschloss …«

»Wow!«, sagte Michelle.

»… und ging anschließend zum BKA. Angeblich internationaler Drogenhandel und organisierte Kriminalität, aber was er dort genau gemacht hat, wissen wohl nur er selbst und sein Chef.« Sie seufzte.

Perez zog einen Mundwinkel aufwärts. »Kenn ich. Kommt öfter vor, als du glaubst.«

»Was hat sein Vater eigentlich beruflich gemacht?«, erkundigte sich Michelle.

Maria zuckte mit den Schultern. »Ich habe keine Ahnung. Im Lebenslauf steht nur selbstständiger Handelsunternehmer. In jedem Fall hat er weder einen deutschen Pass noch jemals seinen Wohnsitz hier gehabt. Ich kann nicht mal sagen, ob er noch lebt.«

»Schau mal!« Michelle hielt Maria ihr Handy entgegen. »Das ist ja gar kein ›m‹!«

Maria legte den Kopf schief, um das vermeintliche ›m‹ genauer zu betrachten. »Sondern?«

»Es steht für das Sternzeichen Skorpion. Und hier, das Nächste, dieser Schnörkel, steht für … Aries … was heißt das noch gleich …«

»Widder«, half Perez, der etwas Mühe hatte, seinen Blick auf den kleinen Bildschirm zu fokussieren.

»Und dieses Zeichen hier«, Michelle nahm das Handy wieder ans sich, um eine andere Seite aufzurufen, »steht nicht nur für männlich, sondern auch für den Planeten Mars.«

»Skorpion, Widder, Mars«, zählte Maria auf. »Wessen Sternzeichen sind das? Zeilingers?«

»Nein, er ist Zwilling«, warf Michelle ein.

»Woher weißt du das denn?«, erwiderte Maria überrascht.

»Christel Ott hat ihn in den Geburtstagskalender der Abteilung eingetragen und er hat am selben Tag wie Fabi. Vielleicht sind das die Sternzeichen seiner Eltern?«

»Und was hat dann der Mars dabei zu suchen?«

»Er ist ein Mann«, stellte Michelle lakonisch fest.

»Vielleicht geht es gar nicht um die Sternzeichen«, sagte Perez da. »Zeilingers Muttersprache ist doch Englisch. Nimm die Englischen Begriffe. Scorpio, Aries, Mars.«

»Scorpio, Aries, Mars«, wiederholte Maria. »Und dann?«

»Sam!«, unterbrach Perez. »Zeilingers Vater heißt Samuel, seine Mutter nennt Zeilinger Sammy-Jo. Vielleicht heißt er Samuel Josef. Sam. Scorpio, Aries, Mars.«

»Genial«, meinte Michelle beeindruckt.

Alle drei sahen sich an. Eine Minute lang sagte niemand etwas.

»Und was bringt uns das jetzt?«, wollte Michelle wissen.

»Ein weiteres Indiz?« Achselzuckend sah Maria zu Perez, der erst sein rechtes, dann sein linkes Auge schloss.

»Hm.« Michelle nahm sich wieder ihr Handy vor.

Maria seufzte. Ihnen allen war klar, dass es eigentlich sinnlos war herumzuspekulieren. Nachdem Holzapfel die Meldung weitergegeben hatte, kümmerte sich nun das BKA höchstselbst darum. Eine Menge Einsatzkräfte waren inzwischen unterwegs; sein auffälliges Äußeres würde es ihm schwer machen unterzutauchen. Maria hatte die Gottwalds informiert, dass es einen Fortschritt im Fall gäbe, ohne jedoch Details zu nennen. Jacky und besonders ihr Mann waren glücklich gewesen, das zu hören und hatten sich herzlich für Marias Bemühungen bedankt.

Damit war dieser Fall für sie beendet.

Ohne es wirklich wahrgenommen zu haben, hatte sie die ganze Zeit Perez Hand gestreichelt. Mit immer noch geschlossenen Augen erwiderte er ihre Berührungen, auf seinen Lippen ein winziges Lächeln. Obwohl die Gehirnerschütterung natürlich Grund genug war, weswegen er nicht mit zu Franzi fahren konnte, war Maria enttäuscht. Elfriede würde sie nun doch begleiten, allerdings wollten sie erst am Sonntagabend fahren, denn sie brauchte den Tag morgen, um endlich einmal auszuschlafen.

Michelle stand auf. »Bin gleich wieder da.«

Kaum war die Tür hinter ihr ins Schloss gefallen, rutschte Perez ein Stück zur Seite und hielt Maria einladend seinen Arm hin. Ihr lag auf der Zunge, dass Michelle bald wieder da sein würde, doch sie verkniff es sich und schmiegte sich stattdessen an Perez linke Seite, die etwas weniger lädiert war. Mit einem tiefen Seufzer vergrub er sein Gesicht in ihrem Haar.

Maria kicherte. »Sag's nicht.«

»Was denn?«

»Dass ich gut rieche.«

»Nein, das hatte ich gar nicht vor. Ich frage mich nur, was ich als Nächstes für dich tun muss.«

»Wie wäre es damit: Gesund werden.«

»Oh, das ist alles?«

»Und dann sehen wir weiter.«

»Ich wusste doch, dass die Sache einen Haken hat.«

»Wieso Haken? Vielleicht gehe ich dann sogar mit dir essen.«

»Oh, wie dankbar bin ich auch für die kleinen Gaben«, bemerkte er sarkastisch.

Sie gab ihm einen vorsichtigen Kuss auf die Wange.

»Jetzt übertreibst du aber«, meinte er.

Behaglich kuschelte sie sich an ihn, lauschte seinen gleichmäßigen Atemzügen und spürte wie ihr Bewusstsein langsam wegdriftete. Sie tat nichts dagegen, um es zu verhindern. Es war vorbei. Jetzt hatten die Kollegen vom BKA den Staffelstab übernommen und sie konnte sich endlich um ihre traurige Pflicht hinsichtlich Andreas' Tod kümmern. Die nächsten zwei Wochen hatte sie Urlaub genommen, Perez würde schon bald aus dem Krankenhaus entlassen und hatte versprochen, in Erlangen zu bleiben, weil er sowieso krankgeschrieben war.

Sie hatte keine Ahnung, wie lange sie so gelegen hatten, doch es kam ihr wie eine Ewigkeit vor, als sich leise die Tür öffnete. Unwillig blinzelte Maria.

Michelle zwinkerte ihr zu, als sie sich wieder auf den Stuhl setzte und ein Buch aufschlug. Maria schloss die Augen. Es war vorbei. Vorbei ...

»Ohhhh, Mist! Mist, Mist, Mist!«

»Was?« Schlaftrunken fuhr Maria auf. Diesmal musste sie fest eingeschlafen sein, denn der Zeiger auf der Wanduhr war eine halbe Stunde vorgerückt. Sie rieb sich die Augen.

Auch Perez rührte sich. »Wasislos?«

»Am Himmel erscheint das Schwert des Herrn«, las Michelle vor: »Seht her, es fährt auf Edom herab, auf das Volk, das der Herr im Gericht dem Untergang weiht. Jesaja 34,5.« Michelle sah die beiden an.

Maria schloss den Mund. »Allmächd! Ist das aus der Bibel?«

»Ja, die hab ich beim Krankenhauspfarrer ausgeliehen.«

»Wie bist du denn darauf gekommen?«

»Wegen Samuel«, antwortete sie. »Ich dachte, diese Zahlen können vielleicht Kapitel oder Verse aus der Bibel sein und ...«

»Woher kennst du die Bibel so genau?«, fragte Maria.

»Kenn ich gar nicht. Aber ich war auf einer katholischen Mädchenschule im heiligen Köln. Da bleibt manchmal was hängen, und man kann sich nicht dagegen wehren. Also, ich dachte, vielleicht hast du bei den Zahlen einfach das Komma übersehen. Jedenfalls gibt es zwei Bücher Samuel, aber da geht es um König David. Du weißt schon, der Goliath mit seiner Schleuder besiegt hat. Außerdem gibt es in beiden weder ein Kapitel 3 Vers 45 und auch kein Kapitel 34 Vers 5. Dann habe ich mir die Kapitel der Bücher vorgenommen, die mit J beginnen. Ich hab einfach vorne angefangen Josua, Judit, Jesus Sirach – wobei dessen Abkürzung SIR ist und damit wegfällt. Fast alle haben wie die Bücher Samuel auch keine Kapitel 3,45 oder 34,5. Die Stelle, die ich gerade vorgelesen habe, stammt aus dem Buch Jesaja, Kapitel 34 Vers 5. Das Kapitel ist überschrieben mit: ›Die Ankündigung des Gerichts über Edom‹.«

»Wer oder was ist denn Edom?«, wollte Maria wissen, die beeindruckt Michelles Ausführungen gelauscht hatte.

»Edom bedeutet ›rot‹«, begann Michelle nach einem Blick auf ihr Handy. Sie wischte darüber. »Edom ist ein Landstrich östlich der Jordansenke, der von den Edomitern besiedelt wurde. Rot ist die Farbe des Sandsteingebirges und steht symbolisch für Blut, Macht und Stärke, aber eben auch für Sünde und Reue. Ich hab keine Ahnung, was die Edomiter angestellt haben, aber in der Bibel bleibt nach dem blutrünstigen Rachefeldzug mit triefenden Schwertern nur eine Wüste zurück, in der Wüstenhunde und Hyänen und das Nachtgespenst Lilith wohnen. Nicht sehr anheimelnd.«

»Mein Gott«, sagte Maria.

»Aber es wird noch besser.«

»Nämlich?«

»Ich hab vorhin noch Fabi angerufen und ihn gebeten, Zeilingers zweiten Vornamen herauszufinden.«

»Er heißt doch wie sein Vater, Samuel.«

Michelle schüttelte den Kopf. »Nein, eben nicht Samuel, sondern Samael. Samael ist das, was man landläufig als gefallenen Engel bezeichnen würde, der zu Satan überlief oder – je nachdem, welche Quellen man befragt – selbst zu Satan wurde. Seine Haut wurde dabei schwarz und er gilt als Gefährte der Lilith, die – wie wir gerade gelernt haben – im verwüsteten Edom wohnt. Er ist der Engel des Todes und das aufrecht stehende Schwert sein Symbol. Und das sind die Zeichen, mit denen man ihn herbeiruft, wenn man ihn braucht.« Sie tippte auf Marias Zeichnung. ♏ ♈ ♂. »Zeilinger hat sie sich mitten auf die Brust ritzen lassen. Für wen hält er sich wohl?«

Schweigen breitete sich im Raum aus.

Schließlich war Perez der Erste, der etwas sagte: »Ruf Holzapfel an und lass dir den zuständigen BKA-Mitarbeiter nennen. Erzähl denen, was du rausgefunden hast.«

Michelle nickte. »Das hatte ich vor.«

»Die Lilith!«, sinnierte Maria. »Christel Zeilinger hat gesagt, Lili hätte ihr verraten, wo Andreas Mayer ist. Dann hat er vielleicht eine Komplizin?«

»Diese Schwarzhaarige, die mit Andreas beim Triathlon war?«, mutmaßte Michelle.

Maria raufte sich die Haare. »Das wird ja immer komplizierter.«

»Ja, scheint so.« Michelle räuspere sich. »Eine Sache gibt es noch. Jesaja 11,14. ›An Edom und Moab werden sie ihre Hand legen, und die Kinder Ammon werden ihnen gehorsam sein. Damit sind die Ammoniter gemeint, aber …«

Energisch stand Maria auf. »Michelle, was auch immer du damit andeuten willst, das ist jetzt Unsinn! Mein Nachname kommt aus dem Mittelhochdeutschen und bedeutet Amtmann oder Gemeindevorstand, aber hat nichts mit der Bib…«

»Ich sage doch gar nicht, dass *du* etwas mit der Bibel zu tun hast, Maria. Aber jemand, der so durchgeknallt ist wie Zeilinger, der sich offenbar für den Racheengel persönlich hält und sehr wahrscheinlich diese Bibelstellen kennt, der könnte so etwas ernst nehmen! Was, wenn er es als … keine Ahnung, als *Zeichen* sieht, weil du Ammon heißt und er dich dazu auserkoren hat, ihm zu gehorchen? Bei SM geht es um Macht! Um Demütigung! Überleg doch, was er mit Andreas gemacht hat. Mit Dirk Gottwald. Vielleicht ist es eine Warnung an dich: ›Gehorche mir, oder ich mach das Gleiche mit dir.‹ Oder noch Schlimmer: ›Mit Menschen, die du liebst.‹ Sieh dir an, was mit Perez passiert ist und …«

»Das war ein Unfall«, rief Maria dazwischen.

»… Franzi wird nicht immer in Italien bleiben!«

Betroffen schwieg Maria.

»Weiß er, wo Franzi ist?« Perez schien Michelles Aussagen alles andere als absurd zu finden.

Vor wenigen Minuten hatte Maria noch wohl und sicher in seinem Arm gelegen, doch jetzt hatte sie das

Gefühl, der Boden unter ihren Füßen schwankte. Ihre Knie zitterten, daher setzte sie sich wieder.

»Scheiße.«

Mit ernstem Gesicht wählte Michelle eine Nummer auf ihrem Handy. »Du brauchst Personenschutz, Maria … Paul? Hier ist Michelle. Ich hoffe, du sitzt …«

Während Michelle telefonierte, vergrub Maria das Gesicht in ihren Händen. Perez streichelte ihren Rücken. »Mach dir keine Sorgen um Franzi. Er hat nicht damit gerechnet aufzufliegen, daher hat er kein Geld, keinen Ausweis, nichts.«

»Und wenn diese Lili oder Lilith seine Komplizin ist?«

»Weiß er denn überhaupt, wo Franzi ist?«

»Ja. Ich habe es ihm erzählt. Verdammt!«

»Kann ich dein Auto haben, Maria?« Michelle hatte ihr Gespräch beendet und war aufgestanden. »Paul sagt, ich soll am besten gleich ins PP kommen.«

»Ich komme mit!«

»Nein!« Es war selten, das Michelle so entschieden klang. »Du bist raus. Ich bringe dich nach Hause und du bekommst eine Streife vor die Tür. Perez auch, sicher ist sicher. Wir warten noch, bis die Kollegen eintreffen, und dann fahren wir.«

Maria wollte protestieren, doch sie tat es nicht. Michelle hatte recht. Wenn sie ein potenzielles Ziel von Zeilinger war, dann war es besser, wenn sie persönlichen Schutz bekam – und wenn sie zu Hause war, dann waren gleichzeitig auch ihre Eltern in Sicherheit.

»Und Franzi?«, fragte sie mit belegter Stimme. »Zeilinger weiß, wo sie ist und die Zeit hätte ausgereicht, zu ihr zu fahren …« Diesen Gedanken durfte sie nicht zu Ende denken.

Es dauerte keine fünf Sekunden, bis Michelle erneut Holzapfel am Apparat hatte. Als sie auflegte, nickte sie. »Er kümmert sich drum.«

Sie trat auf Maria zu und nahm sie in den Arm. Michelle war kleiner und zarter, doch Maria spürte die Kraft und Zähigkeit, die von der jungen Frau ausging.

KM 203 – LAUFEN

Es war geradezu unheimlich.

Schon häufig hatte sie selbst für Zeugen von Verbrechen Personenschutz organisiert oder schon selbst Wache geschoben. Jetzt parkte das Auto in der Morgendämmerung vor ihrer eigenen Haustür, als Maria im Bademantel hinter der Gardine von Franzis Kinderzimmerfenster stand. Ein Mann aus den eigenen Reihen als gesuchter Serientäter sowie sie als Kripobeamtin als potenzielles Ziel hatte niemanden der Verantwortlichen zögern lassen, dies als notwendig anzuordnen.

Noch am späten Abend hatte sie den erlösenden Anruf bekommen, dass es ihrer Tochter gut ging. Die italienische Polizei hatte Annas Eltern über die Situation aufgeklärt, die verständlicherweise einen großen Schreck bekommen hatten. Zwar erschien es eher unwahrscheinlich, dass Zeilinger sich auf den Weg nach Italien gemacht hatte, doch er war zuletzt Freitagabend in der Nähe von Neustadt gesehen worden. Die Zeit hätte theoretisch dazu ausgereicht, daher waren sie kurzfristig vom Campingplatz in ein Hotel umgezogen.

In Anbetracht der Umstände hatte Maria mit Franzi telefoniert und ihr so gut es ging erklärt, was passiert war. Trotz des Schocks über den Tod ihres Vaters hatte Franzi mehr Angst um Maria, als dass sie sich Sorgen um sich selbst machte. Franzi sollte nun mit dem nächsten Flug von Pisa oder Florenz heim kommen. Anna und ihre Eltern wollten den Rest ihres Urlaubs auf einem anderen Campingplatz verbringen. Auch, wenn ihr Annas Familie versicherte, dass sie nicht ja nichts dafür konnte, so hatte Maria ein schlechtes Gewissen wegen der Umstände.

Nach all der Aufregung hatte sie daher schon wieder kaum schlafen können. Trotz der warmen Umhüllung ihres Bademantels fröstelnd, rieb sie sich die Oberarme und dachte darüber nach, wieder ins Bett zu gehen, denn schließlich war es noch nicht einmal sechs Uhr. Heute würde sie nichts tun, außer Perez zu besuchen und am späten Abend Franzi vom Flughafen abzuholen. Als Problem hatte sich dabei erwiesen, dass unbegleitete Kinder der Fluggesellschaft mindestens 30 Stunden vor Abflug gemeldet werden mussten. Die italienischen Kollegen vor Ort hatten allerdings ihre Beziehungen spielen lassen und es zu Marias Erleichterung ermöglicht, dass Franzi von einem Beamten der Flughafenpolizei zum Abflugterminal begleitet werden würde. Im Flugzeug und in Nürnberg wäre sie dann auf sich selbst gestellt, aber das sahen sowohl Maria als auch Franzi als unproblematisch an. Schließlich war Franzi zusammen mit Maria schon häufiger geflogen. Zu Marias Erleichterung hatten Martha und Hermann Ammon das Ganze zumindest äußerlich gelassen hingenommen und waren, nachdem alles organisiert war, schlafen gegangen.

Alles war gut.

Oder zumindest so gut, wie es unter den gegebenen Voraussetzungen sein konnte.

Maria hingegen kam sich vor wie ein Tiger im Käfig, besonders bei der Aussicht, sich diesen und vielleicht auch die nächsten Tage nicht sorglos bewegen zu können. Vielleicht überkam sie gerade deshalb das dringende Bedürfnis joggen zu gehen. Sie sehnte sich nach der Monotonie des Laufens, dem für sie beinahe schon meditativen Rhythmus, nach der Ruhe, die sich nach einigen Kilometern wie von allein in ihrem Hirn einstellte. Sie verdrängte das Gefühl und ging stattdessen hinunter in die Küche, um sich Kaffee zu machen und sich mit einem Buch abzulenken.

Mit Tasse und Lesestoff bewaffnet saß sie auf ihrem Lieblingsplatz am Küchenfenster, betrachtete desinteressiert die Buchstaben auf der dritten Seite des Romans, den ihr Holzapfel schon vor zwei Monaten ausgeliehen hatte, und versuchte sich zu erinnern, was auf den ersten beiden gestanden hatte. Sie legte es beiseite.

Nicht alles, was Michelle gestern herausgefunden hatte, ergab einen Sinn – oder vielleicht ergab es auch nur für Maria keinen Sinn, weil ihr eine Menge Details zu den Fällen fehlten, denn schließlich war keiner davon ihr Fall. Auf sie wirkten die Opfer wie zufällig ausgewählt, die Methode folgte auch keinem Schema. Zwei waren stranguliert worden und einer vergiftet, hinzu kam einer oder wahrscheinlich zwei inszenierte Fahrradunfälle. Aron Mayer war die Kehle durchschnitten worden. Alle Opfer waren Männer, mindestens einer homosexuell. Abgesehen von Andreas waren die Opfer Sportler. War das der mögliche gemeinsame Nenner? Aron Mayer war als einziges Opfer jünger als die Übrigen, die zwischen 30 und 50 Jahre alt gewesen waren, aber damals war Zeilinger im selben Alter wie Mayer gewesen. Vielleicht waren noch mehr Morde in den vergangenen zwei Jahrzehnten auf sein Konto gegangen. Die konkrete Beweislage war nach wie vor dürftig, doch sie hatten genug Indizien vorliegen, um einen Haftbefehl gegen Zeilinger zu erwirken.

Aber was, um Himmels willen, war eigentlich sein Motiv?

Warum Andreas?

Und warum ich?, dachte Maria. Konnte es wirklich so sein, wie Michelle vermutet hatte oder war es an den Haaren herbeigezogen?

Unwillig stellte Maria die Tasse ab. Vielleicht hatte Zeilinger gar kein Motiv und er mordete aus schierer Lust? Was hatten die Drogen in seiner Familie damit zu tun? Zeilingers Vater war nachweislich in Drogengeschäfte verwickelt gewesen und es hieß, dies sei der Grund, dass Zeilinger in diesem Gebiet tätig geworden sei. Sehr erfolgreich, wie seine Kollegen vom BKA versichert hatten. Niemand konnte sich erklären, warum er zum Täter geworden sein sollte. Außerdem war keines der Opfer jemals aktenkundig mit Drogen in Berührung gekommen.

Es musste einen Grund geben, warum seine Eltern ihn Samael genannt hatten, den Engel des Todes, und er sich hatte scarifizieren lassen. Der Schlüssel dazu lag vielleicht bei Christel Zeilinger, doch die schwieg seit ihrer Einlieferung in die Forensik beharrlich.

Maria hatte das Gefühl, blind im Nebel herumzutappen, höchstens die ungefähre Richtung haltend, aber nicht wissend, wohin sie gelangen würde. Einerseits hatte sie das Bedürfnis, sich nicht mehr mit diesem Fall beschäftigen zu müssen, andererseits ließ er ihr keine Ruhe. Es war ein innerer Antrieb, gegen den sie sich nicht wehren konnte.

Plötzlich erstarrte sie.

Die Bewegung hatte sie nur aus dem Augenwinkel wahrgenommen.

Sie wandte ihren Kopf – und war schon auf den Beinen. Auf der anderen Seite der Scheibe stand Zeilinger, der sich mit dem Zeigefinger auf die Lippen tippte. Demonstrativ legte er die Pistole auf den Stuhl, der hinter ihm stand. Dann nahm er die Hände hoch, um zu zeigen, dass er unbewaffnet war. Immer noch trug er die knielange Fahrradhose sowie die schwarze Lederjacke, die er vorgestern vom Haken gerissen hatte. Er war barfuß.

Nachdem sie die erste Schrecksekunde überwunden hatte, überlegte Maria rasch. Wenn sie um Hilfe rief und aus der Küche, vielleicht sogar bis zur Haustür gelangte, um die Kollegen zu alarmieren, würde Zeilinger weggelaufen sein, bis diese im Garten angelangt waren – oder er würde schießen. Ihre eigene Waffe lag oben in ihrem Schlafzimmer auf dem Nachttisch. Sie hatte sie am Abend extra noch aus dem Büro geholt, doch sie nicht mit hinunter genommen. Verdammt, sie wollte sich doch nur einen Kaffee machen!

Und sie hatte Polizeischutz!

Während ihre Gedanken Purzelbäume schlugen und sie dabei Zeilinger anstarrte, bedeutete er ihr, das Fenster auf Kipp zu stellen. Immerhin eine halbwegs gefahrlose Möglichkeit, mit ihm zu sprechen. Im Zeitlupentempo öffnete Maria.

»*Gud mawnin, dondonnet*!«

Maria antwortete nicht.

»Sind unsere Kollegen etwa wegen mir da?«

Sie nickte.

Zeilinger lachte. Sehr leise zwar, doch sein Körper bebte. Offensichtlich fand er diese Tatsache sehr amüsant. »*Puppa Jesus!* Ich wusste nicht, dass ich so gefährlich bin!« Mit einer Hand strich er über seinen Bart. »Das mit deinem … *Freund* tut mir leid. Ich hoffe, er ist nicht schwer verletzt.«

Maria runzelte die Stirn, sagte aber immer noch nichts. Erst jetzt fiel ihr auf, wie erschöpft und schmutzig er war. Seine Füße starrten vor Dreck und die Hose hatte ein Loch.

Er steckte die Hände unter seine Achseln. »Wo ist *Mooma*?«

»In der Forensik.« Es erschien ihr ungefährlich, ihm das zu sagen.

»Gut.« Zu Marias Überraschung klang er erleichtert. »Hast du etwas zu trinken für mich?«

Maria rührte sich nicht.

Er hob die Hände. »Okay, ist gut. Vergiss es.« Verdrossen schüttelte er den Kopf. »Ich wollte nur mit dir reden, aber … Hol unsere Kollegen. Ich warte einfach hier.«

Maria zuckte zurück, als er sich umdrehte und nach der Pistole griff, doch er nahm sie nur mit spitzen Fingern am Lauf und platzierte sie deutlich außerhalb seiner Reichweite ans andere Ende des Tisches, bevor er sich auf dem Stuhl nieder ließ. Tief hinuntergerutscht, mit ausgestreckten Beinen und verschränkten Armen, lehnte er den Kopf an. Seine Lider klappten herunter.

Maria strich sich die Haare aus der Stirn. Sein Benehmen hatte weder etwas Bedrohliches, noch hatte sie eine Idee, was er damit wirklich bezweckte – dass er nur mit ihr reden wollte, konnte kaum der wahre Grund sein.

Oder vielleicht doch?

Schritt für Schritt ging sie rückwärts auf die Küchentür zu. Ohne hinzusehen tastete sie nach der Klinke, drückte sie und öffnete die Tür. Zeilinger bewegte sich nicht. Sie huschte in den Flur, machte einen Schritt auf die Haustür zu, doch dann hielt sie inne. Wenn Zeilinger hier war, dann war in jedem Fall Franzi außer Gefahr. Vorausgesetzt seine Komplizin – Lili oder die Lilith – existierte wirklich und war kein Hirngespinst Christel Zeilingers. Möglicherweise hatte sie einfach auf diese Art und Weise verdrängt, dass sie selbst es gewesen war, die ihrem Sohn damals geholfen hatte, die Leiche beiseite zu schaffen. Zeilingers Äußerem nach zu urteilen, hatte er jedenfalls die letzten beiden Nächte eher im Freien verbracht als unter einem Dach.

Maria rieb sich die Stirn. Abgesehen von dem Moment, als er Perez die Pistole aus der Hand getreten und ihm in den Bauch geboxt hatte, bevor er floh, war er nicht aggressiv gewesen. Momentan sogar eher das komplette Gegenteil.

Möglicherweise war es unvernünftig, doch jetzt war der einzige Zeitpunkt, an dem sie allein mit ihm reden konnte, um sich einen eigenen, unverstellten Eindruck davon zu verschaffen, was er mit Andreas gemacht hatte. Und warum!

Sobald er in Polizeigewahrsam war, würde sie keine Chance mehr dazu haben. Entschlossen lief sie die Treppe hinauf, um ihre Waffe zu holen. Sie versicherte sich, dass ihre Eltern noch schliefen. Den Herzschlag bis zum Hals, legte sie die Hand auf die Klinke der Küchentür, sie herunterdrücken, die Tür aufstoßen und mit der Waffe im Anschlag den Raum betreten, war eins.

Der Raum war leer.

Wie hätte er auch hereinkommen sollen, dachte sie flüchtig, die Terrassentür war doch zu.

Draußen saß Zeilinger noch immer in derselben Stellung auf dem Stuhl. Die Pistole befand sich ebenfalls unverändert am anderen Ende des Tisches. Maria atmete auf und schloss die Küchentür hinter sich. Ohne Zeilinger aus dem Blick zu lassen, betrat sie die Terrasse.

Mit einem Auge blinzelte Zeilinger sie an.

Sie richtete die Waffe auf ihn, während sie nach Perez Pistole angelte, um das Magazin auf den Boden gleiten zu lassen. Die Pistole steckte sie sich in den Bund ihres Bademantels.

Er grinste. »Bist du wirklich sicher, dass du schießen würdest? Die meisten Polizisten glauben das von sich, aber am Ende zögern sie doch.«

»Lass es darauf ankommen!« Der Spruch klang mutiger, als Maria sich fühlte. Aber sie war die mit der Waffe in der Hand und würde sich keinesfalls von ihm einschüchtern lassen.

Zeilinger schloss das Auge wieder, verharrte einen Moment, dann öffnete er beide und streckte sich. Das Gesicht verziehend, massierte er sich den Nacken. »Im Wald schlafen ist ein Abenteuer, wenn man jung ist. Aber heute kann ich darauf verzichten. Warum hast du keine Verstärkung geholt, *dondonnet*?«

»Ich will zuerst deine Version hören.«

Als Zeilinger sich im Stuhl zurechtsetzte, hob Maria unwillkürlich die Waffe ein Stück. Zeilinger legte seine Unterarme auf die Knie.

»Meine *Version*?«, fragte er.

Sie hob die Brauen. »Ich will wissen, warum du Andreas umgebracht hast!«

»Natürlich.« Wieder lachte er leise, doch diesmal klang es nicht belustigt, sondern sehr müde. »Und wo soll ich anfangen?«

»Wie wäre es mit: Am Anfang?«, schlug Maria in zynischem Unterton vor.

»Nein«, widersprach er ernst. »Ich beginne mit Dirk Gottwald. Du glaubst doch, dass alles zusammenhängt, nicht wahr? Du hast recht und ich habe gelogen. Ich kannte ihn, wenn auch nicht besonders gut. Als ich im Frühjahr zur Beerdigung meiner Tante hier war, habe ich bei ihm im Geschäft neue Laufschuhe gekauft. Wir kamen ins Gespräch, stellten fest, dass wir beide in Roth starten würden und als ich schließlich herzog, sind wir ein paar Mal zusammen Fahrrad gefahren. Er hat mir ein paar schöne Strecken gezeigt. Unterwegs schüttete er mir sein Herz aus, weil er Ärger mit seinem Freund hatte. Der warf ihm vor, zu viel zu trainieren, zu wenig Zeit für ihn zu haben. Das Übliche halt.« Er lächelte wissend. »Wir kannten uns kaum, aber – wie man so schön sagt – die Chemie stimmte. Weißt du, was ich meine? Du triffst jemanden und hast das Gefühl, ihn schon ewig zu kennen.«

Maria nickte. »Hattest du ein Verhältnis mit ihm?«

»Nein.« Er lehnte sich zurück. »Wir wussten voneinander, dass wir beide in Eckersmühlen sein würden, aber wir hatten uns nicht verabredet. Er war mit seiner Staffel und seiner Stiefmutter da und ich bin vor den Wettbewerben lieber für mich allein. Samstagabend kam er dann doch zu mir, um mir zu erzählen, er wolle sich mit seinem Freund versöhnen. Ich hatte aber das Gefühl, ihn beschäftigte noch etwas. Als ich ihn darauf ansprach und fragte, ob wirklich alles in Ordnung sei, sagte er, es gäbe noch etwas, aber er würde es mir lieber nach dem Wettbewerb erzählen. Das war alles. Dann war er tot.«

Maria dachte an die SMS, die Rorbeck bekommen hatte. *Wir müssen dringend reden, aber nicht am Telefon.«*

Allmählich wurde die Pistole im Anschlag schwer, doch sie hielt sie davon ab, sich zu entspannen. Auch, wenn Zeilinger jede Bedrohungshaltung vermied, hielt sie ihn für zu gerissen, als dass sie sich davon einlullen lassen durfte.

Zeilinger musterte Maria. »Vielleicht war es dasselbe, dass er auch seinem Freund erzählen wollte. Du hast diese SMS erwähnt, die Dirk ihm geschickt hat. Ehrlich gesagt, habe ich an dem Abend nicht weiter darüber nachgedacht. Es tat mir leid um Dirk, aber ich kannte niemanden von seinen Freunden oder von seiner Familie, niemand wusste, wer ich war und ich hatte meine eigenen Probleme – das war's. Ich weiß, es klingt herzlos. Vielleicht bin ich das auch.« Er rieb sich die Nase. »Donnerstagabend erzähltest du mir von den Zeichen und hast über den Zusammenhang zum Tod deines Ex-Mannes spekuliert.« Er öffnete den Reißverschluss seiner Jacke, unter der er nichts trug. Mit seinen Fingerspitzen fuhr er die Narben entlang, dabei starrte er vor sich auf den Boden. Er schluckte schwer. »Am Freitag war ich dann im Präsidium und konnte einen Blick auf die Akten werfen – die Bilder, den Bericht. Ich weiß, dass er vor seinem Tod Sex mit einem Mann gehabt haben soll und ich habe die Schnitte auf seiner Brust gesehen. Davon hattest du zwar nichts gesagt, aber …«

»Paul Holzapfel hat mir die Bilder erst am Freitag gezeigt.«

Zeilinger nickte versonnen. »Ich wusste ehrlich gesagt nicht, was ich tun sollte. Es gibt hier in Deutschland nicht viele Menschen, die meine Narben kennen und es war ein Dilemma: Zeige ich sie, mache ich mich unter Umständen verdächtig, zeige ich sie nicht und jemand sieht sie zufällig – was sicher früher oder später möglich gewesen wäre – mache ich mich erst recht verdächtig. Auf dem Heimweg hatte ich darüber nachgedacht, zuerst mit dir darüber zu sprechen und zu hoffen, dass du mir glaubst. Als du dann mit deinem Freund bei uns in der Küche saßt, und meine Brust gesehen hast, konnte ich in deinem Gesicht ablesen, dass du es nicht mehr tun würdest. Es war zu spät. Als *Mooma* dann noch sagte, ihr hättet nach Ronnie gefragt, da wusste ich, dass ich tief in der Scheiße stecke. Wie seid ihr überhaupt auf Ronnie gekommen?« Neugierig richtete er seinen Blick auf Maria.

Sie runzelte die Stirn. »Durch die Zeichnung in Andreas' Wohnung.«

»Welche Zeichnung?« Entweder war er ein wirklich guter Schauspieler oder seine Ahnungslosigkeit war echt.

»Die Skizze einer Tarot-Karte. Die *Zehn der Schwerter*. Sein Name stand darin.«

Zeilinges Mund stand offen. »*Fuck!*«, entfuhr es ihm. »Wie kommt das dorthin?«

Maria hob die Pistole wieder ein Stück, weil sie sie wieder hatte sinken lassen. »Das solltest du doch am besten wissen.«

Er massierte sich die Schläfen. »Nein, verdammt! Das weiß ich nicht!«

»Wir haben ihn übrigens gestern gefunden.«

»Wen?«

»Aron Mayer.«

»Was?« Das Weiße in Zeilingers Augen war so deutlich wie nie, so weit riss er sie auf. »Wo? Wo habt ihr ihn gefunden?«

»Genau dort, wo deine Mutter es gesagt hat«, sagte Maria langsam. »Im Sumpf neben dem Schornweisacher Badesee.«

»*Fuck! Fuck, Fuck, Fuck*!« Mit den Handballen rieb er sich die Augen. Einen Moment rührte er sich nicht. »Verdammt, Ronnie!« Er schniefte. »Weiß man schon, wie er gestorben ist?« Er nahm die Hände herunter. Sein milchkaffeebraunes Gesicht wirkte mit einem Mal grau.

Wütend gestikulierte Maria mit der Pistole. »Für wie blöd hältst du mich eigentlich? Oder ist dein Gedächtnis etwa so schlecht, dass du vergess…«

Er war schnell. So schnell, dass Maria nicht wusste, wie ihr geschah. Ihr Oberkörper wurde auf den Tisch gepresst, ihr rechter Arm mitsamt der Pistole mit eisenhartem Griff schmerzhaft auf den Rücken verdreht. Selbst wenn sie es versucht hätte, sie wäre unfähig gewesen, den Abzug zu betätigen. Mit seinem Körper fixierte Zeilinger sie, die andere Hand hatte er ihr auf Mund und Nase gepresst. Krampfhaft versuchte sie nach Luft zu schnappen, doch je mehr sie sich bemühte, desto weniger bekam sie. Widerwillig ließ sie es zu, dass er ihr die Pistole abnahm. Sie war wütend auf sich, zugleich hatte sie Angst und war unfähig, klar zu denken. Dasselbe Gefühl, das sie gehabt hatte, als sie damals im Mai zu Perez ins Auto gestiegen war. Ihre Augen brannten.

»Wie?«

Er lockerte seine Hand ein wenig, sodass sie ihm antworten konnte. Sie keuchte. »… Kehle … durchgeschnitten …«

Eine Sekunde passierte nichts. Dann fiel etwas zu

Boden, und ein Ruck ging durch Zeilingers Körper, als er mit seinem Arm ausholte und etwas von sich schleuderte.

Ihre Pistole?

Immer noch über ihr, gewährte er ihr etwas mehr Bewegungsfreiheit.

Ein paar Mal atmete er heftig. Dann klang seine Stimme leise an ihr Ohr. »Ich war es nicht, Maria! Ich habe weder Ronnie, noch Andreas, noch Dirk noch sonst wen umgebracht, verdammt noch mal! Vorhin habe ich dir gesagt, du sollst mich festnehmen lassen, aber du hast es nicht getan. Warum nicht? Weil du wissen wolltest, warum ich Andreas umgebracht habe? Bestimmt. Aber auch, weil du Zweifel daran hast! Vielleicht ist dir das nicht klar, aber du hast Zweifel. Sonst wäre ich jetzt schon längst in Handschellen auf dem Weg in die U-Haft. Oder ich wäre tot, weil du gerade abgedrückt hättest. Auf diese Distanz hättest du mich gar nicht verfehlen können.«

Unvermittelt ließ er sie los. Mit weichen Knien blieb sie in der Position, in der er sie gezwungen hatte.

»Und wenn du mein nächstes Opfer hättest werden sollen, dann würden dich deine Eltern mit gebrochenem Genick hier auf der Terrasse finden.« Seine Stimme klang belegt.

Maria richtete sich auf. Das Magazin ihrer Pistole lag neben ihren Füßen. Langsam drehte sie sich herum.

»Warum schreist du nicht um Hilfe?« Provokant stieß er sie vor die Brust.

Reflexartig holte sie aus und verpasste ihm eine Ohrfeige. Er rieb sich die Wange und lächelte schief. Eine

Träne löste sich aus seinem linken Auge. Er wischte sie weg.

Maria raufte sich die Haare. »Dein *Freund* Ronnie hat dieselben Schnitte auf der Brust wie Andreas! Jemand hat sie ihm nach seinem Tod in die Haut geritzt. Ich habe dieses Zeichen noch *nie* vorher gesehen. Du warst in Eckersmühlen im Waschraum und am Kalvarienberg. Der Läufer ist vergiftet worden, als du in der Nähe warst – streite das nicht ab! Ich habe dich gesehen, als du nach Roth hineingelaufen bist und als ich an der Lände ankam, kämpften die Sanitäter um sein Leben. Das ist auch anhand deiner Wettkampfzeiten nachvollziehbar! Und jetzt erklär mir, warum zum Teufel ich glauben sollte, dass du es *nicht* getan hast!«

Er hatte seine Hände in die Seiten gestützt und starrte auf den Boden. »Hättest du vielleicht jetzt etwas zu trinken für mich?«

Mit einem vernichtenden Blick ließ sie ihn stehen und stapfte in die Küche. Sie holte ein Glas aus dem Schrank und knallte es mitsamt einer Wasserflasche auf den Tisch. Er war ihr gefolgt. Während er durstig trank, goss sie zwei Tassen Kaffee aus der Thermoskanne ein.

»Hast du bitte auch Milch?«

Sie holte das Gewünschte aus dem Kühlschrank, außerdem Brot, Butter und Marmelade. Schließlich setzte sie sich ihm gegenüber, einen Fuß auf dem Sitz angestellt, und beobachtete ihn, wie er sich heißhungrig über alles hermachte.

»Warum tue ich das hier eigentlich?« Sie rieb sich die Stirn.

»Weil ich kein Motiv habe.«

»Das haben Serientäter nicht immer.«

»Weil ich dich nicht bedroht habe.«

»Und was war das dann gerade?« Sie blitzte ihn an.

»Tut mir leid«, sagte er.

Weil er sich völlig anders benahm, als jeder Täter es tun würde, beantwortete Maria sich im Stillen ihre eigene Frage.

Weil er wusste, dass sie wusste, wie sich jeder Täter benehmen würde und schon allein deswegen das genaue Gegenteil tun würde, ermahnte sie sich selbst.

Vielleicht war es Berechnung, vielleicht beging sie gerade den größten Fehler ihres Lebens. Vielleicht brachte sie sich gerade in ernste Gefahr. Und ihre Eltern gleich dazu, die immer noch seelenruhig schliefen.

»Ich bin gleich wieder da.«

Ohne eine Antwort abzuwarten, verließ sie die Küche. Im Flur blieb sie stehen, lauschte eine Weile. Zeilinger verhielt sich still. Perez Pistole steckte immer noch in ihrem Gürtel, doch beide Magazine – und ihre eigene Pistole, wie ihr siedend heiß einfiel – lagen draußen. Er konnte sie jederzeit holen.

»Großartig, Maria«, murmelte sie.

Sie hatte genau zwei Möglichkeiten. Eine davon war, Zeilinger endlich verhaften zu lassen. Auf leisen Sohlen lief sie hinauf in ihr Wohnzimmer und wählte eine Nummer. Sie ließ die Tür auf, um immer wieder einen Blick in den Flur zu werfen und auf außergewöhnliche Geräusche zu lauschen.

KM 210 – LAUFEN

Zehn Minuten später stand Maria wieder vor der Küchentür. Wie auch vorhin drückte sie vorsichtig die Klinke, auf alles gefasst – mit dem Unterschied, dass sie diesmal unbewaffnet war. Zeilinger sah auf. Er war gerade dabei, sich Kaffee nachzuschenken und füllte bei Marias Anblick kurzerhand auch ihre Tasse neu.

Sie versuchte, den Seufzer zu unterdrücken, bevor sie sich wieder setzte. Sie war froh, dass er geblieben war. »Die DNA, die bei Andreas gefunden wurde, stammt nicht von dir.« Und auch nicht von Marko Rorbeck, fügte sie im Geiste hinzu.

»Überraschung!«, bemerkte er trocken. »Wie kommst du so schnell an das Ergebnis? Eine Vergleichsprobe von mir könnt ihr doch erst seit vorgestern Abend haben.«

Sie zuckte mit den Achseln. »Wenn man die richtigen Leute kennt, braucht es nur 24 Stunden.«

»Und das sogar am Wochenende?«, sagte Zeilinger. »Ich weiß nicht, was ich falsch mache, aber in der Regel dauern solche Dinge eine halbe Ewigkeit. Egal, wie dringend man sie haben will.«

»Wie gesagt, man muss nur die richtigen Leute kennen.«

Es war Holzapfels Idee gewesen, Professor Leibl inoffiziell um Hilfe zu bitten, denn er verfügte über die entsprechenden Möglichkeiten. Außerdem stellte er keine Fragen.

Zeilinger wirkte nachdenklich. »Wenigstens aus der Nummer bin ich raus.«

»Ich würde eher sagen, es belastet dich nicht noch zusätzlich«, bemerkte Maria zynisch. »Wo warst du am Mittwochmorgen?«

»Zur Tatzeit, hm?« Er grinste schief. »Meiner Mutter ging es nicht besonders. Sie war depressiv und ich konnte sie nicht allein lassen, weil ich Sorge hatte, dass sie sich völlig zudröhnt.« Mit dem Zeigefinger pickte er Brotkrümel vom Tisch. »Wer war eigentlich der Mann, den du am Freitag Abend dabei hattest?«

»Ein Bekannter.«

»Der ganz zufällig eine Pistole mit sich herumträgt und eine taktische Ausbildung hat.«

»Zufällig. Ja.«

»Du kennst wirklich interessante Leute«, sagte er. »Wie heißt er?«

Sie antwortete nicht.

»Wir könnten ein wirklich gutes Team werden, Maria.«

»Ich glaube kaum, dass du die Erlaubnis bekommst, vom Gefängnis aus Ermittlungen zu betreiben, Josef.«

»Deswegen liegt mir eine Menge daran, diese Sache aus der Welt zu schaffen. Also: Ich habe mich erst ein Jahr nach Ronnies Tod scarifizieren lassen. Von *GramMa* Abigail in Jamaika. Bezeugen kann sie das leider nicht mehr, weil sie tot ist, aber vielleicht existieren noch datierte Fotos aus der Zeit davor. Nach Ronnies Verschwinden war es für mich schwierig geworden in Neustadt. Überall wurde geredet und wir waren ja immer schon die Sonderlinge gewesen. *Mooma* war damals ziemlich heftig drauf. Sie hat gekifft und getrunken und ständig ihre Arbeit verloren.« Er zuckte mit den Schultern. »Als mein Vater wieder einmal da war, hat er mir vorgeschlagen, mit nach Jamaika zu kommen. Mir war damals alles recht, Hauptsache weg.«

»Dann hat er nicht in Neustadt gewohnt?«

»Manchmal war er monatelang da, dann wussten wir eine halbe Ewigkeit lang nicht, wo er sich herumtrieb. Er hat uns Geld geschickt, wenn der Drogenhandel gut lief und keins, wenn er sich mal wieder zu viel selbst bedient hat. Eigentlich war er ein Scheißkerl, der sich nur um sich selbst gekümmert und alles gevögelt hat, was nicht bei drei auf dem Baum war – ob Männer oder Frauen, war ihm egal. In Jamaika habe ich wieder bei *GramMa* Abigail gelebt. Sie war okay.«

»Wieder?«

»Bevor wir nach Deutschland kamen, wohnten *Mooma* und ich auch bei ihr. Sie war eine weise Frau, eine Hexe, die *Obeah* praktizierte, Voodoo-Zauber. Mein Vater hat als junger Mann ganz ähnliche Narben von ihr geritzt bekommen, als eine Art Initiationsritus. Damals fand ich es irgendwie … cool. Ich war es gewohnt, anders zu sein, und auch in Jamaika wollte ich mich von der Masse abheben. Also hab ich mich überreden lassen.« Er verzog das Gesicht. »Es war eine Scheißidee, weil es höllisch weh tat und man das Zeug nicht wieder los wird.«

»Dein Vater hat auch solche Narben?«

»Ja, und auch mein Großvater und dessen Vater. *GramMa* Abigail hat gesagt, dadurch stärken wir unsere Seele, um unserer Bestimmung zu folgen. Ein *Obeah*-Zauber.«

»*Obeah*? Das Wort hast du auch zu deiner Mutter gesagt.«

Er nickte. Unglücklich. »Ich habe sie beschimpft, ihr gesagt, sie soll den Mund halten, oder ich würde sie verfluchen. Das war ziemlich mies.«

»Warum hast du das dann gemacht?«, fragte Maria schockiert.

»Weil sie sich sonst um Kopf und Kragen redet, wenn sie high ist.« Er seufzte. »Ich wollte verhindern, dass sie noch mehr Durcheinander anrichtet. Jahrelang war sie clean, solange ihre Schwester für sie da war. Aber als sie starb, fing *Mooma* wieder an und das ist der wahre Grund, warum ich nach Neustadt gezogen bin. Ich wollte das nicht unbedingt allen auf die Nase binden, dass der neue Chef und ehemalige Drogenfahnder eine kiffende Mutter hat. Das macht sich nicht so gut als Einstand.«

»Als Serienmörder verdächtigt zu werden allerdings auch nicht.« Maria stützte ihre Ellbogen auf den Tisch und bettete ihr Kinn auf die Hände. »Weißt du, was diese drei Symbole auf deiner Brust bedeuten?«

Er verdrehte die Augen. »Natürlich, ich bin der Racheengel Samael. Ich habe keinen blassen Schimmer, in welchem drogenumnebelten Hirn die Idee, mir diesen Namen zu geben, wirklich entstanden ist. *GramMa* Abigail hat zwar kein Cannabis geraucht, aber ihre Kräuter waren auch nicht ohne.«

Es war das erste Mal, dass Maria an diesem Morgen ein echtes Lächeln zustande brachte. »Wahrscheinlich bist du deswegen zur Drogenfahndung gegangen, um den Teufel, der deine Familie besessen hat, auszutreiben.«

Jetzt lachte Zeilinger laut auf. »Darauf bin ich noch nie gekom…« Abrupt verstummte er.

Die Tür hatte sich geöffnet und Hermann Ammon stand da, in seinen ausgebeulten Hosen und der grauen Strickjacke. Mit zusammengekniffenen Augen fixierte er Zeilinger. Dann wanderte sein Blick zu Maria. Die hob die Thermoskanne.

»Es ist noch Kaffee da.«

Erst zwei Sekunden später setzte Hermann sich in Bewegung, um sich eine Tasse zu holen und anschließend einen Stuhl zwischen Maria und Zeilinger zu platzieren. Keine Sekunde ließ er Zeilinger dabei aus den Augen. Ohne hinzusehen, hielt er Maria die Tasse vor die Nase, die den Rest einfüllte, um dann neuen aufzusetzen. Ganz kurz streifte Hermanns Blick den Gürtel von Marias Bademantel, in dem noch immer die Pistole steckte. Dann trank er seinen Kaffee schluckweise und starrte dabei weiter Zeilinger an, der mit seinem Messer imaginäre Muster in die Tischplatte ritzte.

Als Maria sich wieder zu den Männern an den Tisch setzte, begann sie ohne Einleitung ihrem Vater zu erzählen. Diesmal erzählte sie alles, ohne Auslassungen, ohne falsche Scham. Hermann sagte nichts, fragte nichts und sah nach einer Weile aus dem Fenster, als würde er nicht mehr zuhören.

»Wer ist Lili?«, wollte er wissen, als sie geendet hatte.

»Das ist eine gute Frage«, meinte Zeilinger. »Woher wusste *Mooma,* wo Ronnies Leiche war?«

»Sie hat sie selbst verscharrt«, brummte Hermann.

Zeilinger fuhr auf. »*Mooma?* Sie hat früher Frösche über die Straße getragen. Sie würde niemals helfen, einen Mord zu vertuschen.«

»Blut ist dicker als Froschlaich.« Stoisch schmierte sich Hermann ein Brot.

»Ich war's nicht, verdammt noch mal!«

»Das sagen sie alle«, behauptete Hermann und biss herzhaft zu.

»Vielleicht können wir jemanden aus deiner Clique ausfindig machen und fragen, ob sich jemand an eine Lili erinnert«, schlug Maria vor.

»Wir? Wohl kaum!« Resigniert hob Zeilinger die Hände. »Sobald ich nämlich durch die Haustür gehe, trage ich Handschellen.«

Sie schwiegen.

»Schläft Mama eigentlich noch?«, fragte Maria nach einer Weile.

»Sie hat Baldrian genommen. Konnte nicht einschlafen.«

»Aha.«

Mit den Fingerspitzen tappte Maria auf dem Küchentisch herum. Schließlich stand sie auf, um die Magazine und ihre Pistole von draußen zu holen.

»Warum hat dieses Mädchen damals eigentlich behauptet, sie hat dich auf dem Fahrrad nach Diespeck fahren sehen?«, fragte sie, als sie wieder herein kam.

»Du meinst Bina?«

»Ja, so hieß sie.«

Maria hatte den Namen des Mädchens und ihres Bruders in der Akte gelesen. Sie hatte ihn sich gemerkt, weil er so außergewöhnlich gewesen war. Bina Bohnenkamp. Ihr Bruder hieß deutlich weniger kreativ Martin.

»Bina war ein nettes, ruhiges Mädchen. Manchmal geriet sie aber völlig aus dem Häuschen. Dann war sie überdreht, brezelte sich auf und man konnte viel Spaß mit ihr haben … Ein bisschen wie *Mooma,* wenn sie high ist. Bina war sauer, weil sie herausgefunden hatte, dass wir eine Wette laufen hatten, wer sie am häufigsten …« Er schloss den Satz mit einem beredeten Geräusch.

»Idioten!«, sagte Maria kopfschüttelnd. »Hast du das damals beim Verhör erwähnt?«

»Nein. Es war mir ehrlich gesagt peinlich, und ich wollte sie nicht weiter kränken. Ihr Bruder Martin war ein paar Jahre älter als wir. Über 20, er hat schon studiert. Wir hingen oft zusammen rum. Die Wette war seine Idee und er hat auch mitgemacht … Tut mir leid, aber so war es nun mal«, setzte er nach, als er Marias entrüstete Miene sah.

»Er hat mit euch gewettet, wer von euch öfter seine eigene Schwester vö…« Mit einem Seitenblick auf ihren Vater verschluckte sie den Rest. »Unglaublich!«

»Allmächd!« Hermanns Gesichtsausdruck sprach Bände.

»Sie war nicht seine leibliche Schwester und Martin war … heute würde ich sagen, er war ein ausgemachtes Arschloch.«

»Nur er?« Maria riss die Augen auf.

»Ich war ein Teenager!«, verteidigte sich Zeilinger. »Damals habe ich mir darüber keine Gedanken gemacht. Martin war an dem Abend jedenfalls nicht bei mir, wie er behauptet hat, aber niemand konnte ihm das Gegenteil beweisen. Aussage gegen Aussage.«

Mit verschränkten Arme lehnte sich Maria zurück. »Könnte Bina dich mit jemandem verwechselt haben?«

»Wo ich doch ein völliges Durchschnittsgesicht habe«, erwiderte Zeilinger spöttisch.

»Nachts sind alle Katzen grau«, sagte Hermann. »Wenn er's nicht war, war's jemand anders. Oder sie hat gar niemanden gesehen. Geht's hin und sprecht's mit ihr darüber. Der Junge wird sich doch kaum selbst die Kehle durchgeschnitten haben.«

»Natürlich hat er das nicht!« Zeilinger hieb auf den Tisch und sprang auf. Mehrmals ging er den kurzen Weg zwischen Tisch und Anrichte hin und her. Dann blieb er stehen. »Maria, würdest du im Netz nachschauen, ob du sie oder Martin findest? Falls sie irgendwo in der Nähe wohnen …«

»Einen Versuch ist es wert.« Maria holte ihr Tablet von oben.

Dank des Beruhigungsmittels hatte ihre Mutter einen festen Schlaf. Noch einmal hätte Maria die Geschichte nicht erzählen wollen, zumal sie nicht glaubte, dass Martha die Angelegenheit gelassen hinnehmen, sondern darauf bestehen würde, Zeilinger auf der Stelle festnehmen zu lassen.

Zurück in der Küche, gab sie den Namen Bohnenkamp in eine Suchmaschine ein. Sie hatte auf Einträge in verschiedenen Telefonregistern oder ähnliches gehofft, doch damit hatte sie nicht gerechnet.

»Was ist denn?«, fragte Zeilinger, der Marias verblüfften Gesichtsausdruck bemerkt hatte.

»Martin Bohnenkamp gründete in den 90ern eines dieser Internet-Startup-Unternehmen und hat ziemlich abgesahnt. Ende März 2000 hat er sich umgebracht, vermutlich wegen großer Verluste bei der Dotcom-Krise.«

»*Er* hat sich umgebracht?«, fragte Hermann mit einem Seitenblick auf Zeilinger, der ärgerlich zurückschaute.

»Äh, ja. Selbstmord. Daran gibt es keine Zweifel, denn er ist in Frankfurt von einem Hochhaus gesprungen. Zeugen haben das beobachtet und er landete mitten auf einer belebten Straße vor den Füßen einiger Passanten.«

Hermann grummelte etwas und Zeilinger runzelte die Stirn.

»Was ist mit seiner Schwester?«

Maria suchte noch eine Weile weiter, doch sie wurde nicht fündig. »Mist.« Sie holte ihr Handy und wählte die Nummer der PI Erlangen-Stadt in der Schornbaumstraße.

»Bauer«, meldete sich eine gutmütige Stimme.

Sie schaltete auf Lautsprecher, damit Zeilinger und ihr Vater mithören konnten. »Hier ist Maria Ammon von der Kripo. Kannst du bitte jemanden für mich suchen?

»Klar, schieß los.«

»Der Name ist Bina Bohnenkamp. Wie die Bohne. Wohnhaft vor ungefähr 20 Jahren in Neustadt/Aisch. Alter ungefähr … Ende 30.« Sie sah Zeilinger an, der zustimmend nickte. »Ich wüsste gern, wo sie heute lebt.«

»Moment.«

Während das Klappern der Tastatur zu hören war, bedeutete Zeilinger Maria, dass er ihr etwas sagen wolle. Sie schaltete das Handy auf stumm.

»Ich bin mir nicht sicher, aber je mehr ich darüber nachdenke, desto wahrscheinlicher wird es, auch wenn es paradox klingt …« Er schüttelte den Kopf, als wolle er dadurch seine Gedanken an den richtigen Platz zwingen. »Diese Frau beim Triathlon, diese Schwarzhaarige, die bei Andreas war. Sie hat mich an Bina erinnert, sie hatte auch schwarze Haare, allerdings viel länger.«

Maria war vor Zeilinger getreten, der mit dem Hintern an der Anrichte lehnte. »Bist du dir sicher?«

»Nein. Es ist so lange her, aber … sie kam mir bekannt vor.«

Sie sahen sich an, als stünde die Lösung bei dem jeweils anderen ins Gesicht geschrieben.

»Aber wenn sie das war«, begann Maria, »dann muss sie einen Komplizen gehabt haben. Andreas hatte …« Sie räusperte sich. »Er hatte Sex mit einem Mann.«

»Falsch«, sagte Zeilinger. »Er hatte ein Kondom mit Spermaspuren im Anus. Sie kann es so aussehen lassen haben als ob.«

Maria kratzte sich am Kopf. »Ja, das wäre eine Möglichkeit.«

»Hatten Sie bei der Challenge Eigenverpflegung abgegeben?«, meldete Hermann sich zu Wort.

»Ja, hatte ich.«

»Dann hat sie die Flaschen verwechselt, als sie das Gift eingefüllt hat.«

Zeilinger atmete tief durch. »Puppa Jesus …«

»Und weil sie Sie bei den Triathlonwettbewerben nicht erwischt hat«, Hermann nickte in Zeilingers Richtung, »hat sie anschließend versucht, Ihnen alles anzuhängen.«

Die Unfälle auf der Radstrecke, das Gift in der Eigenverpflegung. Vergebliche Versuche, Zeilinger umzubringen?

»Aber sie hätte doch noch andere Gelegenheiten finden können, dich umzubringen«, warf Maria ein. »Oder es zumindest versuchen. Warum hat sie das nicht?«

»Vielleicht hat sie einfach die Gelegenheit ergriffen, um erst noch meinen Ruf zu zerstören, bevor sie mir noch mal an den Kragen geht«, sinnierte Zeilinger. »Das würde erklären, warum sie Andreas umgebracht hat. Sie wollte deine Aufmerksamkeit, Maria. Sie wollte, dass du einen persönlichen Grund hast, der Sache nachzugehen, weil sie mich damit in Verruf bringen wollte.«

»Aber woher wusste sie von Andreas?«

»Jemanden auszuspionieren ist heute nicht weiter schwierig«, sagte Zeilinger. »Hat deine Tochter Facebook? Oder du? Andreas?«

»Maria, ich hab sie gefunden!« Das war Bauer. »Ich hab ein bisschen gebraucht, weil der Vorname nicht ganz korrekt war. Außerdem hat sie inzwischen geheiratet.«

Maria berührte den Bildschirm, um die Stummschaltung aufzuheben. »Wo wohnt sie?«

»In Herzogenaurach. Jetzt heißt sie Jakobina Gottwald.«

KM 220 – LAUFEN

Maria hatte das Gefühl, sich in einer Blase zu bewegen, die kurz davor stand zu platzen. Die Situation war noch unwirklicher als ein paar Stunden zuvor, als sie im Morgengrauen an Franzis Fenster gestanden hatte.

Sie saß im Auto ihres Vaters auf dem Beifahrersitz, Hermann steuerte seinen alten Kombi über die Landstraße nach Beutelsdorf. Auf der Rückbank saß Zeilinger. Maria hatte vorgeschlagen, dass Zeilinger sich stellen sollte, damit die offiziellen Ermittlungen aufgenommen werden konnten. Sie würde für ihn aussagen, damit er nicht lange in Untersuchungshaft bleiben musste. Er hatte rigoros abgelehnt und minutenlang geschwiegen. Maria hatte ein eigenartiges Gefühl gehabt, daher hatte sie ihn darauf angesprochen.

»Ich glaube, ich weiß ungefähr, was damals passiert ist«, hatte er geantwortet. »Ich muss zu Bina. Begleitest du mich?«

Sie benötigte die Hilfe ihres Vaters, dessen Auto etwas günstiger im Carport parkte. Während Maria die beiden Beamten ablenkte und darum bat, auf ihre Mutter achtzugeben, solange sie mit ihrem Vater bei Andreas' Eltern wäre, schlüpfte Zeilinger in den Kombi. Eigentlich hatte Maria vorgehabt, ihren Vater unterwegs irgendwo abzusetzen, von wo aus er unter einem Vorwand heimlaufen konnte, doch er war stur weitergefahren.

Jetzt näherten sie sich Herzogenaurach. Das Haus der Gottwalds befand sich ganz in der Nähe des Vereinsgeländes der Turnerschaft Herzogenaurach. Vorsorglich parkten sie ein Stück entfernt.

»Papa, du bleibst hier.«

Hermann Ammon stieg aus.

Maria klappte den Mund zu. Sie drehte sich zu Zeilinger herum, der einen Mundwinkel hochgezogen hatte. »Es ist ein bisschen viel verlangt, aber würdest du mir vertrauen, Maria? Bitte!«

Sie war geneigt zu fragen, ob es nicht schon genug Vertrauensbeweis war, dass sie überhaupt hier waren, doch wahrscheinlich wollte er auf etwas anderes hinaus.

»Was hast du vor?«

Er griff in seine Tasche und zog ein Messer hervor. Maria erkannte es sofort. Es war eines der kleineren aus dem Messerblock, der auf der Anrichte in ihrer Küche stand. Zeilinger ließ seinen Daumen über die Klinge gleiten.

»Bina war früher manchmal seltsam. Mein Vater behauptete, sie würde von bösen Geistern der Vergangenheit heimgesucht.«

»Dein Vater?«

»Mein Vater. Er war ein *Obeah-Man.*«

»Ich verstehe nicht …«

Ohne Antwort öffnete er die Tür.

Bevor sie ihn zurückhalten konnte, war er schon auf dem Weg zu dem großen weißen Haus. Der alte Teil, der wahrscheinlich aus den 50ern stammte, war durch nagelneue Anbauten behindertengerecht gestaltet worden. So war die Haustür ebenerdig von der Einfahrt aus zu erreichen. Der Garten, von dem man nur einen Teil sah, war riesig und wo man hinsah, wuchs ein Meer an bunten Blumen. Maria hätte gern nachgesehen, ob Eisenhut darunter war.

Zeilinger hatte bereits geklingelt, als Maria und ihr Vater hinter ihm stehen blieben. Unter ihrer Achsel spürte Maria das beruhigende Gewicht ihrer Waffe. Sie war immer noch unsicher, wie weit sie Zeilinger tatsächlich trauen konnte, daher hatte sie Perez' Waffe daheim gelassen. Zeilinger hatte auch nicht darum gebeten, sie nehmen zu dürfen.

Die Tür öffnete sich und eine Frau mittleren Alters in adretter Kleidung öffnete ihnen. »Ja, bitte?« Sie wirkte nicht besonders erfreut über die frühe Störung.

»Ist Frau Gottwald da?«

Die Frau musterte die drei von oben bis unten. »Darf ich Ihren Namen erfahren?«

»Maria Ammon von der Kripo Erlagen.« Sie nestelte ihren Ausweis hervor. »Wir haben ein paar dringende Fragen an Frau Gottwald.«

»Kripo?« Anstatt auf den Ausweis sah sie auf Zeilinger, der weder die Kleidung gewechselt hatte noch Schuhe trug.

»Gisela? Wer ist denn da?« Helmut Gottwald kam in seinem Rollstuhl heran. »Oh, guten Morgen Frau Ammon«, sagte er überrascht. »So früh am Sonntag?«

»Entschuldigen Sie bitte, aber wir würden gern Ihre Frau sprechen«, bat Maria.

Wie seine Haushälterin musterte Gottwald Zeilinger, der reglos dastand, und Hermann Ammon, der in seiner Cordhose und der Strickjacke ebenfalls nicht unbedingt dem gängigen Bild eines Kommissars entsprach.

Gottwald sah Gisela an und nickte. Die Haushälterin verschwand im Haus, während Gottwald mit seinem Rollstuhl im Eingang stand, als wolle er ihn versperren. »Ist wieder etwas passiert?«

Maria schluckte. »Ja«, antwortete sie wahrheitsgemäß.

Aus dem Hintergrund näherte sich eine Gestalt. Wie immer war Jacky Gottwald tadellos gekleidet. Sie trug eine Jeans, eine langärmlige Bluse und Ballerinas. Ihre langen, blonden Haare fielen locker über ihre Schultern.

»Guten Morgen.« Jacky ließ ihren Blick über die Besucher wandern. »Was gibt es denn?«

Bevor Maria antworten konnte, trat Zeilinger vor. »Kennst du mich noch, Bina?«

Mit zu Schlitzen verengten Augen, straffte Helmut Gottwald seine Haltung.

Jacky kratzte sich am Kopf. Dann fiel der Groschen: »Sammy-Jo?«

Er lächelte. »Genau.«

Ihr Mienenspiel war nicht zu deuten. Mehrmals leckte sie sich die Lippen, blinzelte.

»Erinnerst du dich an meinen Vater?«, fragte er. »An Samuel?« Er betonte den Namen amerikanisch.

»Darf ich fragen, was das hier soll?«, mischte sich Helmut Gottwald da ein. Er rollte ein Stück vor, sodass er zwischen Jacky und Zeilinger zu stehen kam. »Es ist Sonntagmorgen und wenn Sie mit meiner Frau etwas zu besprechen haben, dann bitte ich Sie, zukünftig einen Termin zu einer erfreulicheren Uhrzeit auszumachen!«

Zeilinger beachtete ihn nicht, sondern hielt Jacky fest im Blick. Ihr Mienenspiel war in eine merkwürdige Art des Grimassierens übergegangen. Plötzlich hielt Zeilinger das Messer in seiner Rechten. Mit der anderen öffnete er seine Jacke. Gezielt setzte er die Klinge an seine Brust. Unwillkürlich machte Maria einen Schritt auf ihn zu, um ihn daran zu hindern, doch sie besann sich eines Besseren. Er hatte sie gebeten, ihm zu vertrauen.

Sie hielt den Atem an.

Ohne eine Miene zu verziehen, ritzte Zeilinger seine Haut ein. Blut quoll hervor und lief über seine Brust, während er die Konturen der Symbole nachfuhr.

Als er zu sprechen begann, war seine Stimme dunkel und die Intonation glich einem Gebet.

Jedes Haar an Marias Körper stellte sich auf.

»*To Angel Samael of Mars, the great protective angel, most humbly I prithee his epiphany as himself. Hark! This is my request: Wreak vengeance on those who scathe you!*«

Mit dem letzten Schnitt, ließ er das Messer fallen.

Als wäre das metallische Geräusch ein Zeichen gewesen, sah Maria zu Jacky. Ihr Vater, Helmut Gottwald und Gisela, die Haushälterin, taten es ihr gleich.

Im selben Moment, in dem das Messer den Boden berührt hatte, erfasste eine Veränderung Jackys Körper. Nicht nur ihre Haltung änderte sich, sie schien zu wachsen, in die Höhe wie in die Breite. Sie stellte ihre Beine ein wenig weiter auseinander, ihre Hände ballten sich leicht zu Fäusten. Ihre Miene nahm einen anderen, einen harten, Ausdruck an, der sogar ihre Gesichtszüge zu verändern schien. Obwohl es derselbe Körper war, schien sie nicht länger die gleiche Frau zu sein, die noch vor einem Augenblick in der Tür gestanden hatte.

Am unheimlichsten war jedoch die Verwandlung ihrer Augen. Gerade noch von einem unauffälligen blaugrau, schienen sie dunkler geworden, beinahe schwarz. Jede Pore dieses Körpers verströmte Männlichkeit und Aggression. Langsam griff sie sich an den Kopf und zog an ihren Haaren. Mit einer fließenden Bewegung schleuderte sie die blonde Perücke von sich.

Erschrocken keuchte Maria auf. Jackys Kopf war kahl. Doch er war nicht geschoren, sondern vereinzelt sprossen noch rote Büschel zwischen großflächigem Narbengewebe. Mit hitzigen Bewegungen riss sie sich Bluse und BH herunter. Ihr Rumpf war übersät von Narben verschiedener Größe und Ausprägung. Der BH hatte ihre Brüste viel größer erscheinen lassen, als sie in Wirklichkeit waren. Sie war beinahe knabenhaft flach.

Und mitten auf ihrer Brust – längst nicht so kunstfertig wie bei Zeilinger – waren deutlich erkennbar die Zeichen Samaels zu sehen.

Mit einem wütenden Schrei gab Jacky dem Rollstuhl ihres Mannes einen Stoß, riss das Messer an sich und stürzte sich auf Zeilinger dahinter. Gottwald, der nicht darauf gefasst gewesen war, verlor das Gleichgewicht und landete auf dem Boden. Zeilinger jedoch hatte mit Jackys Angriff gerechnet.

Geschickt blockte er ihren Arm, mit dem sie von unten zustoßen wollte. Er packte sie und warf sie über die Schulter. Maria zog ihre Pistole.

»Stopp! Oder ich schieße!«

Wie ein Aal entwand Jacky sich Zeilingers Griff, schnellte hoch wie eine Sprungfeder und attackierte ihn erneut. Maria fluchte. Sie konnte nicht schießen, ohne Gefahr zu laufen, Zeilinger zu treffen. Mit einer schneidenden Bewegung ließ Jacky das Messer in Bauchhöhe quer von einer Seite zur anderen schnellen. Einzig Zeilingers Reaktionsschnelligkeit hinderte ihn daran, aufgeschlitzt zu werden.

Gisela kreischte.

»Jackyyyyyy!«, schrie Gottwald verzweifelt. »Jacky, nein!«

Die eine Sekunde, die Jacky durch den Ruf abgelenkt war, reichte Zeilinger. Mit geübtem Griff entwand er ihr das Messer. Im nächsten Moment lag Jacky mit dem Gesicht nach unten auf dem Boden, den Arm verdreht und Zeilingers Knie im Kreuz.

Ihr Kreischen war das eines verwundeten Tiers.

Schwer atmend sah Zeilinger Maria an, die erleichtert die Pistole sinken ließ.

Der Lärm war nicht unbemerkt geblieben, denn in den Nachbarhäusern wurden Türen geöffnet. Maria drehte sich zu ihrem Vater herum, um ihn zu bitten, einen Arzt und die Beamten aus Herzogenaurach zu verständigen, doch sie sah, dass er bereits telefonierte. Er tätschelte Giselas Oberarm, die leichenblass daneben stand und wirkte, als würde sie jeden Moment umfallen.

Über den Boden robbte Gottwald auf Jacky zu. Immer wieder rief er ihren Namen. Tränen strömten über sein Gesicht. Mit Schaudern beobachtete Maria, wie Jackys Gesicht sich stetig veränderte. Obwohl sie immer noch von Zeilinger auf dem Boden festgehalten wurde, war erkennbar, dass auch mit ihrem Körper etwas geschah. Es war, als verwandele sie sich im Sekundentakt zu unterschiedlichen Personen mit unterschiedlichen Eigenschaften.

Unvermittelt ließ Zeilinger sie los. Sofort rollte sie sich zusammen wie ein Fötus, ihre Augen waren fest zusammengekniffen, und sie zitterte wie Espenlaub. Angst schien aus jeder Pore ihres Körpers herauszuströmen. Sie war das personifizierte Leiden.

Dann war es vorbei.

Es waren die Augen, an denen Maria es erkannte. Es waren wieder Jackys Augen, die sich in einer Mischung aus Entsetzen und sprachloser Verwirrung aufsetzte und um sich blickte. Verständnislos sah sie ihren Mann an, der mit ausgestreckter Hand neben ihr auf dem Boden lag. Dann drehte sie sich zu Zeilinger herum, der gerade ihre Bluse aufhob.

»Helmut? Was ist passiert?«

Zeilinger ging neben ihr in die Hocke und half ihr, sich zu bedecken. »Bina, ich weiß jetzt, wie sehr ich dir damals wehgetan habe und ich wünschte, ich könnte es ungeschehen machen. Es tut mir leid.«

Sie rieb sich die Stirn. »Ich … ich weiß nicht … wovon …«

Ein trauriges Lächeln huschte über Zeilingers Lippen. »Wir reden ein anderes Mal, Bina«, sagte er sanft. Dann stand er auf und ging.

Geistesabwesend starrte sie nun vor sich hin. Gottwald wandte sich an Maria, suchte nach Worten, war aber offensichtlich nicht in der Lage, seine Frage zu formulieren.

»Das wird Ihnen ein Arzt besser erklären können als ich, Herr Gottwald. Hilfe ist unterwegs.« Sie ging in die Knie und legte Jacky vorsichtig eine Hand auf den Arm, um ihre Aufmerksamkeit zu bekommen. »Jacky? Hören Sie mich?«

Keine Reaktion.

Es waren noch ein paar Anläufe nötig, bis Jacky endlich nickte.

»Wo waren Sie letzten Sonntag?«

Wieder brauchte Jacky einen Moment, bis sie antwortete. »Bei meinen Blumen.«

»Im Garten? Oder bei Marko Rorbeck in der Gärtnerei?«

Jacky schüttelte den Kopf. »Bei meinen Blumen.«

Fragend sah Maria Helmut Gottwald an. »Ich weiß nicht, wo sie war«, antwortete er. »Sie liebt Blumen über alles. Manchmal ist sie den ganzen Tag unterwegs, um sich Blumenwiesen anzusehen.« Liebevoll ergriff er ihre Hand. »Nicht wahr, mein Herz.«

Ihr Blick suchte Gottwald. Ein entrücktes Lächeln erhellte ihr Gesicht, als sie seine Hand ergriff und sie zärtlich an ihr Gesicht drückte.

»Wissen Sie«, Gottwald zögerte, bevor er an Maria gewandt weitersprach, »es ist eine Art Metapher dafür, dass sie allein etwas unternehmen will. Ich bin kein guter Begleiter mehr für sie, aber sie ist noch jung und sie … sie tut so viel für mich.«

»Ist sie auch über Nacht fort?«

»Manchmal.« Er küsste Jackys Fingerspitzen. Sie schien die Welt um sich herum vergessen zu haben. Schutzsuchend schmiegte sie sich an ihren Mann, der den Arm um sie legte.

»Wann war Ihre Frau in der letzten Woche allein unterwegs?«

»Warum wollen Sie das wissen?« Gottwalds Haltung war ablehnend.

Diesmal war es Maria, die nach Worten suchte. »Wir glauben, dass Ihre Frau in …« Sie wollte es nicht aussprechen, aber wenn sie es nicht tat, dann würde es jemand anderes tun. Es gab keine sanfte Möglichkeit, jemandem das Undenkbare mitzuteilen. »Wir glauben, dass Ihre Frau in die Unglücksfälle der letzten Wochen verwickelt ist. Auch in den Tod ihres Sohnes.«

Wenn er gekonnt hätte, wäre Gottwald erbost aufgesprungen. So musste er sich damit begnügen, sich auf dem Boden sitzend aufzurichten. »Das ist nicht wahr! Hören Sie auf, solche Lügen zu verbreiten!«

»Ich bin kein Arzt, aber meiner Meinung nach leidet Ihre Frau unter einer Psychose. Wir wissen noch nicht, was genau passiert ist, aber *ich* weiß, dass sie dabei Ihre Unterstützung brauchen wird.«

Als Gottwald aufbrauste, war Jacky zusammengezuckt, doch als er sie jetzt wieder fest an sich drückte, entspannte sie sich.

»Am letzten Sonntag wollte sie nach Erlangen zum Triathlon. Sie … sie kam erst spät am Abend zurück. Am Mittwoch morgen war sie schon weg, als ich aufstand. Ich dachte, sie sei im Geschäft, aber dort kam sie erst am frühen Nachmittag an.«

»Und am Tag der Challenge? Wo war sie da?«

»Sie hatte gesagt, unsere Staffel wisse nicht, ob sie starten sollen. Wegen Dirk … und ich … ich schickte Jacky nach Roth zurück, weil … ich wollte … dass sie für Dirk …« Er presste die Lider zusammen.

»Danke, Herr Gottwald.«

Er nickte nur, legte den zweiten Arm um Jacky und wiegte sie hin und her wie ein kleines Kind. Sie begann zu summen.

Mit Blaulicht traf zuerst ein Einsatzfahrzeug der Polizei, gleich darauf der Krankenwagen ein. In knappen Worten erklärte Maria, was geschehen war. Sie konnte den Gesichtern ihrer uniformierten Kollegen ansehen, dass sie nicht wussten, was sie davon glauben sollten.

Jacky Gottwald war immer noch in einer Art Schockstarre gefangen. Eine körperliche Untersuchung ließ sie nicht zu. Nach Marias Bericht entschied sich der Notarzt gleich für einen Transport in die Psychiatrie nach Ansbach. Helmut Gottwald wich nicht von der Seite seiner Frau.

»Wo ist Zeilinger eigentlich?«, fragte einer der Polizisten. »Gegen ihn liegt doch Haftbefehl vor.«

»Ich weiß«, sagte Maria. »Ich mach das.«

Sie fand Zeilinger im Garten. Mitten auf der Wiese hatte er sich der Länge nach ausgestreckt, kaute an einem Grashalm und sah in den Himmel, an dem sich das sommerliche Blau immer weiter ausbreitete. Nach dem Regen der letzten Tage war das Gras feucht, doch Maria legte sich neben ihn.

»Ich habe dir vorhin nicht ganz die Wahrheit gesagt«, begann Zeilinger, ohne Maria anzusehen. »Es gab keine Wette zwischen Ronnie, Martin und mir. Martin hatte eine ausgeprägte sadistische Ader. Er hat uns erzählt, dass Bina darauf stünde, alles zu tun, was er sagt. Er hätte ihr befohlen, mit jedem zu schlafen, der das will. Sie durfte sich nicht weigern, egal was verlangt wurde. Manchmal ließ er sich sogar dafür bezahlen.«

Er schwieg lange. Die Wolken über ihnen zogen in reinem, unschuldigen Weiß über den blauen Sommerhimmel.

»Und ihr habt das ausgenutzt«, mutmaßte Maria schließlich.

»Ronnie hat das. Er stand auf ziemlich harte Sachen.« Zeilinger zog die Nase hoch. »Martin wusste das. Und ich.«

Maria wandte ihm den Kopf zu.

»Ich habe Bina nie angerührt«, beantwortete er ihre unausgesprochene Frage. »Aber ich habe etwas viel Schlimmeres getan. Ich hab ihr vorgemacht, ich hätte mich unsterblich in sie verliebt. Sie hat es mir zuerst nicht geglaubt, aber irgendwann … Na ja, war sie sehr glücklich darüber. Aber eines Tages in der Schule hat sie zufällig mit angehört, wie ich mit meinen Freunden über ihre Naivität gelästert habe.« Er seufzte. »Mir war nicht bewusst, dass ich sie damit mehr verletzt habe, als wenn ich sie körperlich misshandelt hätte.

Ich kenne ihre ganze Geschichte nicht, aber mein Vater hat mal gesagt, ihre Narben stammen sicher nicht von einem Unfall. Damals hat es mich nicht interessiert. Ich wusste auch nicht, dass sie eine Perücke trägt. Teile ihres Oberkörpers hat man manchmal im Sommer gesehen, wenn sie kurze Sachen anhatte.«

»Missbrauch im Kindesalter«, mutmaßte Maria. »Solche Entstellungen entstehen nur durch massive Gewalteinwirkung. Jacky scheint keine Erinnerungen mehr daran zu haben.«

»Nein, das haben die Alltagspersonen von multiplen Persönlichkeiten meistens nicht.« Er bemerkte Marias fragenden Blick. »Ich habe ein paar Semester Psychologie studiert.« Er lächelte schief.

»Ach ja, das stand in deinem Lebenslauf. Weißt du, wie so etwas passiert?«

»Ungefähr«, sagte er. »In jedem Fall muss es eine existenzielle traumatische Erfahrung für Bina gewesen sein, die dann mittels einer Wahrnehmungsveränderung vom Bewusstsein abgespalten wurde. Nur so kann ein Mensch irgendwie psychisch halbwegs normal weiterexistieren, anstatt durchzudrehen. Wenn es keine Möglichkeit gibt, anders an Hilfe zu gelangen, dann hilft sich das Bewusstsein quasi selbst.«

»Allmächd«, murmelte Maria. »Was muss sie durchgestanden haben?«

»Schreckliches! Bei wiederkehrender extremer Gewalt wird der Körper mit Stresshormonen wie Adrenalin, Dopamin und Glucocorticoiden förmlich überflutet. So wie vor einem Wettkampf, nur sehr viel stärker. Diese Überflutung löst verschiedene komplexe Störungen im Hirn aus. Es betrifft Menschen, ganz besonders Kinder bis ungefähr 4 oder 5 Jahren, die in der Lage sind gut zu dissoziieren – das bedeutet Wahrnehmung und Erinnerungen, die normalerweise miteinander verknüpft sind, voneinander zu trennen. Du kennst das vielleicht, wenn du bei einem Marathon Schmerzen in deinen Beinen einfach ausblenden kannst und wie im Trance weiterläufst.«

»Oder ein Unfallopfer, das keine Erinnerungen mehr an das Geschehen hat.«

»Richtig. Im Falle eines Multiplen handelt es sich meist um bindungsgestörte Kinder, überwiegend Mädchen, die sich während oder nach einem schlimmen Trauma aufspalten – und das immer dann im Laufe ihres Lebens, wenn es notwendig erscheint. Hast du diesen Moment gesehen, wo sie sich wie ein Fötus zusammengerollt hat, das war wahrscheinlich das Kind, das alles durchleiden musste. Ich tippe, diese Lili, die angeblich bei *Mooma* war, gehört auch dazu.«

»Hat Jacky überhaupt eine Chance, das Ganze irgendwie zu verarbeiten?«

»Eine Chance hat sie. Aber das hängt von vielen Faktoren ab. Sicherlich auch davon, wie ihr Mann damit umgehen wird, dass sie seinen Sohn umgebracht hat. Oder vielmehr, dass eine ihrer Persönlichkeiten es getan hat.«

»Wie viele leben wohl in ihr?«

Er zuckte mit den Schultern. »Viele. Hast du gesehen, wie oft sie sich vorhin verändert hat? Wenn ich sie als Jugendliche manchmal gesehen habe, wenn sie auf Männer aus war, habe ich oft gedacht, dass ist gar nicht die Bina, die ich kenne. Sie wirkte wie eine Prostituierte.«

»Zu der sie ihr Bruder gemacht hat.« Sie sah Zeilinger an. »Ob der wirklich freiwillig gesprungen ist?«

Zeilinger lachte humorlos. »Eher nicht, wenn du mich fragst.« Dann seufzte er. »Mein Vater war auch mit ihr zusammen. Wenn er gerade mal nicht high war, dann hatte er ein gutes Gespür für Menschen, und er hat mir gesagt, dass sie jemanden braucht, der sie beschützt. Wahrscheinlich hat er Samael in ihr geweckt.«

»War es das, was du da vorhin gemacht hast?«

»Ja, ich habe ihn gerufen. Man schreibt seinen Namen mit Blut oder mit roter Tinte und formuliert respektvoll sein Anliegen. Wenn ein Messer herunterfällt, bedeutet das, dass man Erfolg haben wird. Dabei habe ich dann ein bisschen nachgeholfen.«

»Hat das deine Großmutter auch getan, als sie dich skarifiziert hat?«

»So etwas Ähnliches. Das funktioniert übrigens am besten an einem Dienstag, aber so lange wollte ich nicht warten.«

Maria prustete. »Bist du sicher, dass *du* ganz normal bist?«

Er stimmt in ihr Lachen ein. »Ich weiß zumindest immer, was ich wann getan habe. Übrigens schuldest du mir noch eine Antwort: Wie heißt dein Freund?«

»Er ist nicht ...«, setzte Maria an. »Perez.«

»Ah.«

»Du solltest ihn kennenlernen. Ich glaube, ihr werdet euch gut verstehen«, sagte Maria trocken. »Er liebt auch die unkonventionellen Methoden.«

Grinsend wandte Zeilinger ihr sein Gesicht zu. »Dann auf gute Zusammenarbeit.«

»Das muss noch warten.« Sie ließ ein paar Handschellen herunterbaumeln. »Du bist vorläufig festgenommen.«

Zeilinger hob seinen linken Arm. Das Metall schnappte zu. Maria streckte die Hand aus, um die Handschellen auch an dem anderen Arm zu befestigen – doch er war schneller.

»He!«

Der zweite Ring umschloss ihr Handgelenk.

»*Yow, dondonnet!* Den Rest erledigen wir jetzt auch noch zusammen. Lass uns gehen, die anderen warten.«

KM 225 – LAUFEN

Michelle legte die Kopie des in winziger, akkurater Handschrift verfassten Vernehmungsprotokolls vor sich auf den Schreibtisch. »Und das hat angeblich diese Lilith geschrieben?«

Maria nickte. »Sie hat darauf bestanden zu schreiben, weil sie nicht sprechen wollte.«

»Wüstenhunde und Hyänen treffen sich hier, die Bocksgeister begegnen einander. Auch Lilith, das Nachtgespenst findet für sich eine Bleibe. Jesaja 34,14«, zitierte Michelle. »Nachtgespenster reden wohl nicht viel.«

»Scheint so.« Maria reichte Michelle ein zweites Blatt. »Das ist übrigens eine Schriftprobe von Jacky. Sie hat es geschrieben, gleich nachdem sie … na ja, wie soll ich sagen … nachdem sie wieder sie selbst war.«

»Oh mein Gott!«

Die Buchstaben waren groß, die Linienführung unregelmäßig und unterschieden sich in jeder Hinsicht von der anderen Handschrift.

»Lilith sieht sich wohl als Oberhaupt des Kollektivs, wie sie die Gesamtheit aller Personen nennt, die in Jacky leben. Ich finde das auch schwer zu begreifen.«

»Hm«, machte Michelle. »Echt krass, zu was das menschliche Hirn fähig ist. Wie kommt Jacky damit klar?«

»Sie ist am Boden zerstört, aber es hilft ihr, dass ihr Mann sie trotz allem so unterstützt. Er liebt sie wirklich.«

Sie schwiegen eine Weile.

»Kommt Zeilinger eigentlich wieder?«, fragte Michelle.

Maria lächelte. »Ja.«

*

Vernehmungsprotokoll Jakobina Gottwald

Die rechtliche Belehrung habe ich verstanden. Zur Sache möchte ich mich äußern. Gez . Lilith

Da die Recherchen, die seitens der Polizei zur Aufklärung des vorliegenden Falles in Zukunft betrieben werden, dazu ausersehen sind, unvollständig zu bleiben und die Tragweite dieses und weiterer zurückliegender Ereignisse nicht zu erfassen wären, bedarf es zum Abschluss einiger klärender Worte, von denen das Kollektiv beschlossen hat, sie der Öffentlichkeit mitzuteilen.

Jakobina wurde als Scarlett in Norddeutschland geboren. Bis zu ihrem siebten Lebensjahr existierte sie nicht für die Behörden, sondern gehörte zum Inventar einer Sekte, in der Männer und Frauen, die nach außen das Leben unbescholtener Bürger führten, ihre perversen Triebe ausleben konnten. Ihren Namen erhielt sie aufgrund ihres roten Haarschopfes, der sie zu einem der begehrtesten Objekte machte.

Um ihr Vorhaben zu verschleiern, nannte sich die Sekte die Edlen Edoms. Edel waren ihre Motive jedoch keineswegs, sondern in höchstem Maße grausam und erbarmungslos. Sie stillten ihre Sucht an den Unschuldigen und Wehrlosen.

Viele überlebten es nicht.

Während dieser Leidenszeit wuchs in Scarlett der Wunsch, ihrem Leben ein Ende zu bereiten. Als eines Tages die Qual zu groß und der Wunsch übermächtig wurde, durfte Scarlett endlich sterben. Stattdessen wurden in ihrem Geist drei Wesen geboren, die fortan das Land Edom bewohnen sollten. Ein Namenloses, das dazu ausersehen war, die Leiden zu ertragen, und Jakobina, die stets, sobald sie einen der Edlen erblickte, einschlief und sich auf einer Blumenwiese wiederfand.

Jakobinas Verwunderung darüber, dass sie manchmal an einem anderen Ort aufwachte als der, an dem sie eingeschlafen war, dass große Zeitspannen verstrichen waren und ihre Narben sich stetig mehrten, beschwichtigte schließlich die Lilith, das dritte Wesen. Sie versicherte Jakobina, dass sie über sie wachen würde, während sie auf der Blumenwiese weilte. Nie müsse sie Angst haben. Irgendwann nahm Jakobina die von ihr geliebte Blumenwiese als wunderbaren Teil ihres Daseins hin und fragte nicht mehr, warum sie dorthin gehen sollte.

Die Narben, die sie davontrug, wurden ein Teil von ihr, und als Lilith ihr erklärte, sie habe einen schlimmen Unfall gehabt, glaubte sie das. Als sie zu alt wurde, entsorgten die Edlen das Kind, das für sie immer noch Scarlett war, in einem Fluss. Jakobina konnte nicht schwimmen, doch Ada konnte es, die von Lilith gerade noch rechtzeitig herbeigerufen worden war. Ada jedoch war stumm und ängstlich, weil sie Menschen nicht gewöhnt war, und so kam Jakobina zurück, und lachte und freute sich über die netten Menschen, die ihr halfen, als sie aus dem Fluss stieg.

So lebte sie unter diesem Namen weiter und niemand wusste von ihrer Blumenwiese, denn die Lilith hatte ihr verboten darüber zu reden. Jakobina war schließlich ein braves Mädchen und hielt sich daran, was Lilith ihr sagte.

Als Jakobina von der Familie Bohnenkamp adoptiert wurde, traf sie dort auf Martin. Er weckte die Hure Matred in Jakobina. Matred wurde eine folgsame Gespielin für Martin und erfüllte ihm jeden Wunsch, sogar als er ihr befahl, mit anderen Männer zu schlafen, auch wenn sie das gar nicht mochte. Nur zu dem schwarzen Mann, der ihr Leid erspürte, ging sie gern. Matred liebte ihn ein bisschen und Jakobina liebte seinen Sohn, bis der sie täuschte. Eines Tages ritzte der schwarze Mann ihre Haut, um ihren Schutzengel Samael aus der 5. Sphäre zu rufen, der fortan das Land Edom und das Kollektiv seiner Bewohnter bewachen sollte und diejenigen bestrafen, die sich mit den Motiven der Edlen Edoms verbunden fühlen.

Samael nahm seine Aufgabe sehr ernst und gehorchte einzig der Lilith.

Jakobina wusste nicht, wer alles in Edom wohnte.

Mit der Zeit vergaß sie sogar die Lilith und hielt deren Gedanken für ihre eigenen.

Nur ein einziges Mal trat die Lilith in persona auf, um mit Christel zu reden und ihr zu verraten wo Ronnie war. Fakt ist ferner, dass es nur durch das stete, beherzte Eingreifen der Lilith gelingen konnte, der Jakobina ein normales Leben ohne belastende Erinnerungen zu ermöglichen. Die Lilith entschied darüber, welche Bewohner das Land Edom bevölkern durften und nannte es das Kollektiv.

Auch jetzt hat die Lilith eine Entscheidung getroffen.

Der Sohn des schwarzen Mannes, der ebenso das Zeichen Samaels trägt, fühlt echte Reue über seine Täuschung, die Jakobina traurig und verzweifelt machte. Seine Tat wurde öffentlich und er ist geläutert.

Samael, der Engel des Todes, wird von Lilith zurück in die 5. Sphäre geschickt. Das Kollektiv darf sich zurückziehen, das namenlose Wesen, das für alle die Leiden ertrug, wird fortan auf der Blumenwiese sein, und dem Herrn Gottwald wird die Möglichkeit eingeräumt, zukünftig für das Wohlergehen Jakobinas zu sorgen.

Er allein hat sich als vertrauenswürdig erwiesen, denn er liebt Jakobina aufrichtig.

Das Land Edom ist nun eine Wüste.

Nur die Lilith, das Nachtgespenst, wird die Einöde bewachen.

ZIEL – KM 225,995

Es.
Es. Wacht auf.
Es. Ist frei. Keine Fesseln. Nirgends.
Es. Darf sehen. Alles. Sehen. Blumen. Sehen.
Es. Zittert nicht.
Es. Hat keine Angst. Nie wieder Angst.
Es. Hat keine Schmerzen.

Was. Ist. Geschehen.

Es. Muss nicht mehr. Leiden.
Es. Muss nicht mehr. Da sein.
Es. Muss nicht mehr. Weiteratmen. Aushalten. Durchhalten.

Es. Hat überlebt.

Es.
Ist.
Endlich.
Am.

Z I E L.

SABINE FINK
Judasbrut

978-3-8392-1383-4 (Paperback)
978-3-8392-4087-8 (pdf)
978-3-8392-4086-1 (epub)

»Die Erlanger Bergkirchweih in Gefahr.«

Was haben eine tote Obdachlose in Nürnberg, eine eifersüchtige Ehefrau in Erlangen und ein dubioser Fremder in der Fränkischen Schweiz gemeinsam? Nichts, glaubt die Erlanger Kommissarin Maria Ammon. Nachdem aber eine weitere Leiche gefunden wird, dämmern ihr Zusammenhänge, die nicht nur ihre beste Freundin Nina, sondern auch die Besucher der Erlanger Bergkirchweih in Gefahr bringen. Der Feind deines Feindes ist dein Freund – doch wer ist wer in diesem makabren Spiel aus Liebe, Wissenschaft und Idealismus?

SABINE FINK
Kainszeichen

978-3-8392-1184-7 (Paperback)
978-3-8392-3725-0 (pdf)
978-3-8392-3724-3 (epub)

»Ein einfühlsamer, intelligenter Roman und ein überzeugendes Krimidebüt.«

Mike Hartmann, als Bauleiter für ein Erlanger Unternehmen in Tschechien tätig, stirbt bei einem Autounfall. Seine Verlobte Chrissy leidet sehr unter dem Verlust, auch wenn die Beziehung in der Krise steckte. Als sie ein dreiviertel Jahr später zufällig Mikes ehemaligen Chefs Johannes und René Ducros über den Weg läuft, tauchen verdrängte Fragen auf. Warum verhielt sich Mike damals so seltsam? Hatte es mit der Baustelle zu tun, auf der er arbeitete? Und welche Rolle spielen die beiden Brüder? Chrissy hat das Gefühl, dass etwas nicht stimmt. Erst recht, als am nächsten Tag ihre Wohnung brennt und sie nur knapp den Flammen entkommt …

GMEINER SPANNUNG

WWW.GMEINER-VERLAG.DE
Wir machen's spannend

Das Neueste aus der Gmeiner-Bibliothek

Unsere Lesermagazine

Bestellen Sie das kostenlose KrimiJournal in Ihrer Buchhandlung oder unter www.gmeiner-verlag.de

Informieren Sie sich …

www … auf unserer Homepage: www.gmeiner-verlag.de

@ … über unseren Newsletter: Melden Sie sich für unseren Newsletter an unter www.gmeiner-verlag.de/newsletter

… werden Sie Fan auf Facebook: www.facebook.com/gmeiner.verlag

Mitmachen und gewinnen!

Schicken Sie uns Ihre Meinung zu unseren Büchern per Mail an gewinnspiel@gmeiner-verlag.de und nehmen Sie automatisch an unserem Jahresgewinnspiel mit »mörderisch guten« Preisen teil!

GMEINER SPANNUNG